光文社文庫

推理小説集

馬を売る女

松本清張プレミアム・ミステリー

松本清張

光　文　社

目次

馬を売る女

馬を売る女

非常駐車帯

画家の石岡寅治は一週間に二回ぐらいのわりあいで銀座に出かける。家は杉並区久我山の何丁目かである。久我山というところは杉並区の西の端で、同時に東京都二十三区内の最西端でもある。げんに画伯は三鷹市の井の頭公園を散歩する。銀座には何かと会合があって出かけるのだが、酒の好きな画伯はその帰りにはもちろんのこと、バアにはわざわざでも飲みに行く。当然、帰り時間はそう早くない。帰りはタクシーである。霞ヶ関のランプから高速道路に入るのがたいてい十一時ごろで、ときには零時をすぎることもある。この時刻だと高速道路も同じ方向へ行く車が多い。さすがにトラックはほとんどないが、マイカー、ハイヤー、タクシーの赤い尾灯が輝きながら連なって走る光景はさながら提灯行列のように壮観である。

この高速道路はまるでドライバーの腕を試験でもするように右に左に彎曲や屈折をくりかえしているが、外苑のランプをすぎ新宿の出口と分れると直線コースになる。ジグザグから解放された運転者たちは例外なくスピードを上げる。ここから高井戸のランプまではまっ直ぐな道路である。

最近、山梨県方面への中央高速道路と連結してからはこの下り方面の車がさらに数を増した。もっとも画伯は高井戸のランプで降りるから、それから先のことは分らない。

分らないというのは、画伯は近ごろになって新宿・高井戸間の高速道路上でそのことに気づいたので、高井戸以遠はまだ走ったことがなく、その有無が判然としないという意味である。

新宿・高井戸間の高速道路上のわきには緊急待避帯の出張りがところどころにある。一台ぶんの場所もあれば二台ぶんの場所もある。そこに尾灯だけ点けた車がよく駐車しているのである。それらは白ナンバーの乗用車に限られ、車内灯を消して黒々とした姿で憩んでいる。

道路のまん中を走るヘッドライトの光はわきに駐まっている車体の側面を一瞬に掃いて通過するだけである。というのは、道路が直線になっているために正面から照射することがないからだ。

もっとも画伯はそういう車があることは前々から見てはいたが、かくべつに疑問は起さなかった。故障した車がその待避スポットに入っていると思って当然のこととしていた。

ところが、昼間そこを車で通ってみると、その故障車の駐車風景がまったくないことに画伯は気づいた。車の故障は夜昼を問わないはずだ。それが何故に夜だけ、それも画伯が銀座から帰る午後十一時ごろや午前零時ごろに多いのだろうか。各待避場所ともかならず中を暗くした車が駐まっているのである。

銀座のバアから帰る石岡画伯はいささか好奇心を起して、新宿・高井戸間の高速道路上に駐まっている車を注目するようになった。

こっちのヘッドライトは待避所に駐まっている車体の側面を撫でて通るだけだが、その車の窓は向う側の灯を透かして見せている。高速道路は高所にあるので、街の灯は下から輝く。その中にはビルの高い灯もある。そんな灯が窓に遠くから映っているのだから、たとえルームランプを消してはいても、人が車に居れば窓の街の灯を背景に黒い人影が見えるはずなのに、それがない。運転席の窓にも後部座席の窓にも人影がなかった。

それぞれの待避所に駐車している車のことごとくがそうなのである。

故障車のばあいは、人が車外に出てボンネットをあげて上半身を突込んでいるとか、救援車がくるのを待ってたたずんでいるとかするものだが、そうした人の姿を画伯は一度たりとも見たことがなかった。いったい、車に乗っている人間は何をしているのだろうか。

ある晩、画伯はそういう車を睨んで通りながら、乗っているタクシーの運転手に訊いてみた。

「あの出張ったところは待避場所には違いないけどね。非常駐車帯というんだな、お客さん」

タクシー運転手のぞんざいな言葉には客もすでに諦めている。

「非常駐車帯か。じゃ、あそこに入っているのは故障車かね？」

「そうだろうね」

運転手はひたすら速力を上げて走ることに専念し、その非常駐車帯の車には一瞥をくれただけだった。もっとも、ゆっくり見るためにはスピードを落さなければならないし、スピードを急に落せば後続車に追突される危険がある。後続車は列をなして疾駆してきているのである。

「故障車にしては、乗っている人が見えないようだがね」

「じゃ、仮眠してるんだよ、きっと」

「仮眠か」

仮眠にしては、どの非常駐車帯も「満車」になっているのが妙である。時間からして運転者が睡くなるときではあるが、こう揃って各車とも仮眠をとるものだろうか。

ところが、別なときに乗ったタクシーの運転手は画伯に合点のゆく答えをしてくれた。

「ふ、ふふ。あの車はアベックだよ。アベックが車の中でイチャイチャやってるんだな」

「アベックか。なるほど。それでマイカーばかりなんだな、この遅い時間に」

画伯はつづけ持っていた疑問がいっぺんに解決した。

「……しかし、それにしては車の窓に人が見えないようだがね？」

「中の座席で二人で寝てるんだよ。何をやってるのか分ったもんじゃねえな」

——運転手は腹立たしそうだった。

新しい年の冬は例年よりも寒いだろうというのが暮の長期予報だった。

二月十四日は水曜日であった。天気はよかったが、夜はやはり寒かった。高速道路の上からだと下にひろがる灯は眼にあたたかいが、星の光がいっそう凍てついてみえた。街の灯といっても、外苑をすぎて、幡ケ谷・永福のランプ間では都心からするとずっと数が少ない。これがさらに高井戸の先から中央高速道路に入るともっと灯が寂しくなる。

午後十時ごろ都心のほうからきた一台の車が、永福のランプを過ぎたところで速度を落とした。尾灯に左折のサインが出たので、すぐうしろについていたタクシーがおどろいたようにクラクションを鳴らして追突を避けた。高井戸の降り口までにはまだ距離があり、こんなところで前の車が急に左へ寄るとは思わなかったのだ。タクシーにつづく後続車の列が一瞬だが乱れた。この時刻は銀座方面から戻る自家用車や営業車が多いのである。

左へサインを出した車は道路わきを徐行して、テラスのように出張っている非常駐車帯に近づいた。

「おや、ここにも先客があるぞ」

運転している三十前後の男がフロントグラスをのぞいて言った。

「あら」

助手席にいる女もいっしょに眼をみはった。

一台のグレーの車が出張った枡の手前に駐車していた。

どうする、と問うような眼で女はハンドルを握っている男を見上げた。その女の横顔にも下からさす街の灯が淡くあたっていた。派手な感じで、二十五、六くらいかと思われた。

「かまわない、ここは二台ぶんのスペースだからな。あの前に入れよう」

男は言った。

「でも、あの車のひとに悪いわ。ほかの場所をさがしてみたら？」

女はためらった。

「この先にも非常駐車帯はあるが、いまごろはどこも満員だろうね。ここまで見てきた非常駐車帯はどこも車が入っていた。ここが一台ぶん空いているのがまだめっけものさ。先着の車には失礼して前に着けさせてもらうよ」

男はハンドルを左にまわし、ゆっくりとすすんだ。

そのとき、駐まっている車に眼を投げたが、こっちのヘッドライトは先方の車体の側面を掃いただけで、その車内は真暗で、街の灯がうつる窓には人の影とて見えなかった。運転する男は眼もとを笑わせ、女は下をむいた。

そのスポーツ型の車がテラスになっている非常駐車帯に入ると、ハンドルをにぎった男は位置をたしかめてブレーキを踏み、ヘッドライトを消した。

男は後部をふり返って、先着の車をもういちどのぞいた。街の灯が映るその車の窓には相変らず人の姿がなく、黒々とうずくまっていた。

「こっちの車が来たことがわかっているのに、起き上がりもしないよ」

男は首を戻して言った。

「なんだかあちらに悪いわ」

助手席の女は男に身をよせていた。

「仕方がないよ。ほかに駐める場所がないんだから。武士は相身互いということにしてもらおうか」

「まあ、いやだわ」

「べつにこっちがのぞこうというのではないんだからな。先方にしたって安心しているよ」

「この傍をあんなに車が走って、ヘッドライトが光っているわ」

「大丈夫。車体の下のほうを照らしているだけさ」

「見えないのかしら？」

「こっちの中がかい？　大丈夫だよ。あのとおり横をまっすぐにすいすいと走ってるんだもの。光の角度からいってヘッドライトがこっちにむくわけはないよ」

「でも、こんなところにじっと長く駐まっていると、怪しまれはしない?」

「そんなヒマはないね。帰りを急ぐ車ばかりだから。ほれ、あのとおり、わき目もふらずに走ってるじゃないか」

男は疾駆する車の列に顎(あご)をしゃくった。

「考えてみるとね、車のデートにこんな安全な場所はないよ」

彼は言葉を継いだ。

「高速道路だから、歩いている人間はいない。だから通行人にのぞきこまれることはない。そのためノゾキ専門の手合いに妙ないたずらをされる気づかいもないんでね。これがたとえば多摩川べりのような寂しい場所だとさ、悪い連中が出てきておどしたりする。新聞にときどき出てるじゃないか」

「困るわ、新聞にわたしたちの名前が出たりすると……」

女はおびえたように小さく言った。

「ここだと、そんな心配はまったくない。ほかの車はあのとおり無関心に走るばかりさ。高速道路の料金三百円でこんな安全な特等席に居られるんだもの、安いものだ」

「ヘンな言いかた……」

「ほんとうだよ。だから、ほとんどの非常駐車帯が繁昌《はんじよう》している。みんな、よく知ってるよ。うしろの車だって、ぼくらの車が来てもコソとも音がしないじゃないか」

男は片手でシートの脇のレバーを引いた。運転席も助手席もそのまま後へ倒れた。うしろに倒れた運転席と助手席とは後部座席の上でつかえてとまり、そのまま寝台がわりとなった。もともとは運転者が疲れたとき車をとめて横臥《おうが》してやすんだり、仮眠をとったりするためにできている。

男はならんで横たわっている女の肩の下に腕をさし入れた。それから体を少し起して女の顔にうつむいた。

「こわいわ」

女は男の唇をすぐにはずして眼を開き、窓を見た。ガラスにはたえず眩《まぶ》しいヘッドライトの光が明滅し、エンジン音と車輪のきしむ音とがつづいていた。

「こわいことなんかないよ。だれも見にくる者はいない」

男はなだめ、女を落ちつかせようとした。

「だって、だれかが来そうだわ」

女の肩は寒そうにふるえていた。

「そんなモノ好きな者はここにはいない。ごらん、うしろの車はどのくらい前から駐車しているかしらないが、だれもよりつかないし、悠然たるものじゃないか」

「パトロールの車がこないかしら」

「パトカーは高速道路のスピード違反などを取締るためにときどきくるが、いまは何もやってない。かりに来ても、この非常駐車帯にとまっているんだから交通違反でもなんでもない。エンジンの調子がよくないから電話で連絡した救援車がくるのを待っているといえばいい。男と女とが仲よくしているくらいは大目に見て行ってしまうよ」

そう言って男が再び顔を重ねようとするのを女は軽く指でしりぞけて、深い息を吸いこんだ。窓には疾走する車のヘッドライトがいなずまのように光を流していた。

「どうしたの？」

「もうすこし待って」

女は吸いこんだ息を大きく吐き、胸に手をやって眼を閉じた。

「……なんだか、どきどきするわ」

男は女のたのみを聞いて自分の座席の「ベッド」に背中をつけた。

「こういうのもときにはいいだろう、刺戟（しげき）があってね」

「刺戟がありすぎるわ。あなたにこんな妙な癖があるとは知らなかったわ」

「おい、妙なことを言うなよ」

「ほかの女のひとともこんなカー・セックスまがいのことをしてるの？」

「そんなことするもんか。君とがはじめてだ」

「どうだかあやしいもんだわ」

「友だちから聞いたんだ。いっぺんやってみろって」

「あら」

「どうした？」

「女の声がしたわ。うしろの車じゃないかしら？」

男は身を起し、首をもたげて後の窓をのぞいた。

「なんにも見えない」

顔をもどした男は片肘（かたひじ）を座席に突いて女をひき寄せた。こんどは相手もさからわなかった。呼吸がはずんでいた。

「女の声がしたって？」

男は女の耳に口を寄せた。

「え、ちょっとだけ。あなたには聞えなかった？」

「聞えなかったな。どんな声だった？」

「……言えないわ」

女は鼻に皺を寄せた。男はその唇にかぶさった。女は男の頸に手を捲いた。

「ねえ」

口が自由になって女はいった。

「……うしろの人、どんな人かしら？」

「どんな人って？」

「若い人かしら？　それともわたしたちくらい？」

「さあね。こればかりは、のぞきに行くわけにもゆかないしね」

「男のひとには奥さんがあって、女のひとは離婚したばかりで……」

「そうぼくらに似た者ばかりはいないよ」

「あなた、奥さんとほんとに今年の夏までに別れられるの？」

女の声が少し改まったものになった。

「そうする。そろそろ準備をすすめてるよ」

「ほんと？」

「嘘なもんか」

「でも、奥さんは承知なさるかしら？」

「かんたんにはゆかない」

「でも、別れるって、おとしの春からの話よ。足かけ三年になるわ。わたしのほうは去年、夫と離婚したのに」

「責任を感じている。だからさ、こんどは絶対だ。多少の面倒がおこるのは覚悟でやるよ。君を愛してるから」

「わたしも」

女は男のうしろ頸に捲いた手に力を入れて締めつけ、彼の唇をむさぼった。

「好きだわ。好きよ、大好きよ」

「君のためなら、どんな犠牲も払う」

「そう。うれしいわ」

男は女の傍により添い、腰にあてた手を下にすべらせた。

閉じていた眼を女は急に開いた。男も女を抱いたままで顔をはなした。

「聞えた？」

女はささやくように訊いた。

「うむ」

「音がしたわ。もう聞えないけど」

「いや、女の声もちょっとしたようだよ。君がするような短い叫び声が」

「いやねえ」

「どんなに声を出そうと音を立てようと、だれも近づいてくる者はいない。ほら、横を通る車はすいすいと走って行くばかりじゃないか。もう、安心しろよ」

男の手が大胆に動きだした。

女にとって窓を走る灯が星の流れにも見えていた。

五分くらい経って、うしろの窓が真昼のように明るくなったので、車の男も女もびっくりして身体をはなした。

つづいて起ったエンジンの音が二人にはまるで轟音（ごうおん）のように聞えた。

女が思わず起き上がろうとすると、

「起きないで。そのまま」

と、男がその肩を抑えつけて制した。

うしろの車が動いた。後窓の眩（まぶ）しい光が左右に大きく揺れたのは、出発にあたって方向をさだめているからである。こちらの男と女は横臥したまま息を殺していた。

窓には相変らず車の光が流れていた。うしろのヘッドライトはその列へ割りこむために小さく前進しながら流れの切れ目を狙っていたが、遂にそれへ突入した。それが通過した瞬間、窓は眼もくらむヘッドライトの光を滝のように浴びた。クラクションが鳴った。

女が男の肩に顔を伏せた。

「やれやれ、行ってしまった。高井戸か中央高速のほうへお帰りらしい」

男は吐息といっしょに言った。

次に、これは反射的な動作だったが、彼は上体を起し、伸び上がってフロントグラスをのぞいた。その眼に映ったのは出て行った赤いテイルランプがほかの車の列に参加しているところだった。グレーの車の後姿でN社の中型車ラピッド・デラックスと彼にわかった。乗っている人の姿は暗くて見えなかった。

女はまだ男の腕にしがみついて、

「わたしたちも早くここを出ましょうよ。もう十時二十分だわ」

と、その手首に捲いた時計を透かし見て不安そうに言った。

「どうして？　ここの車はわれわれだけになったじゃないか。よかった、これですっかり落ちつく。心配せんでもいい」

男は再び座席の「ベッド」に完全に背中を着けて言った。

「だって、また別な車が入ってくるかもしれないわ」

「あ、そうか」

男は気づいたようにうなずいたが、

「それでもかまわんじゃないか。さっきの車だって、こっちの車が入ってもゆうゆうとしていたよ。あの流儀でゆけばいい」

と低く笑った。

「でも、わたしたちの車があちらを邪魔したんじゃないかしら？　こっちが入らなかったら、もっといすわっていたかもしれないわ」

「そんなことはないだろう。あの車はかなり前からここにとまっていたらしいからな。それに、こっちは邪魔なんかしないよ。ほら、君はあのときの女の声と座席のクッション音まで聞いている。走っている車には絶対にわかりようのない叫び声とクッションの軋む音とをね。だいぶん派手なアベックだった」

「ヘンなこと言うの、よして」

「あの人たちは満足して行ったんだよ。こっちが邪魔したわけじゃない」

男はまた女の顔をひきよせた。

男と女は座席をもとにもどした。

男はエンジンのスイッチを入れた。始動音が車体を震わせて鳴った。が、三、四回断絶してやんだ。これを四、五度くりかえした。

「おかしいな」

男は首をひねった。

「どうしたの？」

助手席の暗がりの中で身づくろいをし、パフを顔に叩いていた女がコンパクトを持ったままきいた。

「どうも調子が悪い」

「あら、すぐなおるの？」

「と思うけどね。ちょいとのぞいて見る」

「いやだわ、こんなところでエンコしちゃア」

女は心細そうに言った。

「ま、大丈夫と思うけどね」

男は下から大きな懐中電灯と簡単な工具をとり出してドアを開き、

「ほんとにこれは非常駐車になったな」

といって降りた。

「早くしてね。もう、時間がおそいから」

「わかってる。五分もあれば大丈夫だ」

男はボンネットを開け、身体を二つに折ってエンジンの上にかがみこんだ。懐中電灯の光がちらちらしていた。

女はそこにすわって待っていた。横にはやはりヘッドライトがつづいて流れていた。スピードを落してこっちを見て行く車はなかった。下に沈んでいる街の灯の数が少なくなっているのは夜ふけが進行しているからである。たてに三つ、きれいな星がならんだオリオンがだいぶん中天に上っていた。

首を突込んでいた男はごそごそやっていたが、上体を起して助手席の横に歩いてきた。

女が窓を開けると、男はのぞきこんで言った。

「いけない。給油系統がいかれている。厄介だ」

「あなたではダメなの？」

「手に負えん。電話をかけてくる」

「電話？」

「この高速道路のどこかにあるはずだ。首都高速道路公団の救援車をたのむよ」

「おそくなるわね。困ったわ」

女は彼の持った懐中電灯の光で腕時計を見た。十一時五分であった。

「おそくなるといっても仕方がない。車をここに置いて帰るわけにもいかんしね」

「あと三十分くらいで済むかしら？」

女は帰宅時間を気にしていた。

「救援車がくるまでが十五分、故障を直すほうは十分もあればすむだろう。専門家の手だからね」

「だから、こんなところに駐めるんじゃなかったわ」

「グチを言ってもはじまらんよ。愉しい時間を持ったんだからね」

男は窓ぎわをはなれ、電話機の場所をさがしに高速道路の端を歩いて行った。

その男と女の乗った車が高井戸のランプを降りてUターンし、上り線の入口にあがったのは十一時五十分であった。

電話をかけてから、道路公団の修理班の車が屋根に黄色い灯を点滅させて非常駐車帯の現場に来て再び引返してゆくまで約三十分かかった。男の言ったとおり修理は十分そこそこで終了したのだった。

助手席の女はほっとしていた。男も気持が急いでいた。料金所では中央高速道路から来た車が四、五台つかえているだけであった。この時間では、下り線の車は多いが上りは少ない。ランプでちょっと混むのも、中央高速からきた車がここで首都高速道路に入る料金を払うからだ。げんに二人の乗った車の前には「山梨運輸」の白文字を車体に書いたトラックがいた。その前には乗用車がならんでいる。

料金所を通過すると、車が少ないだけに、どの車も自由を得たようにスピードを出す。男も八十キロを出した。前をふさいでいたトラックが左側によけたので、彼はさらに速力をあげて追い抜いた。

そのとき、男が右側にちょっと顎をしゃくったのはこれまでとまっていた非常駐車帯であった。女は声を出さずに眼だけ笑わせた。

前にトラックがいなくなったので男はもっとスピードアップした。

「気をつけて。あんまり急がないで」

女は言った。

「大丈夫、自信がある」

「そう。……わたしを送ってからおうちに帰るんだったら、遅くなるわね」

「いま、何時だ」

ハンドルを握った男は前方を見つめながらきいた。

「十二時ちょっと前」

「ふうん」

「あなたがおうちに着くのは一時近くね。遅くなったわ。奥さん、ご機嫌が悪いんじゃない？」

男はそれに答えないで、

「おや、あの車は？」

と、前に顎を動かした。

「どれ？」

女はフロントグラスをのぞいた。

「さっき、ぼくらのうしろに駐まっていた車じゃないか？　ラピッド・デラックスだよ」

その車との距離は三十メートルくらいありそうだった。こっちのヘッドライトの光はもちろんとどかず、車の黒い影が前方をひた走りしているだけだった。むこうもスピードを出していた。

「車の型が同じでも、あの車とはかぎらないわ」

「それはそうだがね。しかし、どうもそんな気がする」

前の車は先行車を追い抜いた。

「お、いやに走るじゃないか。向うも時間がおそくなったのでお帰りを急いでらっしゃる」

男は速力をもう少し上げた。

「そんなに走らせるの、こわいわ」

助手席の女は身体を斜めにして、運転する男に言った。メーターの針は百キロでふるえていた。

「なに、どの車だって、このくらいは出してるよ。ことに前を走っているラピッド・デラックスはね。ほら、また一台追い抜いて行ったじゃないか」

男はハンドルにしがみついて言った。

「そうね。どうしてあんなに急ぐのかしら？」

「思いはだれも同じさ。あそこでデートしてから女性を家まで送って行き、それから引返してきたんだが、時間が遅くなったので家に帰るのを急いでいるんだ」

「どうしてそれがわかるの？」

「ほら、車には運転している男が一人しかいない。助手席にも後部座席にも人影がないよ」

下り車線を流れてくる対向車のヘッドライトで前を走る車の内部は後窓から透けて見えた。この車からはまだ距離があるが、たしかに運転者の小さな黒影しかなかった。

「そうすると、女性のすまいは中央高速道路の沿線なのかしら？」

「そうだろうな。沿線でも、インターチェンジを降りてからかなり遠い街にいる女性じゃないかな。いまごろ車がこのへんを引返してくるんだもの。あの車が非常駐車帯を出てからどのくらい時間が経っている？」

「一時間半くらいかしら？」

「では、だいぶん面倒な道順の街だ、女性の家はね。それとも、まだどこかで別れを惜しんでいたのかな。だって、この高速道路では百キロは確実に出しているからね」

新宿の合流点のところでカーブになったのをはじめ、あと都心への方向は曲折の連続である。前の車は曲りにさしかかるとスピードをゆるめるが、こっちも速力を落すので車間の距離は容易に縮まらなかった。

「ちょっと、ナンバープレートの番号を見てやりたくなったな」

「およしなさいよ、悪いわ。そのためにスピードを出しているの？」

「まあね。まだ、ちょっと番号が読めないが」

「よしなさいってば」

「あ、外苑に出ていく」

男が前方に眼をむいたのは、前の車が本線をはずれて左側についた出口の急勾配を上っているからだった。

「同じ方向ね」

同じ方向は外苑のランプを出るまでであった。前の車は右側に方向をとって外苑を周回する道路へ走り去った。そのまま行けば絵画館の横を通って青山通りに出る。

「残念」

男はその車を見送って小さく笑った。

こちらの車は左側にハンドルを切って国電信濃町駅方向へむかった。女の家は牛込のほうにあった。――

情報

　星野花江は昼休みに、日東商会を出て歩道を北へあるいた。

　このへんは問屋の多い場所である。日東商会も繊維問屋だ。五階建てのビルで、問屋街でも目立つ建物だった。従業員は支店・出張所を含めて二百五十人くらいいる。

　昼休みには、近くのいろいろな問屋の勤め人がぞろぞろと出てきて南のほうへ歩く。簡単な食事をとるのもお茶をのむのも、南の賑やかな街のほうにそういう店が多い。散歩を兼ねているから、どうしても商店街に足がむく。建物の中に閉じこめられて伝票や帳簿をいじっている人たちには商店街の散歩が愉しみで、ショーウィンドウをのぞいたり本屋などに入ったりする。春の光が強くなったころで、若い女事務員らは互いに手を握っている。

　が、ここから北にはそういう商店が近くにない。歩いているのは、日東商会から出てきた勤め人では星野花江だけであった。南へ行く連中がぶらぶらと歩いているのに彼女は早足で、性急そうだった。

ただ、途中で一度だけその足をとめたことがある。日東商会を出て間もなくで、これは二十七、八の男が彼女を追ってきたのだった。

「星野さん、星野さん」

その男も日東商会の社員だというのは胸につけたバッジでわかるのだが、彼女が立ちどまって見返ると、傍に寄ってきた彼はへらへらと笑いながら手を頭にやった。

「お借りした金ですがね、今月がお返しする期限ですが、もう少し延ばしていただけませんか？」

男は低い声でたのんだ。

星野花江の眼は白い部分が多いので、その中の小さな瞳が鋭くみえた。眼尻には小皺があった。

「山岡さん。あなたのは九万五千円でしたね、たしか？」

声はわりと澄んでいて可愛らしかった。

「そうです。利子のほうはお払いしますが」

「利子はむろんいただきますよ。すると、返済はいつになりますか？」

「二カ月後にしてください」

「わかりました。では、二カ月後には一度返済してくださいね」

「あのう、まことに言いにくいんですが、それはそれとして、五万円ほど新たにお借りできないものでしょうか？」

星野花江は黙ってその小さな瞳で山岡を見つめた。彼は日東商会の肌着部の係長だった。

「なにしろ、ここんとこ家内が病気などしましてね、思わぬ出費がつづくものですから」

——これが、夜の高速道路の非常駐車帯に二台の車が入っていた二月十四日の風景より一年ほど前のことである。

星野花江は、山岡の背中が遠くなるのを見とどけてから走ってくるタクシーに手をあげた。運転手に告げた行先は両国橋を渡った町の名だった。

その町は寂しい通りであった。角に小さな建物の銀行支店がある。彼女はドアを押した。正面カウンターに五、六人の女子行員がならんでいた。

「外回りの森田さん、いらっしゃいますか？」

「はい。少々お待ちくださいませ」

女子行員は席をはなれて奥へ引込んだが、二、三分もすると、背の高い、四角い顔の男が昼食を済ませたばかりの様子であらわれた。

「いらっしゃい」

森田は星野花江を見てにっこりと笑い、どうぞこちらへというようにカウンターの隅をさし、自分でもそこへ足を動かした。

「毎度どうも」

彼は両手をついて頭をさげた。

「いつもお世話になります。……あのう、今月の払いこみ具合はどうなっているでしょうか？」

彼女はきいた。

「はあ。ちょっと待ってください。いま帳簿をのぞいてみます」

森田は外勤で、顧客さきに出す名刺には「支店長代理」の肩書があるはずだった。彼は預金係のところへ行き、そこの係の者とカード函を繰ってみたり帳簿をのぞいたりしていたが、それをメモしていた。

そのあいだ、星野花江はカウンターに凭りかかり店内の様子を眺めていた。前にならんでいる女子行員は若くて可愛い顔ばかりであった。客との応対がぴちぴちしていて愛嬌にあふれている。どの子もいつでも縁談がありそうで、目下恋愛中のように見えた。そのユニフォームもスマートで、濃紺の服の襟と手首とは紅色で、まるでスチュアデスのように華やかであった。

　三十一歳の星野花江は細い眼で彼女らを眺めている。顔には微笑があったが、眼は心からほほえんではいなかった。彼女は自分の容貌に自信をもっていなかった。筋肉質の瘠せた身体だった。服装も、同年配の女がいくらでも派手な装いをしているのに、はるかに地味であった。

　お待たせしました、と森田がメモをにぎって彼女の前にもどってきた。

「いまのところ、入金はこれだけになっております」

　メモをカウンターの上に置いたが、ほかの客には見えないように手で囲うようにした。

　星野花江は手帳を出し、その振込み入金先の氏名を写した。七口あった。

「今日は三月二十三日ですから、月末までにはまだ間がありますね。これからもだいぶ入金があるでしょう」

　森田が言うと、払込み人の名を写し終った星野花江はうなずいて、そうね、といった。

　しかし、払込み先の普通預金口座は星野花江名義ではなかった。

　その銀行支店と星野花江のつとめる日東商会とはなんら取引関係はなかった。架空名義の普通預金口座は、勤め先に知られることのない彼女の秘匿貯蓄で、そのため彼女はわざわざ遠い街の小さな銀行支店をえらんだのだった。

星野花江はそこを出ると、一丁ばかり歩いて間口のせまい中華料理の店に入った。赤ン坊を背負った女が注文を聞いた。炒飯をたのんだ。壁には炒飯二百五十円の札が出ていた。札の下に小さなハエがとまっていた。

手帳を出して彼女は銀行で写しとった送金者の名に見入った。

前谷恵一、北沢武、安田保、奥田秀夫、三井七郎、広瀬順三、土屋功一。――これが今月十日以後の送金で、一日からそれまでに入金したぶんが五口ある。銀行の森田が言うように、月末までにはあと二十口近くあるだろう。

この「会費」は月々のものだった。長期契約というものはない。口先でその約束はしても払込みがひと月ごとだから、月極めと同じだった。「会費」を払わないのが脱退者であり、新たに送金してくるのが新加入者であった。しかし、ぜんたいの会員数はなるべく限定するようにしていた。

炒飯が安っぽいビニール貼りのテーブルにきた。白い湯呑茶碗のようなのに中華スープがついている。

星野花江はスプーンでうす茶色の炒飯を口に運んだ。いためたハムのみじん切りと缶詰のグリンピースが何粒かついている。彼女の食べぶりは不作法で速かった。小さなネギの輪と脂の浮んだ汁をすする。茶碗のふちは欠けていた。

口を動かしている間じゅう、横に置いた数枚重ねの印刷物から眼を放さなかった。ハンドバッグからとり出したもので、四つにたたんだものをひろげていた。罫の仕切りばかりで、欄内はカタカナの活字で埋められていた。

食事のあいだが十五分間。彼女は印刷物をたたみ、手帳といっしょにハンドバッグにしまった。コンパクトの鏡を見て、ほんのかたちだけ顔を叩き、ルージュも引かなかった。その仕上げを鏡にむかって見つめるでもなかった。ごちそうさま。赤ン坊を背負った女が金をうけとった。

表に出ると星野花江はタクシーに手をあげた。両国橋を渡るとき腕時計をのぞいた。一時十分前であった。

日東商会の五十メートル手前でタクシーを降りて、あとは歩いた。向うに商店街の散歩からもどる男女の社員の姿があった。ぶらぶらと三々五々につれだつ彼らの肩に早春の陽ざしが白く乗っていた。

星野花江はいつもひとりであった。

星野花江はエレベーターで四階に上がる。

一階は受付と、商品を展示するショー・ルームになっている。さまざまな服がマネキンに着せられてたてこんでいた。デパートのように紳士服部と婦人服部、和服部、子供服部、それに別のコーナーにはフトンとかカーテンとかが陳列されてある。それこそ外から入った者には四季の花が咲き揃った華やかさであった。

二階に行く営業部員はエレベーターを利用するまでもなく階段を踏む。ここには婦人服・子供服・紳士服・肌着・和服の各部があって営業の中心だった。昼休み時間の散歩から帰った従業員の多くは二階に上がってゆく。

営業は三階にもあった。インテリア部、寝装品部である。インテリア部はカーテンがおもで、寝装品部ではパジャマ・枕・フトンなどを扱う。それと、経理部と総務部とがフロアの半分を占めていた。

四階は、エレベーターの昇降口を中心にして左側が社長室、秘書室、会議室になっていて、右側が人事部と企画室である。役員室がないのは、役員の全員がどれかの部長を兼ねて現場に居るからだ。

五階はホールで、一階の商品陳列場を何倍にもした広い展示フロアになっている。小売商を招待しての展示会などもここで開催された。

二階へ階段をのぼってゆく連中は、閉まるエレベーターのドアに消えた星野花江を見送って意味ありげな視線を交わす。かげ口はどこの世界にもあるが、彼女の評判はあまりよくなかった。

げんにいま、一階のショー・ルーム係の男が、受付の若い女二人のところへ行って星野花江を話題にしていた。彼女がエレベーターに入ったのを見ていたのだった。

「ホシさんが昼食を外に食べに行ってもどったね。めずらしい。いつも食堂で百三十円のライスカレーを食べる人が」

社員食堂は地下にあった。経営は外部から入っているが、会社側から補助が出ていた。高い定食でも二百五十円までだった。およそおいしくない。それに地下室という陰気さと、となりあったフロアの大部分が荷の搬入口とガレージになっていることの殺風景さで、この食堂は人気がなかった。星野花江は我慢づよくここへ通う常連だった。

「いったい、何を食べてきたんだろうな？」

ショー・ルーム係の男は受付の若い女二人に皮肉な目で問いかけた。

受付にはどこの会社でもたいていい感じのいい女を配している。彼女らは男の言葉には答えないで、美しい歯なみを見せて笑っていた。

「十日に一度くらい、ホシさんは思い切って高価で豪勢な昼食を食べてくるんだよ。でないと、栄養失調になってしまうものな」

「悪いわ」

一人が微笑のなかで言った。

星野花江は、社内では生活につましい女、つまりはケチでとおっていた。
三、四階行のエレベーターは男四人に女三人が乗っていた。
三階では総務部と経理部の者が降りた。男たちは、三十分間のパチンコの成績を話していたが声が低かった。若い女二人は黙っている。星野花江がいっしょにいるだけで、遠慮した。陰気な静かさであった。

四階では男二人と女一人とは廊下を右側に向かう。企画室と人事部である。左へ行く星野花江を男たちはぎごちなく無視し、女は黙礼を送った。

左側廊下のつきあたりが社長室と秘書室になっている。星野花江は秘書室のドアを押して入った。

秘書室は二坪にも足りない広さである。片側に机が一つ、イスが一つ。向い側の壁に沿って長イスがあるのは社長室へ通す客の応接用であった。

室内の装飾は、机の上に置かれた二つの電話機が代りをしている。それと、青いガラス製の一輪ざしで、赤いカーネーションが一つ。実用本位で、画といえばカレンダーについた原色写真くらいなものだった。社長秘書は星野花江一人であった。仕切られたドアの磨りガラスには「社長室」の金箔文字があった。彼女は席に坐る前に軽くノックして押す。ドアを半開きにして首を突込み、中をのぞいた。

社長室は秘書室の十倍くらいある。当社製品のカーテンを絞った窓ぎわの広いデスク。美術品のようなインク壺とペン立て。傍に整然と紙が積まれた既決・未決の書類函、中央に巨きな応接テーブルとそれを囲んだ椅子。サイドテーブルに青磁の花瓶とそれに溢れる紅白のバラ。いくらか派手な壁に懸かった大小の油絵。他の南欧風景を圧して八十号ぐらいの肖像画が蔓草文様を彫った金色の額縁の中にある。卵形の額に白い髯の老人は当社の創業者米村重左衛門である。古い写真に拠ったのは歴然としている。

壁ぎわの一方に天井に届くくらいの書棚がある。一度もページをめくったことのない数種の美術全集と百科事典とが装飾的な意匠を輝かしてならんでいる。その上位の場所に「日東商会七十年史」の背文字があった。部厚い本である。もう一方の隅には青銅の胸像が台上に置いてある。卵形の顔がモーニングの胸に藍綬褒章を吊っている。当社二代目の社長である。初代は明治の末年、生産地の機屋から品をわけてもらいこれを肩にかついで東京の呉服屋をまわり、ささやかな問屋をひらいた。二代目がこれを発展させ、事業の拡張と近代化をなしとげた。三代目米村重一郎は未だ肖像画にも胸像にもなっていない。当人自身の姿もこの部屋になかった。

星野花江はドアを閉じて自分の机にもどった。前の白いほうの電話が鳴った。

「もしもし、こちらは河西繊維化工の河西でございますが、社長さんはいらっしゃいますか?」

先方も秘書室のやわらかい女性の声であった。声だけでいかにも美人を想像させた。

「ただいま外出しております」

星野花江はとり澄ました事務的な声でいった。

「何時ごろお帰りでしょうか?」

「五時にもどる予定になっております」

先方はちょっと待たせたあと、何の伝言もしないで、ありがとうございました、と電話を切った。

三分して社内電話が鳴った。

「社長は?」

声は仕入部長の山崎達夫だった。彼女は社内の幹部およそ三十人の声は識別できた。

「留守ですが」

「いつごろ帰る?」

「予定では五時ごろです。行先はわかっていますから、お急ぎなら連絡をとるようにしましょうか?」

彼女はメモをのぞいて言った。

「そうだな。……まあ、いいや」

電話は切れた。

それから三時間のうちに十一の電話がかかってきた。五つは社外で、六つは社内であった。

五時前に外線の電話が鳴った。

「滝沢ですが……」

社外の男でもこの声は彼女によくわかった。濁っていて発音もはっきりしない。

社長は五時をすぎないと帰社しない、もっとおそくなるかもしれないと告げると、

滝沢はためらっていたが、

「ぼくは、親類に不幸ができたので、急にこれから横浜に行くことになりましたのでね。ちょっと社長さんにことづけしておいてくれますか？」

「はい」

「ぼくの言うとおりにメモしといてください。いいですか？」

「どうぞ」

「グランドニシキのことですがね。いいですか、グランドニシキ」

「わかります」

「セメウマをしたあと、ちょっと脚もとがポーッとしているので……ポーッとですよ」

「はい」

彼女はメモにボールペンを走らせた。

「その、脚もとがポーッとしているので、ソエがでかかっているらしい。……ソエですよ」

「はい。ソエですね？」

「そう。それで、ちょっと痛そうだが、無理して使うので、こんどは駆けないでしょう。……それだけお伝えください」

「わかりました」

彼女は書いたメモを手にとって、

「復唱します」

と相手に言った。

電話の相手に、復唱します、と言った星野花江はメモの自分の字を眼で追った。

「グランドニシキはセメウマをしたあと、ちょっと脚もとがポーッとしているので、ソエが出かかっているらしい。ちょっと痛そうだが、無理して使うので、こんどは駆けないでしょう。……これでいいでしょうか？」

滝沢は耳を澄まして聞いていたようだったが、

「けっこうです。そのとおりに社長にお伝えください」

と、すぐに電話を切った。

滝沢は東京競馬場の渋川厩舎に所属する厩務員で、声からすると年齢は四十すぎのようである。グランドニシキは米村社長の持ち馬の一頭だった。

星野花江はメモをもう一度見る。文句の意味はこうである。

《攻め馬（調教）をしたあと、手で撫でて馬の体温を測ってみたところ、ふだんは冷たいはずの膝から下の脚がやや熱をもっているので、屈腱炎が出かかっている。

馬には少しつらいかもしれないが、無理して使うので、今回の勝負には勝てないだろう》

　このくらいの解釈は彼女もいつのまにかできるようになっていた。こんどの勝負というのは、三月二十六日（日曜日）、中山競馬場でおこなわれる「珊瑚賞」レースのことである。

　グランドニシキは二十二頭の出走予定馬のなかでもっとも有力馬と見られている。一着でなくとも二着は確実視されていた。

　日曜日のレースに滝沢がこういう内緒の報告を入れるのは、今日の夕方か明日に社長が馬主どうしの情報交換をするためにその資料を電話で提出したのである。ほんらいなら社長が戻ってから電話をかけ直すところなのに、滝沢は親戚に不幸ができて今から横浜に行かねばならない。そのため秘書に伝言した。

　グランドニシキの父親はかつてダービーで優勝したことがあり、母親もオークスの優勝馬である。血統としては申し分ない。社長は大金を出してこれを購入した。一昨年の明け四歳の時、ダービーで二着となり、去年春の天皇賞で三着、秋の重賞レースで優勝しているオープン馬である。

　五時四十分ごろ、外線から社長の電話がかかってきた。

「遅くなったので社には帰らない。これから大川会で浅草の金春(こんぱる)に行く。留守中の電話はどうだった？」

星野花江は諸方からかかってきた電話の最後に、滝沢の伝言をメモのとおりにつたえた。

「ああ、そう」

社長は何も言わずに電話を切ったが、声に落胆がこもっていた。

星野花江は六時に日東商会を出て地下鉄を人形町駅から乗り、国鉄秋葉原駅のプラットホームに上った。

彼女は帰りも常に一人であった。同じ方向に帰る日東商会の勤め人はいたが、だれもより添って話しかけてくる者はなかった。秘書室にいる彼女とは職場が違う理由だけではなかった。若い女の子は彼女をよりつきがたい人間と見ていた。年ごろの同じ女子社員は、彼女を付き合いにくい女として敬遠していた。男子社員は、彼女を面白くない女と考えていた。あるいは彼女がもう少し若く、もう少し美人であったら——美人でなくとも愛嬌があるとか色気があるとかしたら、帰りに親しく話しかけてくる者もあったろう。

げんに、地下鉄に乗っていても、男性乗客の視線が彼女に向かうことはほとんどなかった。その筋肉質な体格は背丈こそすらりとしていてスーツはよく似合ったが、瘠せた顔は頬ぼねが出ていて、唇はうすく、眼が眼鏡をはずした近視のように細く、それに額が広くて毛髪がややちぢれていた。

星野花江は、そういう交際のない環境に馴れていた。彼女は女子社員だけがかたまってお茶に行くのを見ても、男子社員たちからちやほやされているのを眺めても、少しも羨ましいとは考えなかった。

ただ、社内の貸借関係の者は――おもに男子社員だったが、彼女に表むきは「好意的」であった。そうしなければ彼女から金を借りることもできず、返済期限を延長してもらうこともできなかったからである。

星野花江は、小金を貯めていることで社内で評判であった。

彼女は独身であった。日東商会は女子の給料も男子とそれほど格差がないという「民主的」な会社だったうえ、彼女は高校を出てすぐに入社したため、すでに十三年の勤続者であった。それだけでも、扶養家族手当こそなかったが、基本給は上の方だし、秘書としての能力給も付いていた。――能力給の制度がある点が、他の労組をもつ会社と違っていた。社長がオーナーだったので、従業員組合の結成を禁じたかわり、給与体系は「実力主義」にもとづいていた。

秘書手当がどのくらいついているかは、経理部員以外には分らない。大部分の社員はその額を想像するほかはなかった。

が、かなりの手当額であろうというのが大部分の推量であった。というのは社長秘書は星野花江一人だけだし、しかも彼女は有能であった。てきぱきと仕事ができたし、秘書であれば当然に社長の個人的な、社員にはあまり知られたくない面にもふれることになるが、その点で彼女はまことに口が固く、うってつけであった。なかには、少しばかり嫉妬深い社長夫人があまり魅力のない星野花江を社長秘書にえらんだのだ、という者もいた。

星野花江がいつごろから社員に金を融通しはじめたのかはわからない。こういうことは借りた当人が容易に口にしないものである。が、はじめはそれが一人か二人であったろう。たぶん五、六年前ではなかったろうか。そのころは一時の拝借に応じる程度の淳朴(じゅんぼく)なものであったろう。

そのうちに、彼女のほうからきまった利子を条件にするようになった。一カ月に七パーセントである。

ひと月の利子七パーセントはまず妥当なところだろう。たとえばいま流行のサラ金（サラリーマン対象の金融）にしたところで、日歩を一カ月計算に直すと、たしか一割弱のはずである。それにサラ金だと外部の業者から金を借りるという気の重さと体裁の悪さとがある。こちらからそういう場所へ金を借りに行くのもおっくうだし、先方の人間にやって来られて社員仲間に見られるのが鬱陶しい。その点は、社内で星野花江にこっそりと借りるのが便利であった。

返済は給料日だった。経理から給料袋が出るのがだいたい午後三時ごろで、負債者は五時ごろまでに星野花江に返済する。まさか社長秘書室に行くわけにはゆかないので、電話をかけて何階かの廊下まで彼女に来てもらうことにしていた。

けれども、借り手がそうした電話を彼女にかける必要はあまりなかった。午後四時半か五時ごろには彼女のほうが四階から降りてきて、貸しつけた人間のいる職場のあたりにさりげなく姿を見せるからである。さらには六時の退社時間にはもういちどそのあたりを往き来した。元金を返済できない者はそのときに利子を払う。

星野花江の私的な社内金融は社内で公然の秘密となっていた。

彼女の給料は自分ひとりの生活にはありあまる額だった。生活費をきり詰め、無駄遣いをいっさいしなかったからだ。着ているものもデパートのバーゲン売場のものので、身につける装飾品といったら何もなかった。ハンドバッグでも極く安ものであった。食事といえば社員食堂でとっているもので見当がついた。これは人前だからだが、たったひとりでアパートにいるときにはどんなものを食べているのか知れたものではない、というのが皆の一致した観測であった。そのうえに社内金融の利子である。毎月の利子はそのまま銀行預金に入れられているにちがいなかった。

あんなにお金を貯めてどうするのだろう、というのが彼女に対する羨望と好奇心をまじえた陰口であった。なに、金と結婚するのさ、と言う者もあれば、大金を遺して病死した老女の新聞記事を例にとって、彼女もああなるのさ、と言う者もいた。いやいや、そうではない、いまにあの金を資金にしてびっくりするような商売をするつもりだと予測する者もあり、あんなに貯めこんでもそのうち悪い男にだまされてすっかり捲きあげられるのだと予言する者もいた。

星野花江は秋葉原駅のホームでスタンドの新聞を買った。

夕刊のスポーツ紙だったが、フロントページに「珊瑚賞追切り」と赤ベタ白ヌキの大活字が浮き出ている。まだレースの三日前で、出走馬も発表されていないが、人気馬をならべて朝の攻め馬の調子を書いたものだ。

彼女はすぐ新聞をたたんでハンドバッグに入れた。女が人前で競馬の予想記事を読むのは美徳でない。総武線の電車は勤め人で充満していた。

小岩駅で降りた。駅前の広場の隅にたたずんでハンドバッグから新聞をとり出してひろげた。わざと人待ち顔に、眼は記事を追った。

《○ナクラジョージ　109↓64・3↓50・5↓37・3。一杯追。——今朝もまったく申し分のない体だ。前半やや手綱を押え加減で行ったが、向う正面、3コーナーと徐々にピッチが上がった。直線、ラチぞいに、川又騎手の手が激しく動いた。なかなかいいフットワークだ。ゴール前1ハロンでぐんと伸び、上がり37秒3をマーク、この馬にしては上々の時計だ。以前にくらべて馬体もすっきりし、動きも一段とスムーズになっているのは注目される。

○ハルポッツ　110↓66・1↓51・6↓37・8。強め。——仕上がり切った馬体、動きの素軽さではこの競馬場で調教しているなかでは一、二を争う。……

○グランドニシキ　104↓64・2↓50・5↓37・0。馬なり。——軽いダクを踏んで、二周目に入った。阪元はがっちりと手綱を押えたまま。それでもかなりのスピードだ。向う正面でも追う気配なし。しかし、流れるような軽快なフットワークで突走っている。あくまでも馬まかせ。それでもスピードはたいしたものだ。……》

その別評。

《注目のグランドニシキが午前八時十分すぎに阪元騎手を背に登場。長手綱をもてあそぶような感じでマイル標から馬なり。ゴール前強目に追い切られた。道中それほど速いという印象は受けなかったが、それでも時計は１０４秒。ラストの１Ｆは11秒２という信じられないタイムだった。

調教師席最前列で愛馬の動きを見つめていた渋川調教師は「もちろんこれなら予定通りだ」と満足そうな表情。馬なりでも一マイルの時計が１０４秒、上がりが37秒とあっては調教師の眼が細くなるのも当然。

さて追切りを終えて阪元と渋川師の周囲にはドッと報道陣がとりかこみ、ちょっとした騒ぎ。いかにも一番人気馬にふさわしい熱っぽい取材合戦がくりひろげられた》

新聞から眼をあげた。ホームの階段を降りる人ごみの中から滝沢の電話の声が蘇（よみがえ）っていた。

会員制度

小岩駅前の広場はバス待ちの客で行列ができている。タクシーは次々と客を運んで去る。夕方七時ごろは電車を降りた勤め人で混雑していた。

広場を右側にとって南に行く通りは商店街になっていて、入口に「フラワー・ロード」のアーチ看板がかかっていた。左側から南へ行く通りはずっと寂しい。星野花江はそこを歩く。わき目もふらぬ足どりだった。帰りの勤め人たちも流れていた。

七分ばかり歩くと賑やかな通りに出た。色のついた灯が連なっている繁華街で、キャバレー、バーなどが両側にならんでいる。星野花江はその通りを左へ行って八百屋に入る。ジャガイモとタマネギとタマゴを二つ。その買いものをしている間、隣りの小さな映画館からはベルが鳴りっぱなしであった。

八百屋を出て賑やかな通りをあと戻りした。

「やあ、いまお帰りですか?」

向い側のキャバレーの入口からスポーツシャツの三十男が笑いながら花江に声をかけた。呼びこみの男だが、いつも前を通る彼女を見おぼえていた。知らぬ顔をして同じならびの喫茶店の角を曲った。もう少し遅い時刻になるとその角に屋台のおでん屋が出る。

その道はせまく、通りから入ると嘘のように暗かった。両側はしもたやで詰まっている。小さな旅館があった。日本舞踊や編物教授の看板が出たりしていた。

このせまい道が途中で分れ、うねうねと曲ってまた岐(わか)れている。もとは田圃(たんぼ)のアゼ道だったのだろうが、家がたてこんでいるので、初めてここに入りこんだ者には迷路のようである。人とすれ違うにも肩がふれあうくらいの路地だった。「怪しい者を見たらすぐに一一〇番へ」と警察署の名を書いた立看板が出ていた。

この狭い奥まで勤め人たちがばらばらと入ってくる。岐れ道にかかるたびにその人数は減った。戻って行く先がほとんどアパートであった。

このへんはアパートが多い。大きなものはなく、ほとんどが二階建てで八部屋から十部屋程度だった。農地を売った農家の副業らしく、げんに花江が玄関横の外についた鉄階段を上ったアパートがそうだった。持主は千葉市内の工場に出ている。階下と二階とが2Kの四戸ずつで、持主の家は同じ敷地内の裏側にあった。入居しているのは世帯もちばかりで、二階北角の花江だけが独身だった。

ハンドバッグから出した鍵で中に入った。上がってすぐが三畳くらいの台所、それに四畳半が二間だった。その一つに小さな黒塗りの厨子(ずし)が置いてある。彼女は扉をひらいてすぐにローソクに火をつけ、前に坐ってお経を唱えた。新興宗教だった。灯をうけた位牌(いはい)は母であった。父は郷里で後妻をもらって老いている。

冷蔵庫の中に昨日買った豚肉のコマぎれが少し残っていた。百グラム百三十円のを五十グラムずつ買う。店員に顔をしかめられても、買物客に妙な眼で見られても星野花江は平気であった。そのコマぎれの残りをダシにジャガイモとタマネギとを煮た。それにアジの干物の残りを焼いた。

星野花江の夕食というのはたいていそういうものだった。たった一人だからどんなものを食べてもよかった。彼女は人を招待することもなく、よその家に招待されることもなかった。

食事が終ると食卓の上を片づけ、すぐに台所で自分だけの茶碗（ちゃわん）や皿を洗った。そういうところはわりと几帳面（きちょうめん）であった。洗っているあいだ、ひとりで何かを考えていた。

それが済むのに十分とはかからなかった。そのあと、机の前に坐り、鍵のかかったひきだしから当用日記帳をとり出した。日記はつけてなく、人の名前と入金月日とが書かれてあった。

隣室からはボリュームをあげたテレビの声が聞えていた。階下からは子供のさわぐ声がした。

彼女はひろげた日記に眼をさらした。

○田中俊夫。×白石貞雄。×迫田武勇。○前谷恵一。○三井七郎。×石川佐市。

○北沢武。○安田保。×大田鉄太郎。×笠井義正。○奥田秀夫。○土屋功一。×戸島正之。×中島秀太郎。○長谷川隆助。○細川直一。×松岡芳彦。○橋本正夫。○樋田幸雄。×福井留太郎。○平尾銀蔵。……

あと、名前がたくさんつづいている。住所と電話番号がそれぞれに記入してあった。

○印は今月分の会費が銀行の彼女の架空名義口座に振りこまれてあるもの、×印はそうでないものであった。

払込みは毎月末に翌月分の会費というのがきまりであった。会費未払いの者は翌月の会員とは認めないので、彼女からの情報通信はなかった。しかし、そのあとも会費を振込めば、いつでも翌月分の会員に復活できた。したがって情報通信の提供を受けられる。会費はひと月分が一万円であった。

今月ぶんの○印は三十一名であった。だいたい、これくらいの数で毎月出入りしている。月収が約三十万円だった。

彼女はノートの電話番号表をひろげて、ダイヤルを回した。

「もしもし、田中さんのお宅でしょうか？」

さようでございます、と妻らしい女の声が答えた。

「こちらは浜井と申しますが、ご主人さまはいらっしゃいましょうか？」

少々お待ちくださいといって男の声に代った。

「あ、今晩は」

「田中さん。こんどはグランドニシキは来ませんよ」

「浜井静枝」は銀行の彼女の口座名義であった。

星野花江が今月の会員三十一名のうち二十三名に電話で「グランドニシキの不調」をひととおり伝えるのに約一時間を要した。

話はかんたんで一分とかからないのだが、当人が電話口に出てくるまで少し時間がかかった。

ほとんどが自宅なので、最初に奥さんが出る。毎月つづける常連の会員の家族も「浜井」の名を知っていた。

「今晩は。浜井ですが、ご主人さまはいらっしゃいましょうか？」

彼女の電話の声は、秘書の仕事に馴れていて叮重だが事務的であった。

それに対して「今晩は」と挨拶に応じてくれる奥さんは少なかった。ちょっとお待ちください、というのが多かったが、その声の調子は星野花江の電話をあまり歓迎していなかった。夫が馬券を買うのをほとんどの妻が好んでなかったのである。

それに、妻たちの声には女の競馬予想屋を軽蔑する調子がありありと出ていた。なかにはあきらかに反感を示して、はあ、というだけの返事だったり、何もこたえないで、長いこと待たせたりした。

小学校一年生くらいの子供が電話口に出る場合もある。

お父ちゃん、ハマイさんから電話、と告げて行く高い声が受話器に入る。

星野花江の浜井静枝は待っているあいだ受話器を耳にあててそれらの雑音を聞き澄ましていた。それによって会員たちの家庭の環境がほぼ推測できた。

会員は、半分がサラリーマンで半分が中小企業の経営者であった。はじめ少数の会員で出発したのだが、会員どうしの紹介で人数がふえたのである。しかし、彼女はそれ以上会員がふくれるのをおさえた。

「グランドニシキは、こんど来ないと思います」

たったそれだけを電話で言うのに、手間のかかることであった。全員が全員、都合よく在宅しているわけではなかった。なかには、いまどこそこに行っているからそこへ電話してくれという妻があった。するとそこへまた電話しなければならない。帰宅がおそくなる者には、翌朝にあらためて電話をかけなおすことになる。いまも八名に伝達できなかったのはそのためであった。

午後十時前ごろに電話がかかってくるのは、帰宅した会員であった。

「浜井さんですね。お電話をいただいたそうですが……」

「グランドニシキはこんどは来ないと思います」

「えっ、あの馬が？　どうしてですか？」

「脚もとにちょっと不安があるそうです」

「ほう」

グランドニシキは本命になっていた。会員は意外そうな声を出すが、彼女はいつもそれ以上の質問には答えなかった。あまり詳しく言うと情報源を先方に察知される。

星野花江の競馬予想は、勝ち馬を当てるのではなかった。

勝ち馬を予想するのはむつかしい。どんなベテランでも至難である。

彼女がとっている方法は、各レースでの馬が一着、または二着にもこないだろうという予想であった。とくに有力馬の場合はたいてい本命またはその対抗馬に目されているので、その人気馬がこないとなると、会員はその残りの馬から馬券を撰択することになる。どの馬に決めるかは会員の意志であった。

彼女の予想は、いわば消去法であった。その残された馬のなかから会員が馬券をえらぶことになると、そこには番狂わせによる大穴も当るというものであった。

彼女はこれまで一度もレース開催中の競馬場にも、またふだんの日の厩舎にも行ったことはなかった。

それどころか、グランドニシキがどういう馬やら実物を見たこともなかった。ナクラジョージもハルポッツも、もちろんそのほかの馬も競馬新聞の記事や専門雑誌の写真でのみお目にかかるだけであった。

といって星野花江の情報は、競馬関係者から直接に仕入れたものではなかった。彼女はそれら関係者と個人的に会って話したことは一度もなかった。勝ち馬予想の消去法も実は彼女の独創とは言いがたかった。

彼女は自分の会員とも直接に会うことを避けた。「浜井静枝」の銀行口座に月々の会費を振りこんでくるのが会員であり、彼女からの義務行為は「連勝にからまない馬」の予想通知であった。

星野花江の本名でその「仕事」をするのは好ましいことではなかった。会員のなかで、その気になれば浜井静枝が星野花江であるのをつきとめることはそうむつかしいことではない。会員に教えている電話番号の持主を電話局に問合せると星野花江になっているのである。

しかし、幸いなことに、電話局では電話番号の持主の名を訊いてもかんたんには教えてくれないものである。なにかに悪用されることを警戒してのことらしい。また、会員は正確な「情報」さえ得ればよいわけで、その通報者の身元がどうであろうと関係のないことであった。

彼女が銀行口座を架空名にしたのは、その特別収入を税務署はもとより他の者に知られたくなかったからである。

また、会員に浜井静枝と名乗っているのは、その口座名義と一致させることでもあったが、本名の星野花江は繊維問屋日東商会の社長秘書なので、何かのことで会員がその名を発見しないとも限らないからである。それはきわめてまずいことだった。

星野花江の浜井静枝は、会員たちが電話をかけてくるのを午後十時までと限定し、それを厳守させせた。深夜の電話は迷惑だし、近くの室の住人に気どられそうな危惧があった。

「浜井静枝」はどのような女だろうという興味は当然に彼女の会員のなかにあった。あったというのは、会員の男たちがときどき夜に電話をしてくるからである。

――あなたのおかげで儲けさせてもらいました。いちどお目にかかってお礼を言いたいのですが。

——電話ばかりではなくて、お会いしていろいろと情報を教えてもらいたいのですが。

——お礼に食事をさしあげたいのですが。

星野花江はそのことごとくをていねいに断わった。

彼女の声はわりと澄んでいて若く聞えたので、顔を知らぬ会員たちの興味と好奇心をそそるには充分だった。

——どうやら江戸川区にお住まいのようですが、それだとぼくも同じ区で近いように思いますがね。江戸川区の何町の何番地ですか。

もちろん住所は教えなかった。

このような電話は、会員が自宅で彼女の通報を受けとったときに言うのではなく、夜になってかけてくるのであり、それが公衆電話だったりした。

星野花江の浜井静枝は、昼間は自宅に居ないと言ってあったので、会員たちは彼女が独身の勤め人だと推量していた。

なかには、競馬関係の組織につとめている女事務員がアルバイトに「通信予想屋」をしていると想像している者もいた。

彼女の実体を知っているのは、はじめの一人だけだった。実は、彼女から情報の提供を受けてそのサイドビジネスを思いつかせたのはその男であった。彼は同好者数人を最初の「会員」として紹介したが、道義上、彼女の実体は口外しなかった。

星野花江の浜井静枝は会員からの夜間の電話は十時までとしたが、朝は八時までとした。朝は、昨夜のうちに連絡がとれなかった会員が家の者から聞いて電話をかけてくるからだった。

電話通報はグランドニシキの例のようにレースの三日前にすることもあれば一日前にすることもあった。土曜日のレースだと金曜日、日曜日のレースだと土曜日である。したがって土曜日のレースで金曜日の夜の通報のさい、会員が留守だったときは土曜日の朝にもう一度電話することになる。その月ぶんの会費払込みを前月にうけている彼女の義務だった。

朝の電話は、かけた先の家庭によっては微妙だった。電話口に出た妻の不機嫌さは、夫が出勤や仕事にとりかかるまぎわなので、夜の電話以上であった。

「あ、そう。わかりました」

出た男の声は妻を気にしてあわただしくて短かった。そういう家庭の雰囲気を彼女は受話器でじっと聞きとっていた。

星野花江の浜井静枝が電話で流す競馬情報は、普通のそれと異なって、一日十回前後おこなわれるレースのことごとくを通報するわけではなかった。それは彼女が入手した情報に限られていたから、せいぜい二レース、多くて三レースくらいのものだった。

馬券買いはその日のレースのことごとくを買うわけではないから、その回数に満足していた。それに彼女の予想する「連勝にからまない馬」というのは、たいていそのレースに出る有力馬の情報だったので、会員にとって価値があった。

有力馬が消去されると、残りの馬からの撰択次第では「穴」(場合によっては大穴)の可能性があるからである。

どうしてそのような情報になるのか。

それは彼女が手に入れる資料の性質にあった。――

グランドニシキの不調を電話で通知した週の土曜日も星野花江は日東商会に出勤した。

日東商会ではまだ土曜日の全休制をとっていなかった。小売店相手のこの繊維問屋では、土曜日を半ドンにもせず、以前通りに午前九時から午後三時までの勤務だった。普通日の退社時間を三時間ちぢめたところに、ちょっぴり時代の感覚がにおった。三代もつづくこの繊維問屋は、まだノレンと前垂れの感覚が残っていた。

星野花江は朝出勤すると、社長室の合鍵を警備課から受けとる。四階に上がって秘書室を自分の鍵で開けて入り、コートをぬいで掛けたりハンドバッグを置くのも匆々にして合鍵で社長室のドアを開ける。このとき廊下に待っていた雑役婦二人がそこに入ってきて、床や応接卓やイスなどの掃除にかかる。彼女は社長の机の上を拭く。書類などがあるので、雑役婦には社長の机やそのまわりのものを触らせなかった。

毎週土曜日、社長の出社は通常午後四時過ぎであった。それまで社長はいつも競馬場に行っている。したがって秘書の星野花江は土曜日でも六時ごろ、どうかするともっとおそくまで職場に居残らなければならなかった。しかし彼女はそれを苦痛とは思わず、むしろよろこんでいた。

社長米村重一郎は競馬ウマをいま七頭持っている。五年前からその趣味に凝りだして、はじめは三頭だったが、去年は十頭を持った。評判のいい渋川厩舎にあずけているが、現在の七頭のうち四頭がいわゆる血統馬で、三頭が明け三歳のときにあてた抽籤馬だった。グランドニシキはその血統馬のうちの一頭であった。

米村社長の馬主仲間はもちろん繊維問屋だけではなく、違った業種の経営者その他であったが、それらは平均して五、六頭は持っていた。そのうちのごく親しい馬主仲間は情報を交換し合っていた。

米村社長が馬主仲間と情報を交換するのは、電話によることが多かった。——

外線は交換台から秘書室の星野花江につながれる。

どこそこの会社のだれだれさん、または何さんから社長さんに電話です、と交換台が早口に告げる。社長が居るときは彼女が机上の白い電話機のボタンを押して、その電話を社長室にまわしてよいかどうかを訊ね、いいと社長が言えば、切換えのボタンを押し、彼女は受話器をおく。社長の通話が済めば、電話機の通話中のサインが消えた。

社長の都合で話したくないといえば、秘書は先方に理由をつくって叮重に断わらねばならなかった。断わる口実はいくつかのパターンにわかれていたが、最も頻度が多いのが「不在」であった。いつ帰社するか予定を聞いておりません、と言う。もし、真に社長が話を望まない先だと、毎日でもこの言葉をくりかえせばよかった。お電話をいただいたことは社長にたしかに伝えましたが、べつに社長からは何も聞いておりませんので。そのうちに向うは腹をたててかけてこなくなる。

社長が実際に不在のときは、彼女が先方の話す用件を聞いた。その内容のほとんどは彼女に理解できるものだった。というのは、有能な秘書はある意味でたいてい社長の仕事に介入しているから……。社長が出かける際に、留守中予想される電話に対して返事の指示を秘書にあたえるのは普通のことで、それは当該管理部門の責任者がタッチするのとは別に、いくらか個人的な要素が強かった。

社長によってはお節介な秘書の介入にいらいらするものだが、その点、星野花江は節度を心得ていた。彼女は社長のどんな個人的にわたることでも、表情には何の興味らしいものも浮べず、事務的で淡泊な言動に終始した。十年間変ることがなかった。

社長は、口がかたくて絶対に他に洩らすことのないこの秘書を信頼していた。彼女が社員たちとあまりつき合わず、孤独に徹している姿勢も好ましかった。

じつは米村社長もこれまで星野花江を結婚させようと考え、彼女には黙ってひそかにそのお膳立てをしたことも一再でなかった。対象には社員もいた。しかし、それはどれも成功しなかった。社長は拒絶される理由がよく分っていたので、いまではもう諦めていた。社長としては、もっと若い美人秘書を望んでいないではなかったが、こういう忠実な秘書も手放したくはなかった。

星野花江は社長の交際範囲の人名をほとんど知っていた。先方も彼女の電話の声に馴染(なじ)んでいた。とくに社長の馬主仲間は。――

米村社長の馬主仲間は、同業の経営者が多かったが、持ち馬の情報を交換するのは四、五人くらいだった。変ったところでは不動産業者と婦人科医が一人いた。

馬主はじぶんの持ち馬には、ほとんど自信をもたないものらしい。調教師、騎手、厩務員たちは馬主に希望をもたせようとするが、馬主は、よほどの馬でないかぎり、それをあまり信じない。馬主は持ち馬の馬券を「祝儀」程度に買うが、それ以上には買いこまない。

そのかわり、他の馬にたいしてはその情報が客観的に冷静であると信じたがる。その資料は、いわゆる「厩舎情報」のほか、馬の玄人(くろうと)や競馬専門紙の記者などが提供するものである。

馬券買いの好きな馬主たちは入手したそれらの情報を仲間と交換する。そこで彼らなりの綿密な分析がおこなわれる。

電話での情報交換は、たいていの場合、両者だけのとき、米村社長なら彼が社長室にひとりで居るときに、専門用語で話される。

たとえば、

「ハーマンは、このところ食いがほそってしようがない。分けて食べさせているが、ハミのかかりも悪いのはロウシが生えてきたのかもしれない。××がそう言っているそうだ」

と言う。

それはこういう意味である。

《レースの二週間前から馬に良質の燕麦を食わせるが、日本の燕麦なら一日に八升食うところ、それほど食わなくなった。ふだんは三回に分けて食べさせるのを五、六回に分けても食べない。クツワをかませても、どうも引っかかってうまくゆかないので、狼歯（馬の八重歯）が生えてきたのかもしれない》

これは調教師か厩務員の情報資料だろう。

狼歯は外見ではまったくわからない。厩務員が馬の口に手を突込んで調べてはじめてわかる。食いが細り、ほんらい四八〇キロの馬体が二〇キロ足りず四六〇キロだと能力を発揮できないおそれがある。

馬の口に手を突込んで見なければ分らないような狼歯が、馬をなでる程度しかできない競馬記者に察知できるわけはなかった。

それで予想はこんなふうな記事になる。

《前走後方からものすごい脚を使ったハーマンが相変らず調子がよい。ハンデもてごろで差し切りのチャンスだ。ハマダキングも前回を上まわる出来にあり、ダート巧者のラピッドフットは展開的に食指が動く。他では上昇馬のエスタード、ミラノエースに注目。波乱ふくみの一戦だ》

これだとハーマンが最有力馬で、本命に見られる。

米村社長は午後四時半ごろ外から戻ってきた。

直通電話に呼ばれて星野花江が社長室に行くと、三代目の重一郎はその血色のいい、働き盛りの顔を大机の前に坐らせていた。

「今日の電話はどうだったね？」

星野花江は手に持ったメモを見た。

今日の午前十時からいままでに社長宛ての電話は十二件あった。土曜日なので、ふだんよりは少ないが、すべて業務上の電話だった。彼女は時間的順序にしたがって報告した。その大部分は社長が留守だというので、来週月曜日にかけ直すというものだったが、なかにはかんたんに用件にふれたものもあった。彼女はそれらを要領よく社長に伝えた。

米村社長は、ふむ、ふむ、と聞いていた。彼の卵形の顔は、壁に掲げられた初代の重左衛門の肖像画と、二代目の青銅胸像のそれとそっくりだった。卵形が米村家の血統の純粋をあらわしていた。あまりに純粋すぎるとかえって滑稽(こっけい)をおぼえるものだ。

「そのほかには?」

社長は報告を聞き終ってから訊いた。

「それだけでございます」

社長が、そのほかには、と問うたのは業務以外の電話だった。つまり競馬関係であった。

「ぼくは六時までここに居る。君もご苦労だが、それまで居残ってほしい」

「わかりました」

「部長は、だれが残っている?」

「婦人服部長が大阪へ出張されている以外は、みなさん全部社内におられます」

「企画部長に来るように言ってください」

星野花江は席にもどると社内電話を取り上げ、企画部長に伝えた。

土曜日で社員のほとんどは午後三時に帰ってしまい、正面出入口のシャッターを下ろしているので、社内はしんかんと静まりかえっていた。部長連中は、四時半から社長が出社するので帰るにも帰れずにいた。

社長室に企画部長が入った。むろん話声は聞えない。仕切りのドアは厚く、社長の机はずっと離れた窓ぎわになっている。

五時、星野花江の前にあるボタン式の電話が鳴った。

「北陸繊維企業組合の堀越理事から社長さんに電話ですが」

警備課の男の声だった。交換台も三時で終っていた。

「つないでくれ」

社長は取次いだ彼女に言った。

星野花江は社長室に電話を切り換えて、じぶんの耳に当てていた受話器をおいた。ボタン盤の社長室電話の箇所に通話中の豆ランプが点き、こっちのは消えた。

福井の機屋(はたや)組合の理事は競馬とは関係ない。社長室の豆ランプの輝きに彼女は関心がなかった。

秘書室のボタン式電話機上に点いていた社長室通話中の豆ランプは三分間くらいで消えた。

一分して警備課員から電話があった。

「関東繊維の山崎社長から社長さんに電話です」

星野花江は社長室の電話ボタンを押した。

「なんだね？」

社長はすぐに出た。

「関東繊維の山崎社長からです」

「つないでくれ」

外線からの電話を社長室に切り換えた。社長室のランプに灯が入った。彼女は受話器をおかなかったので、このほうのランプも灯がずっとついていた。

「山崎だが、昨日は失敬」

快活な声だった。

「やあ、どうも」

米村社長も笑い声で応じた。

「早速だが、あしたの第七レースに出るヒノデカップはどうも来そうにないね」

山崎社長が言った。

「ほう、どうして？」

米村社長が聞いた。

「さっき倉谷が電話してきた。ヒノデカップはボロがやわらかい。まだ馬が若すぎて気性が激しいので、レース前にオマツリが済んじゃいそうだ、とね」

「ふうん。ヒノデカップは明け四歳馬のこんどのレースでは最有力馬との評判だったがね」

「ぼくもそう思っていたが」

「案外だね。ほかには？」

「ほかには……」

突然、社長室との仕切りドアに人の気配がしたので、星野花江は受話器を耳から離して置いた。

企画部長はドアから顔を出して言った。

「星野君。お茶をください」

「はい。ただいま」

彼女は急いで紅茶茶碗二つを用意した。企画部長はすぐ引込んだ。受話器を置いたのには気がつかなかったようだ。あぶないところだった。

《ヒノデカップは前評判がよい。両親とも血統が良いからだ。しかしレース経験があまりないと、レース前日に緊張のために糞便がやわらかくなる。神経質なので、レース前に昂奮（こうふん）状態になってしまい、いざレースの時には実力が落ちてしまう。こ

のようにレース前にもう馬の力が抜けることを「お祭りが終る」と言う》
星野花江はジャーから熱い湯を、紅茶の小袋を入れた茶碗二つに注ぎながら、いま聞いた専門用語をじぶんで解説した。経験で聞いているうちにおぼえたのである。
今夜のうちに彼女はさっそく会員に速報しなければならなかった。「明日のヒノデカップは来ませんよ」と。——

疑い

米村重一郎は、社長室での電話が秘書の星野花江に盗聴されているような気がした。それも業務上の用事ではなく競馬の情報を交換している通話だった。

社長室の電話はすべて秘書室の電話を通じるようになっていた。先方からかかってくるものはもとよりのこと、こちらから相手にかけるのも秘書に命じた。

社長室に外線直通の電話を設備しなかったのは手抜かりだったが、米村重一郎はいまさらそれを改変できなかった。社長室の電話はすべて社用という建前で二代目社長のときからそうなっているのである。二代目は初代の創業を発展させて今日の日東商会の基礎をきずいた人で、一生をその努力に費やし、私的享楽をまったく求めず、したがって秘書に聞かれると都合が悪いために社長室に設置するといった外線直通電話の要はなかった。

　三代目重一郎は父の遺した方針をうけつがねばならなかった。営業方針がそうだったように社長室の電話システム一つにしても動かせなかった。ひとつには社員らの手前があった。社長室に外線直通電話を設置すると、社長が秘書にも聞かれたくない私的通話を自由にしたいためにそうしたのだと取られそうである。社長室の電話は当然業務用に限られているという公明正大さを重一郎社長は見せねばならなかった。

　もちろん重一郎は二代目の刻苦精励を、その卵形の容貌のようには継承しなかった。彼は、決してハメをはずすことはなかったけれど、人なみには遊んでいた。たとえば、二代目は競馬などには見むきもしなかったが、当代の彼はウマを持っている。また、移り変りはしたが親しい女性もいた。

　口のかたい星野花江は秘書としてはうってつけで、外からかかってくる女性その他、私事にわたることは絶対に社の内外に洩らさなかった。重一郎は彼女を信頼していた。秘書室には彼女しか置かず、増員をしなかったのはそのためである。彼女だと、ある程度、プライベートな返事でも任せられた。

競馬にかんする通話を星野花江が盗聴していると重一郎が感じたのは、ここ一カ月ぐらい前からである。秘書室の電話は社長室に切換えとなっているが、秘書が受話器をそのまま耳に当てていれば通話の内容はすべて傍受できる。秘書室のボタン式電話機は、ボタンを押して社長室へつなぐと、社長室が通話中というしるしにそのランプがつく。秘書がじぶんの受話器を置かずに聞いていれば、そのぶんにもランプがついたままである。

しかし、ドアで仕切られた社長室からは秘書室は見えない。社長室の電話が通話中なのに電話機の通話表示盤にもう一つのランプが消えないで点灯しているというのは、分りようがなかった。

それにもかかわらず、社長室で米村重一郎は競馬情報を電話で交換しながら、その通話が秘書の星野花江に盗聴されているように感じた。十年来、秘書の彼女に持ったはじめての疑惑だった。

土曜日の夕方五時ごろ、関東織維の山崎社長からの電話でヒノデカップの「お祭り」を聞いているとき、同席していた企画部長が急に秘書室のドアを開けて星野花江にお茶をたのんだ。

「星野君が耳にあてていた受話器を置いたかどうかその動作までは見とどけられま

せんでしたが、ぼくの近づく気配を察して、ドアを開ける前の瞬間にじぶんの受話器をさっと置いたようにも思えます。彼女の様子にあわてたところが見えましたから」

あとで企画部長は重一郎社長にこっそりと言った。

「それじゃ彼女のボタン電話にランプがそれまで点いていたかどうかまではわからなかったんだね？」

重一郎は顎を両手の上に乗せて訊いた。山崎から電話がかかってくるのを予想してその時間に企画部長を呼んでおいたのは、彼のちょっとした思いつきだった。

「受話器が置かれていたのですから、やはりランプの灯も消えていました。ぼくがのぞくまで点いていたかどうかまではわかりません」

「そうか」

「どういうつもりで星野君は社長の電話を盗聴しているんでしょうか？」

「いや、盗聴がまだはっきりしているわけじゃない」

「ぼくから厳重に注意しておきましょうか？」

「よけいなことはしないでくれ」

社長は企画部長の忠勤を叱った。

証拠もないままにヘタに注意すると星野花江から逆ネジを食うことは明らかだった。社長もこの秘書には私的電話でいくつかの弱味をにぎられていた。彼女を信頼しているぶんだけ彼女に弱点を握られていた。

「星野君が日曜日に開催中の競馬場に行っているか、あるいはどこかの場外馬券売場で馬券を買っているといった噂は聞かないかね？」

「さあ。ぼくは知りませんが、社員たちにこっそりときいてみましょうか？」

「うむ。内緒でね」

三日後に企画部長は、社長室以外の場所で社長に会って報告した。

「星野君は変った性格ですから、そこまで知っているような親しい人間が社内にいるかどうかですがね」

「社内では星野君が馬券を買っているような噂をだれも耳にしてないそうです。もっとも彼女の私生活を知っているような親しい友だちがいないのです。星野君が社員に利子つきで金を貸しているというのはわかっているんですがね」

星野花江が社員たちに利子つきで小金を融通しても社内の風紀や規律を乱すことにはならなかった。社長の重一郎もそれには無関心だった。ただ、彼の気がかりは競馬情報の電話を彼女が盗聴しているのではないかという疑念にあった。

疑念は早く解決しなければならない。梅雨空の雲のようにいつまでも頭の上に暗くかぶさっているのは愉快でなかった。

次の金曜日の午後四時ごろ、社長室にいた重一郎は秘書からの電話を受けた。

「夕刊レジャーの吉原さんから電話ですが、いかがいたしましょうか？」

吉原はその新聞の競馬担当記者だった。

「つないでくれ」

受話器に吉原の咽喉をつぶしたようなダミ声が入った。

「社長ですか。吉原です」

「やあ、どうも」

「さっそくですが、中山の明日の五レースに出るヒカリキングですがね、あれはどうもおぼつかないようです」

「ほう。どうしてだね？」

「日曜日には百六つで駆けたし、一昨日の上がりでも三十七秒だったんですがね……」

「………」

重一郎は受話器を耳にかたく押しつけていた。相手の声が心なしか遠かった。盗聴されているときは感度がいくぶん低いといわれている。

「もしもし、聞えますか？」

「うむ、聞える」

「それで、その、一昨日の上がりが、いまも言うとおり三十七秒だったんですが、攻め馬のあとのアラシがどうも弱いんでね」

「つまり、ヒカリキングは、日曜日の調教ではマイル百六秒の順調な仕上がりで、一昨日の最後の仕上げの攻め馬でも上がり3ハロンを三十七秒という好調ぶりだったが、調教後の息づかいが弱い。で、なにか欠陥があるかもしれないというんだね？」

「そうです、そのとおりです」

「で、その欠陥というのに心当りがあるかね？」

「考えられる原因としては……」

「ちょっと待ってくれ」

重一郎は受話器を机の上に横たえ、急いでイスをはなれ、床を大股で歩いて秘書室のドアを開けた。

星野花江は伝票の綴込みを見ていた。彼女の受話器は切れた状態で置かれ、そのランプは消え、社長室のランプだけが通話中の灯を橙色にともしていた。

「煙草が切れた。二個買ってきてくれ」

金をうけとった星野花江が部屋を出て行くや否や、重一郎は秘書の電話ランプを掌の中に握った。それにはまだ温もりが残っていた。ランプの灯が今の瞬間まで点いていたことが分った。

星野花江はやはり盗聴していたのだった。


米村重一郎は火曜日の午後二時ごろ、タクシーで皇居前にあるホテルへ行った。正面横のロビーのイスにならんでかけていたなかから、背の高い瘠せぎすの男が逸早く立ち上がって重一郎の前に近づいたが、三歩はなれたところでぴたっととまり、叮重に腰を折った。

「社長さん、八田でございます」

「やあ、今日は。しばらくですな」

重一郎はにこにこして相手の顔を見たが、その微笑もいくぶん横柄だった。

「は。どうも。まいど平和服飾さんを通じて日東商会さんのお仕事を頂戴しております」

八田英吉は頭をつづけてさげた。

「お世話になっております」

「とんでもございません。社長さんとこのお仕事を間接ながらさせていただいていることはどんなに光栄で、ありがたいことかわかりません。いただいたご注文の納入にあたりましては仕事も入念にいたしまして、平和服飾の堀内社長さんにも十分に点検をうけ、少しでもミスのないように気をつけておりますが、いかがでございましょうか、お気に召していただけますでしょうか」

「いや、けっこうですよ」

重一郎は見たこともない納入品について言った。

「ありがとうございます」

八田英吉はまた深々と頭をさげた。

日東商会の婦人服部が持っている下請の縫製会社に平和服飾というのがある。そのまた下請が八田英吉の城東洋裁店だった。そこでは既製婦人服のスカートだけを縫っている。日東商会の婦人服部と相談して型をきめたり、その裁断をするのは平和服飾で、従業員が六十人くらい居る。八田英吉の城東洋裁店は十人ばかりの女を雇っていた。

重一郎は第二次下請の店主を喫茶部のテーブルに誘った。席についても八田英吉はおどおどしていた。平和服飾の経営者には始終会っているが、いわばその上にある親会社の社長と顔を合せることは滅多になく、ましてホテルに呼び出されるというのは予想もしてなかった。

城東洋裁店は、もっぱら平和服飾から出される日東商会の仕事に頼っているので、もし日東商会からカットされようものなら途方に暮れるのは目に見えているため、八田英吉の三十四歳の細長い顔も不安そうであった。もともと、なよなよとしたひ弱そうな身体つきだった。

コーヒーに口をつけながら重一郎は、相手の心配をとりのぞくように親しい態度で世間話を二、三したあとできいた。

「ときに、あんたはウチの会社にはあんまり電話をかけてきたことはないね？」

「はい。どうも申しわけありません。平和服飾さんとはいつもお話をして御社（おんしゃ）のご方針を承っておりますものですから」

八田英吉は恐縮して頭をかいた。重一郎からいってこれは八田英吉の誤解であった。

「いや、そうじゃない、そういう意味で言ったんじゃないのです」

米村重一郎は八田英吉のとり違えをただしていった。

「あんたがウチの女秘書に電話をかけたことはあまりなかったと思うけど、それをたしかめたんですよ」

「はあ?」

八田英吉はこんどはきょとんとして重一郎を見たが、どういうわけか顔を赤らめて強く首を振った。

「社長の女性秘書にお電話したことなんか絶対にございません。そんなこと、できるわけはありません」

これも八田英吉が勘違いをしているようである。女秘書を電話で誘惑したように疑われていると彼はとったらしかった。

「いや、もちろん、社の用事で、ぼくに話したいと秘書に電話したことはないか、ときいているんですよ。ぼくはあんたと電話で話した記憶があまりないのですがね」

「はい、それはもう社長さんにお電話したことは一度もございません。そんな僭越(せんえつ)なことはしておりません。したがって社長さんの秘書さんにお電話して取次ぎをおねがいしたことはございません」

八田英吉は二度目の錯覚にまた眼のふちを赤くした。

「そうですね、そうだと思います」

米村重一郎は煙草を口にくわえ、八田英吉がつけてくれたライターの火で煙をふかし、しばらく瞑想的な眼つきをした。

――星野花江は電話を聞くのが仕事の大半だから、交換手のように相手の声を聞き憶えている。今後、八田英吉と電話連絡をとるばあい、その声が第二次下請の城東洋裁店主八田英吉のものという記憶があっては困るのだ。彼女のはじめて耳にする声が最も適切な条件であった。

実は、これから試みる調査をだれに依頼しようかと重一郎も迷ったものだった。私立探偵社のようなところをと思わないでもなかったが、いくら専門的でも外部にたのむのは好ましくなかった。いうなれば自分の体面にかかわる。営業成績が低落しているのに、競馬ウマを六頭も七頭も持って馬券を買っているなどと知られたくない。まして自分が手もとに使っている女秘書が電話を盗み聴きし、その競馬情報を何かに利用しているのではないか、という疑惑を外部の調査専門家に打ち明けるのは気乗りがしなかった。そうした民間調査機関の内部世界もうすうすは噂で聞いていないでもなかったので。

　といってこんなことを社内の者にはもちろん命じられなかった。また、すぐ下請の、たとえば平和服飾社長の堀内のような人間にも調査を依頼できなかった。そういう連中はあまりに頻繁に秘書の星野花江に電話をかけすぎていた。

　外部の者で、こちらの依頼を忠実に実行し、しかも秘密を厳守してくれる者といえば、城東洋裁店の八田英吉くらいしかいなかった。彼だと日東商会とは関係があり、しかも第二次下請業者として日東商会に依存しきっている。日東商会から見放されるのは彼の死活問題である。依頼に対する誠実な実行は彼の日東商会社長への忠誠心のあらわしどころであった。重一郎は八田英吉を思いついたとき、思わず手を拍ったものだった。

　はたして彼の予想どおり、八田英吉はその依頼を一議に及ばず引き受けた。のみならず感謝をその気弱そうな顔いっぱいにあらわして頭を深々とさげた。

「わたしのような者にそのような大事をお命じくださって、なんとも光栄でございます。一生懸命につとめさせていただきます」

　親会社の社長から直々に下命されて、声も感激にふるえているように聞えた。

「いや、それほど大事とは思わないけどね、やはり気にかかるのでおたのみしたのですよ。ところで、こんご、この件であんたがぼくに電話をくれるときには、八田さんの名前では都合が悪いね。例の秘書の星野君が取次ぎ電話で聞いているのでね」

「ごもっともです。では、ここは皇居前ですから、今日のお話を記念しておぼえやすいようにミヤギとしてはどうでしょうか。皇居は宮城ですから、宮城県の宮城にするのです」

八田英吉は提案した。

「宮城か。なるほどそれはおもしろい。あんたはなかなかセンスがある」

重一郎は賞めた。

「おそれいります。で、その電話でご報告してもいいでしょうか？」

「いや、それはまずい。星野君に盗聴されるおそれがある。だから、報告を聞くために会う時間だけを打ち合せよう。場所はここがいいと思う」

「承知しました。それでは、わたしはゴルフ雑誌の宮城という編集者だということにいたしましょう」

「いいですな。ことがことだけにできるだけ内密に」

「よく分っております」

話合いは成功裡に終った。

二人はいっしょにホテルの玄関先に出た。重一郎は客待ちのタクシーへ寄ったが、八田英吉のひょろ高くて細い身体は広場の駐車場へいくらか内股で歩いた。彼は自家用車で来ているのだった。

重一郎がタクシーの窓から見ると、八田英吉はグレーの中型車のドアにキイをさしこんでいるところだった。

タクシーがその前を通ると、自家用車のドアをあけた八田英吉はそのままふりむいて、乗っている重一郎へむかって一礼した。そのもの腰はやさしかった。

三週間目の月曜日の午前十一時ごろ、米村重一郎は星野花江の声を聞いた。

「ゴルフ雑誌の編集者の宮城さんというかたからお電話ですが、どういたしましょう?」

重一郎は、彼女自身の調査のことなのにと思うと耳が痛痒(いたがゆ)くなった。

「つないで」

接続音が聞えた。

「もしもし。宮城でございます」

二次下請の経営者は言った。重一郎にはこの前会った瘠せた顔が泛(うか)んだ。

「やあ、どうも」

「社長さんにはいつお目にかかれるでしょうか？」

「そうですね。ちょっと待ってください」

机上にある予定表をのぞいた。今日の午後一時半から社内で販売促進会議がある。それまでに社に戻ればよい。

「十二時十分にしましょう」

「十二時十分でございますね。わかりました」

電話はそれだけで切れた。

これだけでは電話を取り次いだ星野花江も感づきようはなく、あとで彼女をほかの用事で呼んだときも、その表情に何の変化もなかった。

態度が多少ぎすぎすとしていて、女らしい愛嬌はすこしもなかったが、馴れた仕事をてきぱきと片づけるし、口が固く、出すぎたことは決してしない星野花江を重一郎は秘書として手放したくなかった。かりに彼女が電話を盗聴していても、それほどの害悪でなかったら黙認するつもりであった。が、そのためには先ず事実を知っておかねばならなかった。

十二時二十分に重一郎が宮城前のホテルに入ると、八田英吉の瘠せぎすな姿がロビーから立ち上がってきておじぎをした。

「社長さん。今日は、どうも」

「ご苦労さん」

重一郎は彼を招いてエレベーターにいっしょに乗り、最上階のダイニングルームへ伴った。

昼食の注文を聞いたボーイが去ると、八田英吉はこの破格の待遇に感激して礼を述べた。

それから彼は言った。星野花江の身辺についてここ三週間近く内密に調べたところ、彼女は競馬場にも行ってなく、場外馬券売場で馬券も買っていないことが分った。また、競馬や馬券買いの好きな友だちも居ないようである。

ただ、彼女の帰りを尾行すると、駅などで競馬新聞をよく買っている。馬券を買わない者がこれは奇妙なことである。

「奇妙なことといえば……」

八田英吉はやさしい眼をちょっと開いて言った。

「星野花江さんの電話のことですが……、星野さんの電話番号は、社長さんから先日うかがっていましたので、ふと思いつくことがあって、先日、午後八時ごろに電話してみました。話し中でした。話し中ですから星野さんが帰宅していることは確実です。ほかにだれもいっしょに住んでいないのですから」

八田英吉は重一郎に話した。

「……ところが、そのあと、何度電話しても、先方は話し中なんです。女性の電話はとかく長いものですが、これが二時間以上もつづいていました」

「二時間以上だって？　その間、一度も先方の電話は空いてなかったのかね？」

重一郎はスープで濡れた口を拭きながら訊いた。

「いえ、わたしは七、八回はかけたのですが、そのあいだに二度だけは星野さんと思われる声が出ました。わたしは一回は、間違えましたといって切り、もう一回は黙って切りました。そのほかは全部話し中なのです。そうそう、あれは金曜日の夜でした。そうしてその翌日の土曜日の朝と夜にも電話しましたが、これも話し中でした。朝というのは七時から八時すぎの間でしたがね」

八田英吉は重一郎と同じように口もとをナプキンの端で拭ってつづけた。

「それから先週も星野さんに電話しました。月曜日から水曜日までは夜の電話はあいていました。というのは、こちらでダイヤルをまわすと信号音が鳴りましたから」

「そんなことをすると星野君が電話口に出るじゃないですか」

「それは大丈夫です。信号音がちょっとでも聞えたらすぐにこっちが切りましたから。チリンと短く鳴ったきりでやむ間違い電話は日ごろでもよくあることですからね」

「うむ。なるほど」

重一郎は皿の肉にナイフを入れた。

「で、木曜日の晩になると星野さんの電話は急に話し中が多くなるのです。金曜日と土曜日とは長い話し中でした。朝も話し中がつづいていました」

社長さん、これはどういうことでしょうか、と八田英吉は重一郎にならってステーキを切りながら言った。

さあ、と重一郎が小首をかしげると、下請業者はナイフの手をとめ、眼を伏せておだやかに言った。

「中央競馬の開催日は毎週土曜日と日曜日で、社長さんもよくご存知のように、どこかの競馬場でかならず開催されています。関東の場外馬券売場では東京、中山はもちろん、関西で行なわれる天皇賞や菊花賞のような大レース、それに新潟、福島などのローカル競馬の馬券も買えます。これら土、日の競馬予想はその前々日の木曜日あたりからおこなわれているんじゃないでしょうか？」

「え？　すると、君……」

重一郎は八田英吉の顔をじっと見た。

秘書の星野花江が競馬の勝馬予想をアルバイトにしていることが八田英吉の話からほぼ確実となって、重一郎は唸った。

英吉の話というのはこうである。

出走馬の調子を社長が馬主どうしや厩舎関係者と電話で交わす話合いを星野花江が盗聴しているという想定から出発すると、彼女の電話が競馬開催日の二日前から晩と朝とに話し中が多いことの理由が解けてくる。

秘書は盗聴した内容を競馬予想情報として各方面に電話で流しているにちがいない。それは競馬場にも行かず、場外馬券売場ものぞいたことのない彼女が駅のスタンド売場で競馬関係の新聞を買っていることでも推測できる。

彼女の流している電話情報の先は、友人とか知人といった少数の人間ではなかろう。毎週きまって電話をかけていること、その話し中が長いこと、それも一つの通話ではなく何軒にもつづけさまにかけていると思われることから、その情報流しを半ばプロフェッショナルなものにしているのではなかろうか。

まさか不特定多数の「客」を相手にしているとは思えないので、これは会員制度だと考えられる。会費を月々あつめて行なっているのかもしれない。自分の推量するところでは——と英吉は言った。——まず、三十人か四十人といった人数ではなかろうか。

聞くところによると星野秘書は、金銭への執着心が強く、生活費を切りつめて万事が質素で、友人とも交際をせず、貯めた金を社員に月七分の利子で貸しているそうである。そういうガメツい性格から推しても、会員制度で競馬情報のアルバイトをしていることの可能性はきわめて強い。

「まあだいたいこういうことの見当がつきました」

八田英吉の話が終ったころは皿のステーキも消えていた。

重一郎が唸ったのは、星野花江の抜け目のないやり方であった。実害がないから飼犬に手を噛まれたというほどでもないが、顔を逆撫(さかな)でされたような気にはたしかになった。

「なにか対策でも講じられますか?」

八田英吉は内緒話をするような口ぶりできいた。

「さあ」

　正面からそれを理由にして彼女を叱責することはできなかった。社長自身が競馬情報を取ったり交換したりしているのである。それに社の機密を他に洩らしているというのでもなかった。長いこと秘書に使ってそういう落度はいちどもなかった。彼女も独り身だ。金に頼るしかないのであろう。大目に見てやろう、と重一郎は一度は思った。


「佐田先生からお電話でございます」

受話器に星野花江の声が流れた。

「つないでくれ」

佐田は競馬場の厩舎に出入りする獣医であった。重一郎はメモの紙を反射的に手もとに引きよせた。

「やあ、米村さん」

獣医の明るい声が出た。

「おや、先生。お忙しいでしょう？」

「あさってから府中があるんでね」

「ご苦労さまです」

「ときに、ヒカリプリンスのことですがね」

「はいはい」

重一郎は受け答えしたが、この電話を隣りで星野花江がもう一つの受話器で耳を澄ましていると思うと、いい気持がしなかった。ヒカリプリンスは彼の持ち馬だった。

「今朝、診たんだけど、どうも響きがよくないんですよ」

「はあ？」

「攻め馬のあとで診察したんだが、どうも心音がおかしい。だいぶん疲れているようだ」

「ははあ」

「今朝の攻め馬では一番時計を出していたが、あまりに強過ぎたようです。こんどは人気になりそうですが、あまり期待はかけられませんよ」

「ありがとうございました、先生」

「じゃア」

先方の声は切れたが、重一郎は受話器をしばらく耳に当てていた。

隣りの秘書室で星野花江はいまの話を聞いていたろうか。彼女のボタン式電話のキイ盤の上には二つともランプが点いていたであろう。いますぐ隣室にのぞきに行っても一つの灯は消えているだろうが、握ればランプにほのかな熱が残っているにちがいない。

重一郎は受話器を置き、肘をついて組んだ両手の上に額を乗せた。

八田英吉の言葉どおりだと、秘書は自宅に帰って今夜のうちにも「会員」の家に次々と電話するだろう。

《ヒカリプリンスはこんどは来ませんよ。調教のあとの診察では心音が弱いそうです。疲れているらしいです》

ヒカリプリンスが自分の持ち馬だという理由で重一郎に不快感がこみあげてきた。持ち馬といえば家族の一員と同様だ。その馬がこんどのレースに負けるといって方々に通報する。しかもそれは彼女の小遣いかせぎにである。

（なんとかしなければなるまい）

呟いたのは、やはり腹が立ってきたからである。

その内職によって、月に平均三十万円の別途収入が秘書にあることを重一郎は知らなかった。

対策

米村重一郎はその日の午後二時ごろ、出先から城東洋裁店の八田英吉に電話し、一時間後に、皇居前のホテルへ来るように言った。

ロビーにはすでに八田英吉の瘠せた姿が待っていた。そこから喫茶部の卓についた。

「この前の話だがね、いや、秘書がぼくの電話をぬすみ聞きして競馬情報のアルバイトをしているということだが……」

「はい。あんなことを申し上げて星野さんには悪かったかもしれません」

八田英吉は気弱そうに眼を伏せ、低い声で言った。

「いや、それはかまわない。ただ、問題が問題だけにぼくも処置に困っている。星野君のやっていることが、もし明るみに出ると、本人のためにもならないが、ぼくも体面上困るんです」

「ごもっともです」

「本人を傷つけないようにして、あれをやめさせる工夫はないものかと考えているんだが」

　八田英吉は重一郎といっしょに考える眼つきをした。

「社長さん。秘書室にもう一人、秘書を置かれたらどうですか？　そうすれば星野さんも社長さんの電話を盗聴できなくなると思いますが」

　それは重一郎も考えないではなかった。だが、その実現はむつかしかった。いまとくべつに理由もなく突然に秘書を二人にすると、星野花江が神経を尖らすにちがいない。女の心理は繊細だ。ことに星野花江は鬱屈（うっくつ）した性格で、他とは変っている。彼としては星野花江と心理的に無用な風波を起したくなかった。もし、陰気に反抗でもされると仕事がやりにくくなる。それに彼も会社の秘匿事項や自分のプライバシーを少ない部分ながらも彼女に知られていた。

　秘書の増員はいまのところ困難だと重一郎が答えると、八田英吉は前のコーヒーに視線をあててしばらく思案していたが、

「では、社長さん。こういう案はどうでしょうか？」

　と、やわらかな眼をあげた。

「星野さんが電話で会員のような人たちに盗聴でつかんだ競馬情報を流しているのは、おそらく事実だろうと思います。そこで、こんどはどなたか馬主のかたと打ち

合せてわざと間違った情報を電話で言ってきてもらうのです」

「うむ？」

「盗聴した星野さんはそのとおりを会員に伝えると思います。間違った情報ですから、その予想が当るわけはありません。そういうことを五、六回もくりかえすと、会員も星野さんの情報を信用しなくなって、だんだん会員をやめてゆくようになるでしょう。そうなると星野さんのアルバイトはダメになると思いますがね」

絶妙な着想だと重一郎は思った。

故意に間違った電話情報を馬主仲間からさせるのはいい思いつきだったので、重一郎は八田英吉のアイデアをうけ入れた。

「けれど、社長さん。馬主さんなり厩舎関係者なりに、どうしてウソの情報を電話で伝えてもらうようにお頼みになりますか。そういう依頼をすれば、星野さんが盗聴してそれをいろんなところに流しているという事情を打ち明けざるを得なくなるんじゃないでしょうか？」

八田英吉は自分の提案が重一郎に受け入れられたのに満足するとともに、次の段階を懸念(けねん)した。

「それは心配することはないよ、八田さん。馬主仲間にしても厩舎関係者にしても冗談好きな連中が多いからね」

　重一郎は笑って言った。

「そうですか。皆さん、洒落た方でいらっしゃるんですね」

「そう。ウイットを解するんでね」

　そのウイットのために星野花江のサイドビジネスが傾き、潰れてしまうのは可哀想な気もしたが、やむを得ないと重一郎は思った。

　話合いが終ったところで重一郎は手首の時計に目をやった。八田英吉はあわてて腰を浮かし、多忙な重一郎の時間をさまたげたことを詫びた。

「いや、それはこっちのほうでお詫びしなければならないことですよ、八田さん。こんどは、つまらぬことでご面倒をかけました。いずれお礼をさせていただきます」

「とんでもないですよ、社長さん。日ごろ御社にはたいへんお世話になっているんですから、これくらいのことではご恩の百分の一もお酬いすることはできません。これをご縁に社長さんのためには献身的な労を尽させていただきとうございます」

　日東商会の発注に頼り切っている第二次下請業の店主は、気弱そうな眼に真摯な光を見せて言った。

「ありがとう。堀内君にもあんたのことはよく言っておきます」

　堀内は第一次下請の平和服飾の経営者だった。八田英吉はここから仕事をもらっている。重一郎が堀内に城東洋裁店をよろしくたのむといえば、これ以上オールマイティなお墨付はなかった。

「ありがとうございます、ありがとうございます」

　八田英吉はテーブルに両手を突き、何度も深々と頭をさげた。

　ホテルの前に出ると八田英吉は駐車させてある自分の車に乗らず、重一郎を見送るために立っていた。

「あれがあんたの車だね」

　重一郎はこの前に見おぼえたグレーの中型車に眼を遣った。運転席と助手席とがうしろに倒れて後部座席と接続しベッドのようになるリクライニング・シートだった。――


　星野花江は、その月も月末に近い土曜日の昼休み時間を利用して会社から少しはなれたところからタクシーに乗った。

「取引銀行」の「浜井静枝」名義にしている普通預金口座へ会員からの払込みがあ

るかどうかをいつものように確認するためだった。払込みのない者には来月ぶんの予想を電話通報しないことにしている。

　タクシーのラジオは競馬中継をやっていた。

　一つのレースが終ったとみえて、その戦績を競馬評論家三人がアナウンサーの司会で話している。

　話の途中に配当金の発表を伝える。

「単勝式2番ハマノコトブキ、二百二十円、複勝式2番……連勝複式2—7で三百五十円でした」

　星野花江は眉をよせた。こんども予想がはずれた。ハマノコトブキを連対馬から除外しておいたのだ。

　二カ月前はこの逆であった。

　有力な連対馬と見られていたヒカリプリンスが着に入らなかった。彼女の電話予想ではヒカリプリンスを消しておいたのである。佐田獣医が米村社長にかけた電話の内容が、その朝の攻め馬のあとで診た心音が悪かった、攻め馬が強すぎてやや疲れ気味、というものだった。

　翌日の競馬新聞には、ヒカリプリンスの着外にはおどろいた、馬は太目を脱してよく仕上がっていたと思ったのにと、ある競馬ファンのタレントの談話が載っていた。本命が飛んで、連勝複式で三千五百円の穴が出た。

予想がはずれた評論家たちは面目を保ちたいために勝手な戦評を載せていた。評論家というのは、あとからつじつまを合せるためにいつでもいい加減なことを言う。

あのときの電話予想ではヒカリプリンスをはずしたので、その消去法により残りの馬から択(えら)んだ会員のなかには三千五百円の穴を当てた者が少なくなかったはずである。さすがだと会員に賞讃されたはずである。ただ、その声が届かないだけだ。そう思って彼女はたいそう満足したものだった。

ところが、ここ二カ月、十回ばかり予想がよく狂う。厩舎関係者や馬主などから米村社長に電話で伝えてくる情報を秘書室で聴いて、調子の悪い馬をはずした予想を出しておくと、その馬が優勝したり二着にきたりすることが多くなった。

いま、タクシーのラジオが勝ちを告げたハマノコトブキもそうで、あれは厩務員の斎藤という中年男が社長に電話してきて、時計も早く、いぜんとして力の衰えはみえないようだが、こんどのレースでは勝てない、と言ったのを聴いたのだった。

どうして米村社長への情報がこのように狂うようになったのか。

銀行前にタクシーが着いた。

星野花江は銀行に入った。

よく知っている係の行員に「浜井静枝」の普通預金口座の入金状態を聞く。

今月の入金者は十九名だった。

先月より七名少ない。また先月は先々月より五名少なかった。つまり先々月は三十一名で、それまで各月とも多少の出入りはあったが平均して三十名ぐらいだった。十九名という払込みは会員の激減であった。

銀行を出ると、その近くの喫茶店に彼女は入った。道路には暑い陽が降りそそいでいる。店内の冷房はきいていた。膚にはひんやりとして快くても、彼女の気分はよくなかった。

手帳を出して、今月会費を払い込まなかった人名を見た。

前谷恵一、奥田秀夫、長谷川隆助、平尾銀蔵、樋田幸雄、高橋由一、戸田鳥太郎。

——また先々月のぶんを見る。

土屋功一、細川直一、松田健造、荒木孝忠、岡部昭三。

——その一人一人の名前を見ているとその声が耳に蘇ってくる。ふつうは名前をみて顔が泛ぶところだが、彼女のばあいは電話の声だけであった。

（おかげで、何々競馬の何日の何レースと何レースには勝たせてもらいました。ど

うもありがとう)

電話で次の競馬の予想を教えると、そう感謝する者が多かった。

(あんたの情報は正確だね。どういうルートできているのか知らないが、どんな競馬紙や予想屋のよりも立派だ。おどろいていますよ。ありがとう。これからもどんどんこういうものを報らせてください。一カ月一万円の会費は少し高いと思ったが、いまとなっては安いものだ)

　そう言う者もあった。

　一カ月一万円の会費が安いのは予想の的中率が高いときである。当らなかったら、その会費は高額に過ぎる。会員の激減はそのためだ。的中率が二カ月落ちてもこういう結果になる。馬券買いは現金なものだった。

(あの女の予想も神通力を失ったね)

　こういう声が聞えてきそうである。

　今後一カ月また予想が狂ったら、会費払込みはもっと減ってくるだろう。そうなると、この電話予想のサイドビジネスもジリ貧となり、いずれは自滅ということになる。

　月平均三十万円の収入を失うことは彼女には大きな打撃であった。目の前が真暗になってゆくような気持だった。

　どうして米村社長に来る電話の通報がこんなに狂うようになったのか。

「攻め馬が強すぎたようだ。予定より時計が三つも早かった。追ったあとにカイバが上がってしまった」

　と厩務員が社長に電話で言っていた馬が、実際には楽勝しているのである。

八田英吉は、喫茶店の隅に坐ってアイスコーヒーをストローでなめるように吸い上げながら、はなれたテーブルの星野花江を気づかれぬように観察していた。

実は、彼は星野花江が正午に日東商会を出てタクシーを拾うのをその前から自分の車の中で見ていて、川向うの銀行まで尾けたのだった。

星野花江が競馬予想の会員制度をもっていて、その会費はたぶん銀行振込みになっているだろうというのが、米村社長の話を聞いてから持っていた推測であった。

だとするならば、その払込み状態を見るために彼女はかならず銀行に行く。外まわりの銀行員が彼女のもとにくることも電話することも、彼女のほうでは内職を守るうえで禁じているだろう。こう考えると、星野花江がその月の入金状態を銀行に見に行くのは月末あたりとみて、その数日間、正午の昼休み時間を張りこんでいた。

　その推量は当った。彼は、星野花江が銀行内で窓口の預金係とは違う外まわりらしい行員からメモをもらい、それにじっと見入っているのを客溜りのところから眺めていた。

星野花江は半分溶けかかったアイスクリームを前に、その手帳を開いたまま、顎に指を当ててもの想いにふけっている様子である。やせた三十女の顔は、頬はくぼみ、眼は細く、鼻の先がすこし上向いて、唇はうすかった。髪はゆたかでなく、それもちぢれていて、額はひろかった。男性に魅力を感じさせることの少ない独身女の典型といったところだった。

が、それゆえに老後にそなえて貯蓄をし、金銭哲学を身につけて生きているさまがその様子にありありと見えていた。その合理主義から、彼女は女らしい情緒も雰囲気も失くしているように思える。あるいは彼女のほうでそれを拒否しているようである。秘書として事務に有能な、人前では勝気な女だった。

が、いま、喫茶店のイスに坐りこんでいる星野花江は、大きな打撃をうけて気力を喪失しかけているように八田英吉の眼には映った。その原因についての心当りが彼にはあった。米村重一郎が彼の進言を採用し、それを実行に移した結果のあらわれにちがいなかった。

二十分間ぐらいそうしていた星野花江は、気がついたように腕時計を見、手帳をハンドバッグにしまい、さっと立ち上がってレジに歩いた。痩せた身体なのでワンピースのスタイルはよかった。彼女は暑い外に出ると流しのタクシーをとめて走り去った。

八田英吉は喫茶店の中では彼女に近づく機会を失った。うかつには言葉をかけられなかった。警戒心の強い女だけに、うかつな真似をすると失敗しそうであった。

次の週の火曜日夕方、八田英吉は日東商会の前から星野花江のあとを見え隠れして歩き、地下鉄から秋葉原駅のホームに上がった。彼女はそこで夕刊のスポーツ紙を買った。スポーツ紙にも競馬記事が出ている。彼女はちらりとそれに眼をむけて折りたたみ、ハンドバッグの中へ入れた。家に帰ってゆっくりと記事を検討すると思われた。彼女に眼をむける男はだれもいなかった。八田英吉は急いで競馬新聞の次週検討号を買った。

小岩では彼女につづいて駅の階段を降りた。八田英吉は電話帳で彼女の住所をたしかめてはいたが、現地に行ったことがなかったので、彼女の後姿を見失わないようにした。駅前の広場に出ると、彼女はバスに乗らず、左側を歩いて広場を横切り、商店のならぶ通りに入って行った。

その通りをまっすぐに歩いて行くかと思われた彼女の姿は、電飾がきらめくパチンコ店の中に消えた。

おやおやと八田英吉は一瞬眼をみはった。彼女がパチンコ店に入るとはまったく予想になかったからである。

金銭に合理的な星野花江は、一円の無駄づかいもしないと思っていたのだ。彼女は競馬好きの人々に競馬の予想は教えていたが、自身では一枚の馬券も買うではなかった。およそギャンブルまがいのことには見むきもしない女だと考えていた。

もしかすると、このパチンコ店に誰か待合せている人でもいるのかと考え、八田英吉は三分ばかり間をおいてレコード音楽の騒々しいその店の中に入った。すると、折から勤め人の帰宅時間で混んでいる客の列の中に、パチンコ台とむかい合ってイスにかけている星野花江の姿があった。

八田英吉は坐る場所もないので、すこしはなれたところから彼女が玉を弾くさまを眺めていた。その肩は右手の指とともに少しリズミカルに動き、眼はガラス板の奥で転がり落ちる玉の行方を見つめていた。その手つきはかなり馴れていた。受け皿の玉の数からすると彼女は三百円ぐらい買ったらしかった。

八田英吉には星野花江のそうした姿がなんともわびしく、奇妙に映った。しかし、理解できないではなかった。アパートに帰っても待っている者はだれもいないのだ。つとめ先では、他の男性からも同性からもお茶をのみに行くこと一つ誘われない女だった。孤独に徹した、金のかからない愉しみといえばパチンコこそ最適なのであろう。ことに近ごろの彼女は会員の激減で憂鬱なはずだった。

しきりと玉をはじく彼女の様子はそれに一心に集中しているようだった。心配ごとを忘れるためにそれに耽っているように見える。あるいは無心に玉を打っているようでも、実は、どうして近ごろ競馬の予想が当らなくなったのかとその原因についてあれこれと分析しているようでもあった。

はじめのうち好調だった彼女のパチンコはしだいに悪くなって受け皿の玉が一つもなくなってしまった。彼女は立って新しい玉を求めに行った。

星野花江が新しく玉を二百円ほど買ってきてはじきだしたころ、彼女の隣りのイスが空いたので八田英吉も玉五百円を仕入れてきてそこに腰をおろした。あたりには煙草の煙がたちこめていた。

彼はパチンコにはかなりの自信をもっていた。前々から好きで、浅草あたりにはよく出かけて、一時期は凝ったものだった。下請のまた下請といった業者には経営上の悩みが多い。いちばんの苦労はやはり金繰りで、親会社である平和服飾の経営者堀内は渋く、手形はたいてい九十日から百二十日の長期で、中間融資も思うように面倒を見てくれなかった。そのうえ、納期は急がれるし、納品のチェックはきびしい。使用人の給料は、物価の上昇に見合って適当にアップしなければならず、そのぶんの値上げは認められなかった。

堀内はその親会社の日東商会が業界の不況でじぶんのほうも値上げしてくれないからだといっていた。それは堀内の理由だろうが、繊維業界の不況はまぎれもない事実なので、彼の大義名分を八田英吉も打破することはできなかった。

あまり執拗にたのむと、堀内は、そんなに採算が合わないならばいつでもウチと縁を切ってもいいというようなことをほのめかす。ほかにもウチの下請を希望するところは多いと冷たく笑った。

それも事実だから八田英吉は堀内に服従するほかはなかった。平和服飾をはなれたばあい、他の会社に急に下請をたのみにゆくこともできなかった。どこも下請は手いっぱいに持っている。それに新しく頼みこんでも、足もとをみられてもっと不利な条件になるにちがいない。平和服飾とは長いつきあいで、ときには堀内が「温情」を見せることもあった。

が、それも堀内のソロバンの上だから、八田英吉の苦しさには変りなかった。そんなときの憂さ晴らしや息ぬきに、昼間でもほかの用事にかこつけて店を抜け出し浅草あたりのパチンコ店に入ったものだった。そのため腕はプロ級になっていた。

——彼のパチンコ台の受け皿は玉の山になっていた。あまり入りすぎて、その下段の受け皿に溢れたのがこぼれ、それにも溜まってきていた。

隣りの星野花江のほうを見ると、二百円の玉がしばらくはふえていたものの、だんだんに少なくなっていた。彼女は指を忙しく動かし、玉の行方を真剣な眼で見つめていた。その様子を眺めても、彼女が一つことに熱心なのがわかった。それとも彼女もまた近ごろの憂さをそれに忘れようとしているのかもしれなかった。

星野花江の玉はついに一つもなくなった。彼女は溜息をついて両手をハンドバッグの上に当て、パチンコ台をぼんやりと見つめていた。

星野花江は玉を使い果して、もう一度、玉貸機に行ったものか、それともこのまま諦めたものかと思案しているふうだったが、けっきょく、あと一度と思ったらしくイスを立とうとした。

五百円をつかってもういちど玉を買いに行こうとするのは、星野花江の合理的な性格からして似つかわしくなく思われた。彼女はそんなにパチンコ好きとは考えられない。たぶん、あのことで面白くないためにめずらしく熱心にやってみる気になったのだろう。

星野花江がイスを立ちかけたとき、八田英吉は玉をいっぱい入れた店の函を彼女の前に押しやって、声をかけた。

「あの、もしよかったら、この玉を使ってくれませんか?」

星野花江はおどろいてふりむき、函の玉と彼の顔とをあいついで見た。

「あら」

彼女はせいいっぱい開いた瞳で彼の顔を見つめ、口を半分開けたままでいた。知らない男がどうして自分に玉をたくさんくれるのか、そしてそれをもらっていいものかどうかのとまどいが不意のおどろきといっしょに顔に泛んでいた。

「いいんですよ。ぼくは、もう帰ろうと思っていたところですから。こんな玉をそう何度も買いに行くことはありませんよ。ばかばかしいですからね」

八田英吉は相手のおどろきをしずめるために微笑(ほほえ)みをたたえた。

「でも……景品を?」

その玉で交換されたらどうですか、と言いたそうな眼をしていた。

「いや、べつに欲しい景品もありませんから」

八田英吉は彼女の受け皿に函の玉をざらざらとうつし入れた。あんまり沢山あって、半分ほど函に残った。

「いいんですか。すみません」

星野花江は軽く頭をさげて笑った。この前、銀行近くの喫茶店にいっしょに居た男ということには気がついてなかった。

三十分もすると、彼女の玉はまたなくなった。彼のほうはまた受け皿に新しい山ができていた。

「ちょっとお待ちください」

イスから立ちあがった星野花江を振りかえった八田英吉は、玉で満ちた二つの函を持って言った。

「ぼくは景品などは要らないから、これであなたの好きなものと交換してください」

「でも……」

星野花江は、また、びっくりして彼を見た。

「ほんとにぼくは欲しくないのです。ひまつぶしだったんですから。遠慮はいりませんよ」

ためらったあげく、星野花江は奥の景品が陳列されてあるカウンターの前に行った。八田英吉はそのうしろに従った。

星野花江は棚にならんでいる景品を買物でもするように眼で品さだめしていたが、

「チョコレートをもらってもいいでしょうか?」

と、八田英吉を見かえった。彼女からすれば、彼からもらった玉なので相談したのだった。

「ええ、どうぞ。お好きなものを」

八田英吉はにこにこしていた。

店員が玉の数にしたがって棚からチョコレートを集めはじめた。じっと見ていた彼女は、気がついたようにまた彼をふりかえった。

「なにかあなたのものをもらいましょうか?」

「いや、ぼくは要りませんよ」

「でも、それじゃ悪いわ。タバコなんかどうですか?」

「そうですな。じゃ、セブンスターを二個」

彼女は店員に三個指定した。

各種のチョコレートが茶色の大型紙袋にいっぱいに詰まった。彼女が眼で見積ったところセブンスターのほかチョコレートが三十個以上は確実にあった。

「こんなにいただけるの？」

彼女は抱きかかえたが、紙袋は粗末でうすく、口のところが破れそうだった。

「もう一つ、紙袋をもらえませんか？」

彼女は要求した。

男の店員は聞えないふりをして黙殺した。彼女がもうすこしきれいな女だったら、店員は愛想よく呉れたかもしれなかった。

「じゃ、これで包んだらどうですか？」

八田英吉はポケットからさっき買った競馬新聞をとり出してカウンターの上にひろげた。

秋葉原駅のスタンドで買ったときは、これをポケットからはみ出したところを見させ、彼女の注目を惹くつもりだったが、こんなにおおっぴらに見せる機会があろうとは思わなかった。

星野花江は果して一瞬意外そうに八田英吉の横顔を見た。そうして、「10レース」サラ四歳オープン、ハヤテボーイ・54・梅崎、ヤマテエリート・53・坪田、アマノヒカリ・52・佐原太などの仕切り罫と数字と小さな活字がベタにならんでいる上質の新聞紙の上にチョコレートでふくらんだ茶色の紙袋を置いて包んだ。その新聞紙は、彼女の抱えた手のところにも赤い派手な題字と「最新情報」と白ヌキのコラムがあった。

二人はパチンコ店を出た。通りにならんでいる飲屋や喫茶店や中華料理店やバーなど灯のついた看板が見えた。

「どうですか、ちょっとお茶でも飲みませんか？」

八田英吉が誘うと、

「ええ」

と、競馬新聞の包みをかかえた星野花江はうなずいた。

二人が入った喫茶店には若い人が多かった。三十男と三十女とは隅のほうに席をとった。

星野花江は、男と二人きりで喫茶店に入ることはめったになかったので、パチンコ店にいるときとはちがって少し固くなっていた。彼が見ず知らずの男だったから当然だったが、けっして不愉快そうではなかった。彼のおかげで、大きな紙袋いっぱいにチョコレートをもらったのである。

彼女はいままで男からも女からも個人的に親切にしてもらったことはあまりなか

った。社内の男は貸した金の利子は払っても、それに足してケーキの包み一つくれるではなかった。この見知らぬ中年男がもし現金でチョコレートを買ってくれたのだったら抵抗があったが、パチンコ玉と交換してくれた景品だったので、おかしみがあった。

しかし、彼女のその上の関心は、この男が競馬新聞を持っていたことで、彼もまた競馬ファンであるらしいと思った。見たところ、こざっぱりとした服装をしていた。瘠せて迫力はなさそうだが、病弱な感じではなかった。髪には櫛目(くしめ)が入り、髭(ひげ)もきれいに当って、口もとから顎にかけてうっすらと青かった。

馬券を買う人のなかには、身なりのよくない男や、やくざっぽいのがいるけれど、この人はちゃんとした生活を持ち、競馬はまったくの趣味で、決してそれに溺(おぼ)れる性質ではないと思われた。それでいて、競馬に通暁し、馬の知識については専門家のように知っていると思われた。

男は伏目がちで、その眼もやさしそうだった。動作もどこかなよなよとしていた。彼女は、はじめ彼をいい会社の中間管理職だろうと推量していた。

「あなたは、競馬がお好きですか？」

星野花江はチョコレートの紙袋を包んだ手もとの競馬新聞に眼を遣り、コーヒーを一口すすってきいた。口もとにはもちろん微笑を浮べていた。

「はあ。まあ、きらいなほうではないです」

男は、証拠の新聞があるので、少し恥しそうにうなずいた。

「競馬のほうは、もうだいぶ前からやってらっしゃるんですか？」

「そう長くはないですが、まあ六、七年前からですね」

「六、七年も。そいじゃ、ずいぶん競馬にはお詳しいでしょうね？」

「いや、そんなに詳しいというほどでもありませんよ」

「馬券の成績はいかがですか？」

「いままでのところ、そう損はしていません。ぼくは何でも研究する性質ですから。もっとも、趣味ですので、決して凝ってはいませんけれど」

答えてから男は眼をあげ、遠慮そうに訊いた。

「あなたも競馬に興味をお持ちなんですか？」

星野花江は、じぶんは競馬にとくに興味があるというわけではないが、馬の血統や過去の成績や騎手や、それから天候による馬場のぐあいなど、あらゆる条件を検討した上で勝馬を予想する推理の仕方が好きだと言った。

彼女自身は盗聴する電話情報にたよっているだけだった。競馬新聞を買ってはいるが、それは報道される馬のデータを検討するためではなく、各馬の名前に馴れることと電話情報の参考にするだけだった。つまり、予想報道で本命とか有力馬に目されている馬が、電話情報では不調とつたえられると、だれも知らない秘密を知ったような優越感と、その消去法によって生じる高配当のアナを会員に当てさせるよろこびがあった。

だから競馬新聞に出ている資料などは詳しく読んでないし、また、それほどの知識もなかった。

八田英吉は星野花江が競馬の予想屋まがいのことをしているなど少しも知らないふりをして、自分のもつ競馬の知識を自慢にならない程度にひけらかした。彼女は聞き耳を立て、その細い眼を輝かしていた。話が長くなり、コーヒーのあとアイスクリームをとった。

彼女は彼に、あなたの住所はこの近くかと訊いた。彼は、ええ、と曖昧に言った。彼女は彼の職業をたずねなかった。初めてなので、立入ったことはさすがに遠慮したようだった。彼もまた彼女にその勤め先をきかなかった。ただ、住居をたずねたとき、彼女は、この近くです、とやはりぼんやりとしか答えなかった。

喫茶店の払いは八田英吉の主張をしりぞけて星野花江がした。チョコレートの礼心らしかった。八田英吉は心苦しいといって、ちょうど八時をすぎていたので、よかったらかんたんな夕食をいっしょにしたいと申し出た。

彼女はためらっていたが、けっきょく承諾をした。彼女の希望で天ぷら屋に入った。そこでは、いちばんぜいたくな「お好み」にした。

店の者が、お飲みものは、と訊いたので、星野花江はあんまりいただけないといった。では、天ぷらだけではなんだからと八田英吉はいってビールをとった。

日ごろの彼女は安ものの天丼がせいぜいだろうが、目の前に揚げてならべられるエビやキスをおいしいといって食べた。アナゴもイカも次々と口に入れた。そのせいか、彼女はビールを思ったよりよく飲んだ。

勘定の段になると、八田英吉の言うのを押しのけて彼女が払った。ケチな女も酔って気前がよくなったのか、それとも情緒がきざしてきたのかと彼はその様子をうかがった。

送らなくてもいいというのを、その断わりかたがあまり強くなかったので彼は彼女のアパートの前まで送った。

愛情の勘定

それからおよそ四カ月経った。その年の十一月に入っていた。

星野花江と八田英吉とは一週間に一回ないし一カ月に三回は会っていた。彼は車を持っていたので、モーテルを利用した。しかし、二度と同じモーテルには行かなかった。

二人は要心深く行動した。絶対に仲を知られぬことが最初からのきびしい約束になっていたので、星野花江は八田英吉の家族がいる自宅はむろんのこと城東洋裁店にも電話しなかった。何かの緊急事態が起って、たとえば今晩会う約束が不意の障害で不可能になったときだけ、彼女は城東洋裁店に電話した。彼が昼間彼女に連絡するときもそうで、日東商会に偽名で電話した。

偽名でお互いが打ち合せるとき、星野花江から言い出した。

「わたしは名前を浜井にするわ。あなたは岡部にしなさいよ」

浜井静枝は、もちろん彼女が銀行につくっている普通預金の架空名義口座の名であった。岡部は、そこに払い込んでくる競馬予想通知会員の一人に岡部昭三がいることから彼女が思いついた。

ただし、夜間は星野花江がアパートに一人でいるので、八田英吉は自由に電話できた。だが、彼女のほうからはそれができなかった。

「恋愛」に陥った当初から、それは夏の夕方、小岩のパチンコ店で知り合ったすぐあとからだが、星野花江は八田英吉をなんとなくリードする態度に出ていた。それは意識的ではなかったが、衝動的なものが先にたっていた。

というのは、彼女からみて八田英吉は、覇気（はき）がなく、優柔不断で、実行力がなく、独立心がうすく、およそ男らしくない男であった。自分が面倒をみなければ、とうていひとり歩きのできない男だった。

けれども、星野花江は彼によってはじめて肉体的な歓びを得た。彼女は三十一歳になって青春を開かされ、陶酔と恍惚（こうこつ）に浸ることができた。会社に出ても愉しくてしようがなく、それが外面にあらわれるのを抑えるのに苦労した。

彼女は、これまで自分とはまったく縁のなかった恋愛の仲間に参加できて、その人生観をかなりな程度修正した。いままでは他人の恋愛に対して修道女のようにストイックな批判の眼をむけていたが、彼とそうなってからは急に寛容心がうまれた。彼女は八田英吉を愛したが、それにはたぶんに姉さん女房ぶった意識が混入していた。

そんな恋愛を得て、彼女の心は和（なご）みはしたが、経済観念はいささかも動きはしなかった。

星野花江が、八田英吉は日東商会の二次下請業者と知ったのは、恋愛に陥ってからすぐであった。それを八田から聞いたとき彼女はおどろいた。八田も彼女が日東商会の社長秘書と聞いたとき、びっくりしてみせ、世の中は広いようでせまいものだと驚歎を装った。

八田英吉は、星野花江の容貌はもとよりその性格のいかなる面にも美点を見出し得ないでいた。彼の狙いは、彼女の貯蓄した金にあった。

「返済はきっと三カ月後にしてね。利子は、あんただから月五分でいいわ」

愛情は愛情、金銭は金銭というのが彼女の考え方であった。あるいは金銭にたいする信条がその恋愛にも割り込んでいったともいえる。恋人に一次下請の平和服飾からの締めつけで資金繰りに苦しんでいるとうったえられてそれに同情はしても、その同情のあまりに無利子で貸したり、返済を無期限にしたりするバカなことはしなかった。そのことでは、彼女は三十女によくみるような男への惑溺（わくでき）ということはなかった。

それというのも、星野花江が彼にたいして何かと主導的な気持になっていたからである。この人は、子供のように頼りないから、自分が世話を焼かなければやってゆけないという意識だった。だから、言葉も何かと彼には高飛車であった。それで、いっぽうの八田英吉はそれを十分に計算に入れていた。それで、彼女の前ではますます迫力のない男に見せかけ、まるで年下の男のように甘えることがあった。

彼は彼女との約束どおり、はじめは借りた金に月五分の利子をつけて期日期日にはきちんと返した。彼女の性格を知っていたので、まず彼女の信用を得ることが大事であった。

しかし、彼女がサイドビジネスにしている競馬電話予想組織が不振になってゆくのは、彼にとっても得策でなかった。彼女の収入が減れば、その貯蓄も増えないからである。

八田英吉は、よほど彼女のそのサイドビジネスのことを口にしようかと思ったが、当分様子をみるまではと見合せた。それは彼女の秘密を衝くことであり、どうしてそんなことを知ったのかと米村社長との関係を彼女に察知されそうだからである。

ある日、八田英吉は使用人をつかって米村社長に電話させ、「宮城」がお会いしたいといって都合をきかせた。使用人を代理にしたのは、彼の声だと取次ぐ秘書の彼女に分ってしまうからである。

「例の電話のニセ情報のことはどうなりましたか？」

宮城前のホテルで会ったとき、彼は米村社長にきいた。社長は意外にも渋い顔をした。

「うむ。実は、電話のニセ情報にも困っている。こっちのほうがこんがらがってしまうのでね」

日東商会の米村社長は、秘書の盗聴をだますために厩舎関係その他の者にニセ情報を伝えさせたのはいいアイデアだったが、しだいにそれが混乱して本物とニセの区別がこんがらがってきたと言って苦笑した。

「それじゃ、もう止められて、もとどおりにされてはどうですか。秘書の星野さんが盗聴して、知った人にそれを流しているとしても、たいしたことはないと思いますからね。そんなことに社長さんが気をおつかいになるマイナスのほうが大きいと思いますよ。それに厩舎関係者も、いつまでも社長さんと芝居してニセ情報を伝えるのもイヤでしょうからね」

八田英吉が言うと、実はそうなんだ、と社長は卵形の顔をうなずかせた。

「そんな、長つづきしないことは、もうおやめになってはどうですか。たかが女秘書一人のために社長さんがノイローゼ気味になられるのは、社のために大損失だと思いますけど」

米村社長と会っているときの八田英吉は、星野花江の前とは見ちがえるように異って、目先の見えるたのもしい男になっていた。

彼は、なんとかして日東商会の二次下請から一次下請にしてもらいたいと思っていた。平和服飾の堀内の手前があるので、まだあからさまには口に出しかねたが、その強い希望から米村社長に気に入られるように努めていた。

いつまでも二次下請ではウダツが上がらない。一次下請の堀内から頭を抑えられ、いじめられるばかりだった。日東商会の一次下請になれば、それだけの設備に資金がかかるが、金融面でも資材面でも日東商会から面倒をみてもらえる。また、一次下請への昇格は世間体がはるかによかった。

が、これは早急には実現しないだろう。米村社長にしても堀内の意向を無視することはできなかった。けれども、社長はけっきょく堀内を抑えてくれる。八田英吉にはそういう確信的な期待があった。

そのためには、星野花江との仲を絶対に知られてはならなかった。社長秘書と愛情関係にあることがわかれば、この希望も期待も崩れ去る。

さらに妻に知れると紛争がもちあがる。

星野花江との関係はどこからみても危険なものであった。しかし、八田英吉はこれが暴露されるとは考えていなかった。分りさえしなければ危険も何もないのである。そうして上手に別れればよい。

それまでは、彼女からできるだけ金を借りることにしようと思っていた。実際、これまで彼女から借りた金で、どれだけ資金繰りの手詰りが楽になったかしれなかった。この味が忘れられなかった。彼女にできるだけ金を出させるためには、彼女に収入を減らさせてはならない。米村社長に競馬のニセ情報を中止するように進言したのも、彼女のサイドビジネスの繁栄を回復させるためだった。

八田英吉が星野花江から借りた金はこの年すでに六百万円を超えていた。

こんなにいちどきにふくれたのは、十二月に二百五十万円を借りたからだった。年末になっても平和服飾の堀内は予定の支払いを半分しかせず、あとは春まで待ってくれといった。堀内の言い分では、日東商会からもあまり金がまわらず、銀行はもとより信用金庫からも思うように貸してもらえなかったというのである。ウチも苦しいのでどうか察してほしいと堀内に手を合わされた、と八田英吉は星野花江に言った。

堀内に手を合わされたというのが、そのまま八田英吉の彼女に対する懇願の表情となった。彼女から暮に二百五十万円を借りたのは、従業員十名への給料と二カ月ぶんのボーナス用だといった。これを支払わないことには年が越せず、従業員たちからも見放されて営業がやっていけないと彼女に心細い声でうったえたのだった。

本当はそうではなく、従業員の年末手当というのは一カ月分にも足りないもので、二百五十万円の半分以上は資金繰りと自分の小遣いとにまわしたのだった。

十二月末現在六百十六万円の彼女からの借りは五分の利子を加算したものだったが、利子の払いだけでも滞りがちになっていた。

八田英吉は、経営の苦しさを彼女に述べ、そのうちにかならず返済をするから待ってくれと会うたびにたのんだ。そうして、この苦境を乗り切るためにもう少し金を貸してもらえないかとモーテルの部屋で彼女に向かって床に両手を突き頭をすりつけた。当面、これだけの金があったら、それがテコ入れとなって好調に転ずる自信があるので、必ず返済ができるというのである。

ということは、いま金を出さないと彼女のこれまでの貸金がこげつきになるのを意味した。これは一般的にいっても融資先を動揺させる脅迫手段であった。

そればかりではなかった。星野花江は、恋人がベッドから降りてひざまずき、床に頭をすりつける弱々しい姿を見下ろしていると、この人はわたしなしには商売も一本立ちしていけないのだという保護者のような気持になった。同情というよりも憐愍が先に立った。

星野花江は次の返済期日を訊き、その確認のために念押しをした。愛情の場所で金銭の貸借問題をもち出すのはおよそ情緒を減殺させるものだったが、彼女のばあいには矛盾がなかった。

恋人は、彼女が前の借金の返済を猶予してくれたばかりか、また新しく金を貸してくれると手放しでよろこんだ。その感謝とよろこびが高潮してベッドで彼女を荒々しく抱きしめた。それが彼女に伝染したわけでもなかったが、彼の歎願をきいてやってよかったという気に彼女はなった。

八田英吉と星野花江の逢瀬は、木、金、土曜の三日間は除かれた。毎週この曜日の夜は彼女が会員に電話で競馬情報を伝えなければならない仕事があったからだ。

彼女のそのサイドビジネスは、電話盗聴の妨害を米村社長が諦めて放棄したために、ふたたび好調をとりもどしていた。それでなかったら星野花江も八田英吉への貸金のため貯蓄が減るばかりなので、その返金の督促もそう悠長にはかまえられなかったであろう。

二人が逢う晩は、日、月、火、水のどれかが択ばれたけれど、そのうち日曜日は八田英吉の理由で避けられた。家庭もちのあわれな亭主は、日曜日の夜の外出が困難なものである。

月、火、水のどの夜にしても、八田英吉は自家用車で待合せている街角に行き、星野花江を乗せてモーテルに行った。

モーテルは同じところを二度と使うのを避けたために、車を走らせる先は東、西、北の三方にわたり、行動半径も次第に遠距離となった。

ある夕方、それはもう暗くなってからだったが、八田英吉は山梨県方面の中央高速道路に接続する首都高速を走っている途中、永福ランプをすぎたところで車を左わきにある非常駐車帯に寄せてとめた。

「故障なの?」

助手席の星野花江が八田英吉に訊いた。

「いや」

八田英吉は首を振ってエンジンを停めた。

「疲れた。ここでちょっと休憩しよう」

「だって、三十分と走ってないじゃないの？」

「昼間動きまわったからね。疲れたままで走りつづけると事故を起す危険があるよ」

「そう？」

「ちょっと横になって仮眠したいな」

八田英吉は暗い車内でリクライニング・シートのボタンを押した。

「あら」

座席ごとうしろに倒されて星野花江はおどろいて起き上がろうとした。

「そのまま。静かに」

八田英吉は彼女の肩をおさえた。

「だって、車があんなに横を走っているわ」

恋人が何をしようとするか分って彼女はおびえた眼になった。

「大丈夫さ。みんな忙しく走っているだけで、わざわざとまってこっちの車をのぞきにくることなんかないよ。ヘッドライトもこっちには向いてこないしさ。高速道路だから、歩行者もいない」

八田英吉はベッドがわりになったシートの上で面白そうに頭を動かした。

「この非常駐車帯のほとんどに車が入っているだろう？　窓に人影なんかありゃあしない。あれ、みんなアベックが恋愛をたのしんでいるんだよ」

ベッドになった座席に二人ならんで横たわっていると、視線の上にある右窓にはヘッドライトの光が間断ないくらいに通過して行った。

八田英吉が上体を起して星野花江を抱き寄せ、その首筋から耳のまわりにかけて親猫が仔猫を舐めるように舌を這いずりまわらせた。彼女は身震いしたが、胸にくる彼の手を防いだ。

「こわいわ」

「どうして？」

「だって、こんなにすぐ傍を車が走ってるんだもの。見られるわ」

「だれが見るものか。あのとおり速度も落さないで流れてるじゃないか」

「だって」

「大丈夫だよ」

「見られたら、どうするの？」

「わざわざ車をとめてまでのぞく奴はいない。この非常駐車帯に入っている車は故障車か、ひと息入れて休んでいる車だとしか思っていないからね。盲点だよ。だから、ほかの非常駐車帯にもアベックの車がとまっているんだよ」

「でも、それは静かに話し合ってるんだわ」

「あんたも純情だね。夜の公園のベンチを見てもわかるじゃないか。腰かけて静かに語り合っているようなアベックは一組もないよ。キスしたり、男が女性を膝の上に抱きあげてお尻を撫でたり、おしまいには両方とも昂奮して人目をはばからないことをしているからね。ましてだれの眼もとどかない車の中だ。この高速道路の非常駐車帯で灯を消してとまっているアベックの車は、間違いなくカー・セックスをしているんだよ。それでいてだれも気がつかない」

「カー・セックスだって？　いやァね」

「こちらは、そんなことまではしないけど。でも、すぐそばを車がどんどん走っていると思うとスリルがあるよ」

「ほんとに何もしない？」

そういう星野花江の声は、男の行動を半ば期待して昂ぶっていた。

八田英吉は左腕の中にある彼女の頭を自在に転がして、思うようにその項を舐め、耳朶の端を口の中に含み、ブラウスをゆるめてむき出した肩に歯を当てた。

彼女はびくっと痙攣し、あとはじっとしきれないで両脚をちぢめるように動かした。彼が彼女の唇の中に舌をさし入れたとき、その口はすでに熱くなっていて彼を捲きこんだ。

眼を閉じた彼女の呼吸は激しかったが、その顔は彼の胸に押しつけたままだった。彼の右手がスカートをめくり下着にその指がかかっても抗議はしなかった。

窓辺をかけ抜けた車は、前方にその赤い尾灯を提灯行列のようにつづけていた。いちどおぼえたスリルと、それによる昂奮は忘れられなかった。八田英吉はその後も車を高速道路の非常駐車帯にとめてシートを後方に倒し、星野花江を抱いた。モーテルに行く途中、気が変りそうになることもある。密室の中よりも道路上という場所の公衆性に奇妙な刺戟があった。はじめいやがっていた彼女も次第にその正常でない感情に馴れ、普通のものになってくる。しかし、八田英吉はそのへんを心得ていてモーテルもよく利用した。

こういうことでは星野花江も男にひきまわされはしたが、身体のよろこびにひたっても理性を没却するというようなことはなかった。彼女は八田英吉を独占しようと思ったり、それから発展して将来彼といっしょに暮らそうなどという気持はさらにもっていなかった。だから、奥さんと別れてくれなどという無理な要求はいっさい出さなかった。

そのかわり、彼に貸した金の請求もけっして忘れなかった。愛情は愛情、貸金は貸金と、彼女のばあいは一人の恋人に対して両立していた。

八田英吉は少々勝手が違った。彼は女を愛欲に麻痺させてその持ち金をまきあげるというほどの極悪なたくらみは持っていなかったが、少なくとも彼女に金の融通とその返金請求の寛大さを期待していた。「他人」とは違うのである。そのために、はじめて彼女にあたえた性のよろこびを深化させるようにつとめていた。

たしかに交情のさなかやその直後には、彼女も陶酔のあまりに愛の言葉をまき散らしたが、その陶酔からさめると、顔色まで「他人」にむかうように冷えたものになった。

「ところで、あんた、今月はいくら返してくれるの？」

星野花江は言った。

八田英吉はにやにやしてその返事をはぐらかしたり、強圧的な態度でその質問を封じこめたりするような方法はとらなかった。彼は彼女の前に正座し、両手を突いて懇願した。

「今月はとても苦しいんだよ。一生懸命になんとかしようと思ったんだけどね。確実だと思って当てにした入金先がみんなはずれてね。一万円の金もつくれなかった。なにしろ、平和服飾がくれる手形が六十日とか九十日とかいうのじゃね。割引きしたんじゃ、うすい利もけしとんでしまうとはわかっていながらも、背に腹はかえられないしね。ぼくの毎日の仕事は半分は金策に走りまわっているようなものだ。あんたから融通してもらうのはほんとうに助かっている。だから、もう少し待ってほしい。ぼくだってこんなことであんたとの愛情にヒビを入れたくないんだから。ね、別れないでおくれよ」

八田英吉が星野花江の返済請求からのがれようとすれば、彼女の老成した態度、いうなれば母性愛にうったえてそれを利用するしかなかった。そこしか彼女につけいるところはないと思われた。

そのために彼はまるで年下の男があわれみを乞うように、あるいは甘えるように彼女の前で頭をすりつけるのだった。もっとも、車のリクライニング・シートの上では膝を揃えて正座することもできなかったが。

これはたしかに効果があった。金繰りの苦悩をうったえる彼に彼女の同情と慈悲の眼がむいた。

「しかたがないわね。じゃ、来月はきっとよ。どのくらい入れてくれる？」

彼はその猶予によろこんで見せなければならなかった。その少々大げさな身ぶりが彼女の「わたしがいなければ、この人はダメだわ」という心理を増幅させると思っていた。

その翌月になっても八田英吉は星野花江にまた同じ言訳をしなければならなかった。陳弁と歎願の場所は常にモーテルの中であり、リクライニング・シートの上であった。そういう恋愛の場でしか両人は会う場所を持たなかったから。

それは八田英吉のほうでそのように誘導したのだった。両人の仲はだれに知られてもいけないから、喫茶店とか街角とかおよそ人目のあるところは危険だと主張した。そうなると外部の視線を遮断(しゃだん)した密室しかない。モーテルか車かの。

八田英吉の返済はいつも借金の二十分の一だったり三十分の一だったりした。が、そのすぐあとで新しく返済金額の五倍とか十倍の額の融通を要請した。

「いまがヤマなんだよ。これを乗り切ると、ぱっと明るくなるんだがねえ。あんたは日東商会の秘書室にいて分らないだろうが、われわれのような零細企業の繊維業者で倒産したものがずいぶんあるんだよ。新聞も先月の一般中小企業の倒産件数は同月にかぎっても史上最高だといっている。これでもぼくはよく持ちこたえているほうだよ。ぼくが歯をくいしばって頑張っているんでね。おかげでさきの見とおしがついた。そういっちゃなんだが、同業者が倒産したぶん、生き残ったほうに分があるというものさ。だから、なんとしてでも、ぼくは生き残りたい。そのためには、ここにさしあたり三百万円の金がどうしても必要なんだよ。これがなかったら、こっちも倒産の組に入るかもわからんのでね。ついては、ほんとにぼくを助けると思って、三百万円のうち二百万円でも融通してもらいたいんだけど。ね、おねがいしますよ」

哀願には真剣さがこもっていた。

星野花江は、八田英吉の城東洋裁店が倒産すれば、これまで積もりに積もった貸金六百八十万円がとれなくなると考えた。

星野花江の八田英吉に対する貸金額も限界にきた。

彼女の設計は、四十歳になったら日東商会を辞め、郊外にアパートを建てることだった。あと八年である。いまのあいだにその資金を貯めておかねばならなかった。

彼女はとっくに結婚を諦めていた。日東商会につとめてから三、四年のあいだは同僚や後輩の女子従業員が次々と結婚するのをみて焦燥と寂寥をおぼえたものだった。けれどもいまはすっかり落ちつきができていた。

ほかの職場と違い、社長秘書室にたったひとりでいるというせいもあって、彼女は孤独に閉じこもることができ、交際ぎらいというより次第に排他的になっていった。彼女は自分が社内でどんなことを言われているかを十分に知っていた。社内の者に利子をとって金を貸していることも、給料日に貸した相手の職場近くに現れる姿が重なってまるで高利貸のように陰口をきかれていることも知っていた。

しかし、アパートの建設資金を貯めるには周囲に気をつかってはいられなかった。老後を心配なく送る基礎づくりが先決であった。彼女は、ゆくゆくは養女をもらってそれに婿をとらせ安穏に暮らす考えであった。

そのためにも、アパートの建設費以外にも豊かな貯蓄が必要であった。金さえあれば養女夫婦は老後の面倒をみてくれる。実子夫婦だとしても、金も財産ももたない親の世話をきらうだろうし、冷酷な扱いになるだろう。老いた親が長男の家を出てから次男以下の家を転々とするのは世間にありふれた例であった。年をとっても金さえ握っていれば安心だった。

そのためには貯えをふやしこそすれ、百円でも減らしてはならなかった。生活費をきりつめているのも、社員に金を貸して利子をとっているのも、その理由からだった。競馬予想の会員組織をつくったのは、その積極策からだった。

一時、この競馬予想が不振だったために会員は減ったが、その後に予想の正確さがもとに戻って会員数も旧に復した。どうしてあの時期だけに予想がうまくゆかなかったのか、いまもってそれが不明だった。やはり予想にも波があるのだろう。

この予想組織からの収入がなかったならば、とても八田英吉に高額な融通はできなかった。彼の言うとおりには返金の猶予もしてやれなかった。

が、彼への貸金が累積して七百万円近くになったのをみたとき、彼女は愕然(がくぜん)となり、心をふるわせた。八田英吉が老後の生活設計を自分から奪い取っているのに気づいたのだった。彼に対する彼女の母性愛が消える時がきた。同時に、恋愛感情のほうも。

八田英吉が星野花江に殺意をもつようになった時期は正確ではない。

殺意には原因と動機がある。原因は殺意を構成する要素だが、動機はそれを実行に移す直接的な誘因であり、衝動である。

八田英吉の場合、殺人の原因となる要素はいくつかあった。

その根底は星野花江から約七百万円の借金返済をきびしくせまられたことにあった。が、それだけだったら人を殺すことはない。さまざまな手を打って逃げまわればよい。訴訟されても裁判は長びく。

ふつうの貸借関係に男女の愛情関係がからんでいるところに問題の複雑さがあり、憎悪に発展する要因があった。

「あんたの狙いはわたしの金をすっかりまきあげることだったんだわ」

星野花江は八田英吉に言った。場所は例によってモーテルの密室であった。

「はじめから計画的だったのね。わたしに近づいたときから、そうだったんだわ。小岩のパチンコ屋まで跟けてきて、玉をくれたのもその計画からだわ」

それは正確な推測だったが、彼が競馬新聞を見せびらかしたのもその計画に入っていたとは彼女も気づかなかった。

「あんたは狡い男だわ。そんな弱々しそうなふりをして、いろんな口実をならべ、けっきょくはわたしからの借金を踏み倒すつもりなんだもの。それに、こんなことをしてごまかそうとしてるんだわ」

こんなこと、と言ったとき彼女は乱れたベッドに眼を遣った。どういうわけか、彼女は貸金返済を迫り、彼の狡猾を攻撃する場でも、惰性的になった愛欲を拒否しなかった。しかし、それによって彼への攻撃が少しも消極的になるのではなかった。

「あんたは、金をまきあげるために、わたしの身体までもてあそんだわ。あんたという男は金銭欲と獣欲しかないのね」

身体をもてあそんだとか獣欲とか悪口されると、八田英吉にも言いぶんがあった。それはもう少しマシな容貌をした女のいうことではないか。男のだれからも相手にされない醜女(しこめ)が言うのは滑稽だと思った。

「あんたがどうしても金を返さないのだったら、いっさいの事情を社長に言いつけるわ。そうすると、社長は平和服飾の堀内さんに命じて、あんたの店を二次下請からはずすようにするわ。米村社長は、自分とこの女子社員に下請の者が手を出して持ち金までとりあげたと聞いたら、烈火のように怒るわよ」

星野花江は口を尖らせ、つづけて言った。

「……それだけじゃないわよ。わたしはあんたの奥さんにも言うわ。わたしはあなたのご主人にオモチャにされましたって」

計画と実行

八田英吉は、星野花江に殺意をかためてからはその方法を考え、これを検討した。好条件なのは、二人のあいだをだれも知ってないことであった。警察が被害者の交遊関係を調べるのは捜査の常識だ。しかし、星野花江の身辺をいくら捜査しても八田英吉の名は出てこない。親密な間柄はおろか普通のつき合いにもない。

　星野花江は口のかたい女だ。ことに自分の情事の秘密は絶対に洩らさない。それに彼女には友だちがいない。洩らす相手がないのだ。これは八田英吉が常からの彼女の言葉によって確認していることだった。

　では、情事の場所としていたモーテルはどうか。これも要心深くそのつど変えていたから心配はない。同じモーテルは二度とつかっていない。モーテルは従業員に顔を見られないのが長所だ。もっともこの長所も完全ではなさそうだが、うす暗がりで顔を一瞥(いちべつ)されたところで一回きりの人相特徴に従業員が印象をもっているわけではなく、記憶もしていない。どこのだれやら名前もわかっていない。

　八田英吉は、日東商会の米村社長はどうだろうかと思った。たしかに米村重一郎からは女秘書が競馬情報を盗聴して困っていると相談され、その対策を進言したが、これとても二次下請の城東洋裁店主が星野花江に接近したとは米村も想像してない。

　こう考えると、二人の関係を知っているのは当事者自身の両人だけであるとわかる。星野花江の他殺死体が出ても、警察は八田英吉のもとには絶対に来ないのである。

　殺人の前提としてこんな最良な状況はないと八田英吉は思った。

次は殺害の場所と死体の運搬である。殺人場所は夜間、高速道路の非常駐車帯を択ぶことにした。星野花江をいつものように車内のベッドで抱擁して、愛撫の指先を項から首筋に何度も這わせているときに急に頸動脈を圧迫するのである。

星野花江は声をあげ、もがくかもしれないが、短い絶叫ぐらいは密閉した窓の外に洩れはしない。手足をばたばたさせるのを上から馬乗りになって押えこめばよい。星野花江は瘠せた身体の三十女である。力はない。灯を消した暗がりの車内で、位置の低い、倒れたリクライニング・シートの上だから、窓から姿を見られる気づかいはない。

その窓の外はどうか。車は無数に、ほとんど間断なく走っている。が、これまで非常駐車帯での愛情場面を一度ものぞき見されたことはなかった。横を走る車は忙しいのだ。休息している車や故障車に関心はない。たとえそのなかでカー・セックスがおこなわれていると察していても、だれもわざわざ車をとめてみるほどの興味も好奇心もないのだ。連続する車の流れも時速約百キロの水勢なのである。

殺人者は、殺害した死体をその場所からどのようにして移動させるかに苦労する。もしそれが屋内だったら、人目につかぬように屋内から運び出さねばならないが、これは最も危険な作業であった。どんな偶発事から他人に目撃されないともかぎらない。居住地域は家屋が密集している。

だが、殺害場所が車の中だったら、死体の移動に苦労はない。殺人と運搬とが直結している。

首都高速道路の四号（新宿）線は高井戸で中央高速道路に連結している。甲府市や河口湖まで行けないことはないが、時間的制約を考えると往復相模湖あたりまでが限度だろう。

幡ヶ谷と永福ランプのあいだか、永福と高井戸ランプの間かにある非常駐車帯で、彼女の生命を絶つまでの時間が準備行為をふくめて三十分くらいは要る。それから神奈川県の相模湖のインターチェンジに降りて死体を湖中に捨てるか、あの辺の木立の中に捨てるかして車にもどり、再び同じインターチェンジにあがる。その間が一時間とみる。料金所の者は車の番号をいちいち見てはいない。

それで、殺しの作業をおこなった幡ヶ谷・高井戸間の現場を相模湖方面にむかって出発するのが九時半ごろとする。相模湖インターチェンジまでの距離は、ほぼ五十キロだ。時速百キロを出せば約三十分で行く。十時に同所を降りて死体遺棄作業一時間として十一時にはもとのインターチェンジにあがれる。

ここから、自分の住んでいる場所に近いランプは江戸橋だから、これも百キロのスピードで一時間で行く。十一時をすぎた高速道路は昼間の渋滞が嘘のようにすいている。

こうみてくると、すくなくとも午前零時半までにはわが家に戻れるのだ。女房には業者との寄合いがあったと言えばよい。星野花江とのデートの夜にはそのつど適当な口実をいっておいた。

女房にはそれでよいとして、もし、警察が事件後に身辺捜査をはじめた場合も考慮しなければなるまい。つまりアリバイである。

だが、アリバイ工作ほどあぶないものはない。人に頼めばその者が共犯になるから、だれも引きうけてはくれない。かりにそれができたとしても、共犯者ほど危険なものはないのだ。いつ、口を割るかわからない。

しかし、この実行にアリバイ工作が必要だろうか。

それはまったく不必要だ。なぜかというと、被害者星野花江の周辺には八田英吉の名前がぜんぜん浮んでこないからである。警察が八田英吉のもとにやってくる気づかいはない。

警察がこないのに、アリバイ工作をすることはない。もし、先のことを心配してへたにアリバイ工作をはじめると、そのこと自体から不審を持たれることになる。

アリバイ工作は要らないと彼は結論した。

八田英吉は考える。――この計画に手落ちはないか。充分に練りあげたと思うけれど、どこかに欠陥はありはしないか。気のつかないミスがないか。

すると、彼は心臓に石が当ったくらいに息を呑んだ。

星野花江は貸金の帳簿を持っている！

あれほど金にこまかい女が貸金の先を手控えてないはずはない。日東商会の米村社長の話では、サラ金よりは少し安い利息で社員たちに金を融通しているということだった。これも帳面なしにできることではない。まして七百万円近い金を貸しているのだから、帳簿にはかならず八田英吉の名が記けてある。

いくら上手に彼女を消しても、その帳簿が警察の手に入ると、いっぺんに参考人として浮び上がる。七百万円近い大金を借りているとなれば警察に疑われるのは必至だ。

あぶないところだった。ほかにも見落しはないかと彼は自分の計画を点検してみたが、べつになさそうだった。危険物は彼女の貸金帳簿だけである。いや、ほかにも当座のメモとして手帳があるかもしれない。そうすると手帳と帳簿と二種類あることになる。手帳は常時彼女がハンドバッグに入れて持ちまわっており、帳簿は彼女のアパートに置いてあるのだろう。

手帳のほうは、女を殺したときにハンドバッグの中から取り出せるが、帳簿は彼女の部屋から探し出さねばならない。が、その部屋は２ＤＫの狭さだから探し出すのにそう苦労と時間は要すまい。現金と違って、天井裏などに帳簿をかくしているようなこともあるまい。

この計画を立ててから八田英吉は星野花江と会ったとき、例の借金返済を百方陳弁するなかで、

「ところで、ぼくの借金の元利額は間違いないのかね？」

と、さぐりを入れてみたものだった。

「そりゃ正確だわよ。わたしが帳簿にきちんとつけてるんだもの。そんなこと言われると心外だわ」

星野花江は腹立たしそうに答えた。

「ごめん、ごめん。けど、そんな貸金帳簿など留守の部屋に置いていて大丈夫かな。誰かにのぞかれはしないかな？」

「だれも入ってきやしないわよ。部屋には鍵がかけてあるんだもの。帳簿なんか泥

棒が見たってしようがないし、本立てにほかの本といっしょに置いてあるわ。とくべつにかくしたりしていると、かえって目をつけられるもの」

あわれな女は気づかずにかんじんなところをうちあけた。

「あんた、そんなことよりも、いつ、お金を返してくれるのよ？」

「わかった。この次の水曜日の晩のデートにはかならず借りた金の三分の一だけでも持ってゆく。こんどは間違いないよ」

次の週の水曜日は二月十四日であった。

午後九時すぎ、八田英吉は星野花江と自分の車の中にいた。首都高速道路の永福ランプと高井戸ランプをむすぶ中間の非常駐車帯であった。

計画ではもっと早い時間にしたかったが、彼女の都合で八時半でないと待合せ場所にくることができないと言った。予定より一時間くらいおくれたが、やむを得なかった。

車の中で八田英吉は星野花江に新聞紙包みの二百万円の現金を渡した。

「こんどはこれだけしか都合がつかなかった。ごめんよ。この次はまたこのくらい持ってくるから。そうして、三回か四回くらいで全部を払うよ」

その金は彼が町の金融業者から高利で借りてきたものだった。こうでもしないと彼女がリクライニング・シートの上に横たわってくれないおそれがあったからだ。はたして星野花江は上機嫌であった。まさか彼が二百万円も持ってくるとは予想しなかったようである。

八田英吉がベッドになったシートの上で彼女を愛撫し、殺人の準備にとりかかっているとき、同じ非常駐車帯の前の空いたほうに白ナンバー車が入ってきた。これはまったく計算に入れてなかったことなので、彼はおどろきもし、狼狽した。十時ごろであった。

前にとまった黒の車もアベックである。やはりリクライニング・シートを倒していた。

びっくりして起き上がろうとする星野花江を、彼はなだめた。前の車は恋愛中なので、こっちのことには少しも眼がむかないのだ、かえって雰囲気がもりあがると言いきかせた。ようやく彼女もそれによって刺戟をうけたらしく、少々昂奮して彼にしがみついてきた。

八田英吉は彼女の頸筋を撫でていたが、前の車の駐車は長びくとみた。もう待ってはいられなかった。予定時間の制約にぎりぎりだった。

女の首を手で締めたとき、彼女は急に眼を大きく見開いた。信じられぬことがわが身に加えられたような、一瞬茫然とした瞳だったが、それはたちまち恐怖に変って大声を出した。

窓ガラスは密閉してあったが、八田英吉は両脚の脛に脂汗がにじみ出た。彼女の叫びが横を矢のように走り抜ける車の列には分らないにしても、すぐ前にとまっている車に聞えなかったかと恐れた。が、その車から人が降りてくる様子はなかった。彼は、町の灯が光となって溜まっている星野花江の眼を閉じてやり、運転席だけをもとにもどしてハンドルを握った。

前にいる黒い車の横を通りぬけたが、起き上がってこっちを見る姿は窓になかった。

なにもかも予定どおりだった。

八田英吉は、高井戸ランプをすぎ、中央高速に入ってからしばらく走ったところで、広くなった道路の端に車をとめた。ここまでくると夜の車はずっと少なくなった。彼は後部トランクから小さなダンボール函を六個と、ゴム引きの黒い大きなシートとロープをとり出した。

ダンボール函四個は両側と底とが切りとってある。用意してきたこれらを死体の頭部、胸部、腹部、脚部に台を上にしてはめこんだ。その上にゴム引きのシートをかけると、人間の形ではなくシートの下が函をならべた形になった。あとのダンボールは一個ずつ頭の先と脚の先に入れて、シートの端からはみ出させてダンボール函であることを見せ、ぜんたいを倒した座席にかけてロープでくりつけた。こうすれば、かりに料金所付近でほかの車の者に見られても函を何個も運搬しているように思われる。運転中、死体を緊縛して安定させるためと両方を兼ねた。

その前に新聞紙包みの二百万円をとり出しておいた。これは明日にも高利貸に返す。自分のポケットに突っ込む。

相模湖のインターチェンジの料金所で料金を渡したとき、初老の係員は車内をじろりと見たようだが、ダンボール函の荷が眼に入っても何も言わなかった。

そこをおりて湖畔の山林についた道を行った。もう十一時になろうとしていた。寒いし、だれもいない。遊覧船が出るあたりに家の灯が集まっているのと農家の灯が点在しているだけであった。こちらは無灯だった。舗装された村道の車の入るところまで気をつけて進んで停まり、そこでシートのロープを解き、函をとりのぞいた。手袋をして懐中電灯を低く照らし、ハンドバッグの中を開けた。

アパートのドア用と思われる鍵をとり出しポケットに入れた。手帳もあった。中を見ないでこれもポケットにおさめる。赤い財布があった。一万円札が二枚と千円札が何枚か折ってあり、小銭も入っていた。彼は考えてからこれもポケットに入れた。強盗のしわざと見せかければよい。あとは化粧道具などだったが、これは残した。

死体を抱えて三十メートルくらい歩いた。

ここまでは昼間も車がたくさんくる。湖畔の草むらの中に入ってそこへ死体を置いた。手首に吊るしたハンドバッグもそこに捨てた。はじめ湖水へ投げすてようかと思ったが、深夜でも、水音を聞きつけて人が様子を見にくることを考慮してやめた。

しゃがんで死体を置いたときに手帳がポケットから草むらの上に落ち、表紙を上にして下へ開いたので、あわててそれを拾った。懐中電灯は点けられないので、車の中に置いてきた。

彼は車にもどった。ダンボール函、シート、ロープは前のように後部トランクに入れた。できるだけ低い音で車をバックさせ、ひろい道に出てインターチェンジのほうへ走った。十一時二十分であった。

高速道路には東京方面から山梨・長野方面へ向かう深夜便トラックが走っていた。すべては順調にいった。うまくいきすぎたくらいであった。

が、高井戸ランプをすぎ、永福と幡ヶ谷の間を走っているときになって八田英吉は後から尾けられているような気がした。

不安になってバックミラーの位置を片手で直してのぞいた。黒の中型車で、一般に普及している型だ。製造会社と年代もわかっている。それがこっちの車に接近を試みるようにスピードを上げていた。

中央高速道路が終るまでは気がつかなかった車である。突然に現れたという感じだった。八田英吉に恐怖が湧いたのは、相模湖からの追跡車が迫ってきたと思ったときだ。こちらの知らないうちに、死体を捨てる現場を付近の者がどこかで目撃していて、自家用車で追ってきたと直感した。

パトカーは見えなかった。とりあえず目撃者が車で追い、こっちの行方を見きわめようとしているかのようだ。いまごろはその家族の電話急報で警察車が出動しているかもしれない。

八田英吉はスピードを上げた。百二十キロのところで計器の針が震えている。ほかの車は少なかったが、それを駐車群のように追い抜いて行った。上り線の新宿合流点から先は、まるで自動車練習場のように曲線がつづいていたが、どうにかハンドルを切った。暴走に近かった。

鏡を見ると、あの黒い車がほかの車を追い越して接近してくる。もう間違いはなかった。完全に追跡している。そうでなくて、どうしてこの車以上のスピードを出して危険なカーブの連続を疾走しようか。

この高速道路の上だ。うしろからつかまることはないが、ナンバープレートの番号を読みとられるだけでも破滅だと思い、距離を縮めてはならないとそれだけを考えた。逃げ切ることだ。また速度を上げた。ハンドルにかけた指も手首も硬直していた。

眼の前に外苑ランプと本線との分岐点がきた。彼は躊躇（ちゅうちょ）なく外苑出口の急坂へ向かって駆けのぼった。

バックミラーに眼を走らせると、うしろの追跡車もこの坂を上ってきている。すこしも速度を落していなかった。間隔は二十メートルくらいだった。こっちのナンバープレートを照射するようにヘッドライトを近づけている。

彼は出口を駆け抜けた。道路の右手からきた車が合流点でぶつかりそうになり、そのヘッドライトがゆらいだ。

右に大きく半円を描いている道路へ走った。その右側が絵画館、左側が黒い木立だった。青山通りへ出る角のところで彼はもう一度バックミラーをのぞいた。鏡の中から執拗な追跡車は消えていた。

八田英吉の激しかった心臓の動悸がようやくゆるくなった。そこでじっとしていた。

追ってきた車はどこかに去っていた。横を通る車は他の車やタクシーばかりである。あの車は、外苑ランプの出口から左へ曲って行ったにちがいない。そこからは国電信濃町駅前から四谷三丁目方面へ出る。

うしろからきていた黒い車は、追跡していたのではなく、帰りを急いでいたのだ。時間がおそいので、速力を出していただけなのだろう。錯覚がひどい目にあわせた。

彼は心をしずめるために煙草をとり出して吸った。おいしかった。ポケットを上から押えると、二百万円のふくらみは手に量感を伝えた。

腕時計を見ると十二時を過ぎていた。ぐずぐずしていられない。彼はアクセルを踏み、Uターンしてもとのほうへ引返した。外苑ランプから高速道路に上がるつもりだった。下の道を走っていたのではどれだけ時間を要するかしれない。ここから小岩は遠い。

国立競技場の暗い影に沿って走っていると、うしろから炸裂音がせまってきた。オートバイに乗ったヘルメット姿の若者が両側の窓に現れ、まるでこの車を警備するように並行した。右窓に三台、左窓に四台だった。二人で乗っている大きな単車もあった。笑い合っていた。

知らぬふりで走っていると、若者たちは炸裂音をいっそうに高め、こんどは前へ出て両側から挟むようにした。彼の胸はまた波立った。暴走族にからまれそうだった。

すると、その中の一人が指を一本立ててお釈迦さまのように天をさした。七台のオートバイは速力を出し、魚群のように前方へ遠のいて行った。

うしろに強い光が当ったので、バックミラーを見るとパトカーがヘッドライトを輝かし、屋根の赤い灯を回転させていた。

八田英吉に新しい恐怖が起った。無電で手配された警察車がここに張りこんでいると思った。うしろからクラクションが短く鳴った。彼はブレーキを踏んで、ハンドルの前で人形のようになった。胸は激動していた。

警官が歩いてきて窓を軽くたたいた。ガラスを半分開けると、帽子の顔が彼をのぞきこんだ。

「いまの暴走族から何か被害をうけませんでしたか？」

ていねいな訊きかただった。

「いいえ。べつに何もありません」

「そうですか。失礼しました」

帽子のひさしに白い手をかけた警官が言い終らぬうちに、彼は急いで車をスタートさせた。

高速道路に乗ってからも動悸は容易におさまらなかった。どうしてこんなに脅やかされるのだろう？　これから、もう一つ大事な行動をしなければならないというのに。

下町の灯が夜光虫のように動いて行く。彼は自宅に近い江戸橋ランプを素通りした。小松川ランプまではあと十分。

小岩の繁華街通りに出る十字路の暗い横に八田英吉は車をとめた。この時間なので、ほかに駐車している車もなかった。

繁華街にはまだ店を開けている飲み屋などがあったが、キャバレーなどの電飾は消えていた。寒い夜で、零時三十五分であった。屋台のおでん屋もいなくなっていた。その通りには人影があったが、路地に入ると猫の仔一匹いなかった。両側の人家はむろん戸を閉めている。小さな旅館の表の灯も消え、日本舞踊の看板も闇の中にある。外灯が乏しい。せまい辻を左にとった。この辺にはアパートが多い。窓もほとんどが暗いが、厚いカーテンに明りを映している窓もないではなかった。

竹垣の横に出た。その前が二階建てのアパートで、軒下と鉄階段の上にわびしく灯がついている。葉のない木立と屋根とのせまい間に冴えた星空が窮屈そうに出ていた。

八田英吉は竹垣に身をよせて前のアパートを見上げた。初めて会った星野花江を天ぷら屋から送ったときはこのアパートの前までだった。彼女の部屋には行ったことがない。

アパートじゅうが寝静まっていて、路地に人がいないのを見とどけたうえで彼は鉄階段の下で靴を脱ぎ、はだしになって上った。鉄の階段は靴音を響かせる。

コンクリートのせまい廊下でも足音を立てなかった。北角の部屋が彼女の住いだと聞いていた。ドアの前に立って、もういちどあたりを見まわした。すぐ下にみえる家主の家も真暗だった。そこで、また手袋をつけた。

ポケットから星野花江のハンドバッグから取った鍵を出し、ドアにさしこんで回した。カチリと小さな音がした。星野花江は近所づきあいが悪いはずだ。隣りの部屋の住人も、たとえこの部屋の音を聞きつけたにしても、星野さん、いまお帰りですか、などと声はかけてこないだろう。

部屋に懐中電灯の明りを這いまわらせた。円形の照明の中にいろいろな物が浮き上がってくる。星野花江は神経質なくらい几帳面な女らしく、よく整頓されてあった。

押入れの横に新興宗教の小さな飾りがあった。

机が浮んできた。組立ての本箱がある。小説類や婦人雑誌などのなかに競馬雑誌もあった。そのなかにかなり部厚い帳簿のようなのが一冊はさまれていた。とり出して開いてみると、月日と金額と住所姓名がびっしりと書きこまれてあった。二年ぶんらしく、今年の一月分はまだ僅かな記入であった。

紳士服部何某、子供服部何某、肌着部何某、総務部何某、企画室何某、人事部何某という氏名と金額があり、その貸付日と返済日とが記載されてある。返済金は利子で増えていた。そのなかに「八田英吉」の名と貸金額が七回も出ていた。金額は百万円内外でずばぬけて大きい。

「元帳」は見つかった。彼は溜息が出るくらい安心した。ほかにないかと見ると

「当用日記」というのが眼についた。

八田英吉が家に戻ったのは午前一時半だった。車を車庫に入れ、縫裁工場とは別になっている母屋(おもや)の裏口から入った。家の中は寝静まっている。留守中、なにごともなかったようだ。

寝室の襖(ふすま)を細目に開くと灯を消した中で妻のいびきが聞えていた。

彼は隣りの工場に行き、事務室に入った。明りをつけて机の上で星野花江のアパートから持ってきた「元帳」と「当用日記」とにあらためて眼をさらした。

「当用日記」には日記らしい文字は少しもなく、一律に一万円の入金月日と銀行送金できた払込み人の名前とが記入してあった。

田中俊夫。白石貞雄。迫田武勇。前谷恵一。三井七郎。石川佐市。北沢武。安田保。大田鉄太郎。笠井義正。奥田秀夫。土屋功一。戸島正之。中島秀太郎。長谷川隆助。……

数えると三十二人の名であった。

殺してきたばかりの女の筆蹟がなまなましく羅列しているのは不気味なものだった。筆蹟はまた何月何日の何競馬の第何レースとして馬の名が列記してあった。それらは「連勝にからまない馬」として書いてあった。

もちろん、その「連勝にからまない馬」の予想が、日東商会の米村社長のもとにかかってくる電話情報の盗聴材料によっていることは明瞭であった。「当用日記」にはさらに銀行名と、「浜井静枝」名義の普通預金口座番号が記してあった。

前に、彼女の電話が木・金・土の夜はずっと話し中の状態だったことから会員制度を推量したものだが、いまやこの「当用日記」を見るにおよんで、その推測が適中し、実体がはっきりとしてきたのだった。彼女の架空名義銀行預金が「浜井静枝」という名義になっていることははじめて知ったが。——

すると、その最後のページのところにメモがはさんであるのが見つかった。

《二月十三日（火）。山田厩務員から社長に電話。

山田「モリノカップは、やや太目です。まだ腹の肉が絞り切れていないので、十八日のレース前日までこの状態のままだった場合には、思い切ってショウチュウムシをしてみてはどうでしょうか？」

社長「それがよかろう。あまり無理をしないようにやってくれ」。以上》

モリノカップは米村社長の持ち馬である。この馬がこんどの日曜日のレースでは最有力馬で、本命とみられていることも彼は知っていた。

山田厩務員は米村社長の承諾を得て、その担当馬にかならず「ショウチュウムシ」（焼酎蒸し）をするだろう。

モリノカップは腹の肉が絞り切れないので、レース前日までこのままだったら、思い切って焼酎蒸しをしてみよう。――この意味が、馬券買いもきらいでなく、したがって競馬の知識に自信のある八田英吉にもよく分らなかった。

「焼酎蒸し」とはどういう方法なのか。馬の体重を減らすためということは分る。しかし「思い切って」ともあり、馬主の米村社長に厩務員が相談するからには、何やら非常手段のようであった。

これは臭い、と八田英吉は星野花江が盗聴した会話のメモを見て思った。馬の調子があまりよくないからやることだ。「思い切って」と厩務員が言うところに、なにやら危険めいたものが感じられる。これを裏返すと、その「焼酎蒸し」なるものに失敗の可能性がひそんでいるのではなかろうか。星野花江も、たぶんそのへんを感知して、この馬を「連勝にからまない馬」の組に入れようとしていたのではなかろうか。

彼は星野花江と競馬の話をしたことはあるが、馬の知識はまったく貧弱だった。そのかわり盗聴した情報に対してのカンはまことに鋭かった。

モリノカップの出走する日曜日のレースは、東京競馬場のビッグ・レースの一つで「F氏記念レース」であった。このレースだけの馬券売上げは二年前が五十億円、去年は六十五億円であった。今年はもっと多かろう。不景気なほど馬券の売上げ高はふくれあがる。

しかもモリノカップは最有力馬であり、だれもが本命だと思っている。この馬が出る「F氏記念レース」はいわゆる銀行レースだ。もし、それが連勝からはずれたら。——

しかし、殺人を犯してきた八田英吉は競馬の予想にだけ気をとられている余裕はなかった。彼は帳簿や当用日記や、それから競馬雑誌四冊をかかえて工場の隅の焼却炉の前に行った。

競馬雑誌を星野花江の本箱から全部抜き取ってきたのは、彼女が競馬予想をアルバイトにしていた形跡を警察に握られないためだった。彼はその線から馬券買いもする自分が浮び上がらないようにした。社長の米村重一郎は、殺された秘書が電話を盗聴していたことは決して警察には言わないだろう。それは米村自身の屈辱を告白するようなものだから。したがってその秘書の盗聴防止を第二次下請の業者に相談したということも、恥の上塗りで、これまた米村は警察に絶対沈黙しているだろう。

深夜の工場内にある焼却炉で一冊の帳簿と、一冊の当用日記と、四冊の競馬雑誌がガソリンをかけられて燃え上がり灰燼に帰した。彼はそれを最後まで見届けた。まるで星野花江の火葬のようであった。

母屋からはだれも見にくる者はなかった。工場の窓は全部ふさがれていた。その作業が完全に終ったのは午前三時であった。彼が蒲団に入っても横の床にいる女房はいびきをつづけていた。

二月十五日の夕刊には、相模湖畔で女の扼殺死体が発見されたと出ていた。午前九時半ごろ、湖畔のボート業者が見つけて届け出たという。被害者が身分証明書から江戸川区小岩新川二六七番地、日東商会事務員星野花江（32）であること、ハンドバッグに財布などがないこと、衣服の乱れがないことなどから、一応強盗の犯行とも思えるが、顔見知りによる犯行も考えられるので、所轄署では両方の線で捜査している、とあった。

鍵をとり出すとき、ハンドバッグの中で定期入れにふれたが、べつに身もとをかくす必要もないのでそのままにしたのを八田英吉はおぼえていた。「顔見知りによる犯行の線」とあるが、交際のない星野花江のことで、捜査は困難だろうと彼は考えた。まして警察が自分のところにくる気づかいは絶対にないと思った。

十六日の金曜日朝刊には、相模湖畔のＯＬ殺しの続報がなかった。八田英吉は駅前のスタンド売場で各紙を買ったのだが、どれも同じだった。

彼は何となく安心して、ついでにスポーツ紙を買った。昨日の調教後の予想として、《モリノカップの末脚の強さ、内臓の具合も良い。この馬にしては十キロほど太目。これが取れれば申し分ない》

とあった。

十キロほど太目だから厩務員が馬主の米村社長に「焼酎蒸し」をすすめたのであろう。星野花江が盗聴をメモしたその「焼酎蒸し」の意味は彼には分らなかったが、何か違反めいた工作ということぐらいは推察がつく。他のスポーツ紙の競馬記事を見てもモリノカップは本命の扱いになっていた。

十七日土曜日の朝刊にも相模湖のＯＬ殺しの記事はなかった。捜査は彼の思ったとおり難航しているようである。

十八日、日曜日。競馬紙の予想。

《モリノカップは見事な調整ぶりだ。太目だった馬体も急速にひきしまった》

急速にひきしまったのは「焼酎蒸し」をしたためであろう。そんな無理をした馬は危ない、と彼は思った。

「F氏記念レース」は、午後三時半の発走だった。八田英吉は二時ごろに後楽園の場外馬券売場にいた。七階建ての大きなビルの全部がそうだった。

三階の千円券売場に行った。集まっている客の群れは競馬紙などに喰い入るようにして見入っていた。「8」の語がしきりとささやかれていた。「8」はモリノカップである。

八田英吉は、②―③、②―⑥、③―⑥の千円券をそれぞれ三十枚ずつ買った。全部で九万円の投資である。いずれも本命の「8」をはずしていた。

二十分後に、窓口締切りのベルが鳴った。この売場ホールだけでも三百人以上の、さまざまな年齢層と服装の客の群れは、ラジオの実況放送を待って静まり返っていた。

番号

相模湖畔で発見された星野花江の扼殺死体では捜査本部が所轄署に設けられ、県警刑事部もこれに応援した。

捜査本部の推測には、はじめに強盗の線もあったが、彼女の男関係による犯罪に絞られた。

小岩のアパートに住む女が寒い夜の相模湖に特別な用事もなく、もちろん遊びにくるわけはない、というところにある。

現場の草むらの状態からして争ったり格闘したりしたあとはなかった。もし男づれできていて、扼殺されるような状態だったら、二人で途中まで歩いた足あととか、それが急に乱れているとか、あるいは、遺体の服装にも枯れた草や木の葉が散乱して付着していなければならないのに、それがない。また、付近の家では男女の争う声とか女の叫び声とかも聞いていない。

このことからして被害者はよそで殺され、死体が現場に車で運ばれてきたと捜査側は推定した。

捜査側は、その資料のすべてを新聞記者に発表するわけではなかった。切札となるようなものは常に隠している。相模湖殺人事件の場合、それは現場に落ちていた小さな新聞切抜きであった。その紙片は手帳のあいだに挟まれていたかのように二つ折りになっていた。星野花江の遺体を現場に運んだとき、手帳が犯人のポケットからすべり落ち、その際に紙片が草の上にこぼれた、といった感じであった。

犯人は、手帳を落したことにすぐ気がついて拾い上げたが、この新聞切抜きが手帳の間から落ちたことまでは気づかなかったのであろう。周囲を警戒して懐中電灯も点けなかったろうし、また手帳が下に開いて落ちたばあいは挟んだ紙片が脱けたことまでは気がつかないものだ。

切抜きの新聞はスポーツ紙の競馬欄で、二月十四日（水）付である。それは今週のメインレースの展望で、各馬のなかでも「モリノカップは十一日（日）の単走でマイルから一杯に追われ好タイム。目下絶好調」というのに赤鉛筆の傍線が引いてあった。

捜査本部では、犯人は競馬ファンだ、という意見が多かった。彼は十四日の朝にこのスポーツ紙を買い求め、これを切り抜いて手帳にはさんでいたのであろう。

このような推測にもとづいて捜査は進められたが、これといった成果もなく、かなり難航していた。するとある日、捜査員の一人が、あの切抜きは被害者のものではないかと言い出した。

捜査員は、改めて星野花江の勤め先の日東商会に行き、米村社長に会って、彼女が競馬ファンではなかったか、と訊いた。

米村社長は、自分は競馬ウマを十頭近く持っており、モリノカップもその一頭だが、星野秘書とは関係なく、また、彼女が競馬に趣味があるとはまったく知らない、と明言した。

社内で彼女と親しかった人はと訊くと、彼女は社内ではあまりつきあいを好まず、孤独をたのしむ性質だったと言った。

しかし、星野花江が競馬に趣味を持っていたという情報は、意外な方面から捜査本部にもたらされた。

墨田区にある銀行支店からの届け出だったが、星野花江は、当行に普通預金口座をもっている「浜井静枝」ではないかというものだった。殺された星野花江の写真を新聞で見て通報したのである。

浜井静枝名義の普通預金には毎月、きまって一万円ずつ約三十口の払込みがあった。

「浜井静枝さんからは電話で競馬予想の情報をもらっていました。毎週の木、金、土曜の夜や翌朝です。勝ち馬予想ではなく、いわば負け馬予想ですな。わたしどもは、各レースのその負け馬をはずした残りから勝ち馬を推測して馬券を買えばよかった。予想の負け馬のなかには本命とみなされている有力馬がたびたびあったので、けっこう中穴や大穴があたりましたよ。毎月一万円の会費払込みは安いものです。

浜井静枝さんがその予想の情報材料をどうして入手していたかはもちろん分りません。銀行の払込みをすれば、翌月から電話がくるので、浜井さんに会ったこともありません。ただ、その声を事務的に聞いていただけです」

払込み先の銀行をたぐってわかった三十人余りの会員全部がそう述べた。

「星野君がそんなことをしていたというのを聞くのは初めてです。競馬予想の情報源を彼女がどこから仕入れていたか、ぼくには見当もつきません」

星野花江を秘書として長年つかっていた日東商会の社長米村重一郎は、訪ねてきた捜査員に答えた。

米村社長は、自分のもとにかかってくる競馬情報を彼女が盗聴していた事実をかくしていた。新聞にでも出ると体面にかかわる、という心理から出ていることなどは捜査本部に分らなかった。

捜査本部では、星野花江殺しがあくまでも知人による犯行と推定していたので、彼女の競馬情報源を探索した。しかし、彼女は男性との交遊関係がないばかりか同性とのつき合いもほとんどないことがわかってきた。

この段階で、星野花江が日東商会の社員たちに利子つきで小金を貸していたことも知れた。が、それも「浜井静枝」による競馬予想の会員組織と同じく彼女の内職であって、人的関係はなかった。星野花江はたいそう金銭欲の強い女で、男関係もなく、おそろしく孤独な三十女であるというのが、捜査本部にできあがった彼女の人間像だった。

念のため本部では、社長の米村重一郎をはじめ同社のすべての従業員ならびに浜井静枝の競馬予想会員の全員について二月十四日夜のアリバイを調査したが、いずれもそれが成立していた。

その前に捜査本部では彼女の居住する小岩のアパートの部屋を調べた。

星野花江のいるアパート二階の部屋は捜査員が行ったとき、ドアに錠がかかっていた。それには破壊のあともなく、他の窓にも何者かが侵入した形跡はなかった。十四日の午前八時半に彼女が出勤したあとの状態のままだった。

部屋は乱れてなく、よく整頓されてあった。管理人の話では、近所とも親しい交際がないので、盗難品の点はまったくわからなかった。

室内の指紋を検出してみたが、そのことごとくは彼女の指紋だけであった。これによっても彼女の部屋にはだれも遊びに来ていないことが実証できた。

しかし捜査本部では、現場の死体の傍に落ちていたハンドバッグの中から部屋の鍵が失われていたのを忘れていなかった。それと、手帳がなかった。財布が無いのは犯人が強盗に見せかける偽装としても。

取られた手帳には、彼女の貸金や入金のメモが書きこんであるにちがいない。そうすると、それをもとにして記入された元帳のようなものが彼女の部屋にあったはずだ。しかし、せまい部屋じゅうを探しても、そういうものはなかった。

ここで元帳の意味が大きく浮び上がってきた。

犯人は、その元帳を取りに行くために、ハンドバッグの鍵を奪って彼女のアパートに入ったのではあるまいか。そのために部屋から元帳が消えているのではあるまいか。

そうすると、それはいつだろうか。本部の推定では、相模湖畔に彼女の死体を捨てた同じ夜ということになった。翌日は死体が発見されるので、犯人がアパートに行くはずはない。

相模湖から小岩に行くには、車で中央高速・首都高速道路をつないで夜間に走れば、約一時間である。一時間くらいならば、その行動は十分に可能である。犯人は彼女の鍵で部屋に入り、出るときにドアの錠をおろしたのだ。室内に彼女以外の指紋が検出できなかったのは、犯人が手袋をつけていたからだろう。

十四日の深夜、彼女の部屋に入る者を見なかったか、あるいは部屋で物音は聞えなかったか、と捜査員はアパートの持主でもある管理人や近所の者に聞いてまわったが、だれも首を横に振った。寒い冬の夜はどの家庭も早寝であった。それに被害者は近所との交際を拒絶していた。

それにしても、星野花江はどこで殺されたのか。相模湖畔は死体を車で運搬してきて遺棄した場所である。解剖の所見では、死亡時刻は発見時の十五日朝九時より十二時間ないし十一時間前という推定であった。そうすると十四日の午後九時から十時ごろの間ということになる。誤差は前後の二時間くらいとみた。

犯人が車で来たことはたしかだ。そこで、殺害場所を都内とするもの、相模湖畔からあまり遠くない神奈川県下とするもの、本部内の意見はまちまちであった。

捜査員は、犯人の車が通過したとみられる相模湖インターチェンジの料金所の係員に、星野花江の顔写真を見せ、十四日夜九時以降にこのような女性が男の運転する車で通過しなかったかと質問した。

十四日夜に勤務していた係員は、アベックの車は一晩に百数十台は通るので、それらの顔をいちいち憶えてもいないし、ろくに見てもいないと言った。

「それでは、男でも女でも運転する車の中に病人とか怪我人に見せかけて、上から毛布などをかぶせたのは通らなかったですか?」

初老の係員は、それを否定した。

「小さなダンボール函を座席に五、六個積んだ中型の自家用車は通りましたがね。そんな、人間の形なんか見えませんでしたよ。死体を車に積むとしたら、刑事さん、それは後部トランクの中じゃないですか。ほら、映画などによくあるじゃありませんか？」

捜査員はそのとおりだと思い、小さなダンボール函五、六個を座席に積んだ車の話を聞き捨てにした。

本部では、十四日夜九時ごろからのちに、相模湖方面にむけて中央高速道路を走っているあやしい車を目撃した人はないか、また、死体らしいものを積んでいた車を見かけなかったか、と同高速道路の通行車を対象に、その届出を期待して新聞報道を通じて流した。警察は一般に知らせてならないことはマスコミに匿すが、逆にマスコミを利用したいときは発表のかたちですすんで流すものである。

しかし、それにもかかわらず、日数が経っても、そうした情報の提供者はあらわれなかった。

捜査本部に焦燥の色が出てきた。単純な殺人事件と思われたのに、どうも手がかりがつかめないのである。

それに、依然として殺害場所がわからなかった。このころになると、本部のなかで、殺人場所は神奈川県側よりも東京都内という観測が強くなっていた。それも屋内であって、犯人の家の中ではなかろうかという意見も出た。都内のあらゆる旅館やモーテルなどに捜査員が星野花江の顔写真を持って歩いたが、従業員は見たこともない女だと言った。

もっとも星野花江の顔写真は公開捜査の意味で、各新聞に掲載されていた。それでも反応はなかった。

捜査本部では、参考人らについてもう一度洗い直してみようということになった。それらの人々には、犯行当夜のアリバイがあったのだが。――

捜査本部は、某銀行の墨田区にある支店の協力から、星野花江の本人名義の定期預金千五百万円と残金三百七十万円の普通預金とが同支店にあることを知り得た。その二つの預金通帳と銀行登録印鑑とは、彼女の部屋の押入の古い洋服函の中にある流行おくれのワンピースの間に挟まれていた。架空の「浜井静枝」名義の普通預金とは別個のものである。

定期預金にはなんのふしぎもなかったが、普通預金の三百七十万円は、半年前までは千百万円だったのが、七回にわたって引き出された残高であった。それも、百二十万円、八十万円、百三十万円といったふうに、七回の合計は七百三十万円だった。その七回とは、去年の七月十一日からはじまり、八月二十三日、九月十一日、十月十八日、十一月十四日、同月二十日、十二月二十七日だった。

倹約家の彼女がこれだけの金をひとりで遊びなどに費(つか)うはずもない。それに見合うような買物も置いてなかった。これは彼女が利子つきでだれかに貸したにちがいなかった。日東商会の従業員らに融通したにしては金額が大きすぎた。従業員たちもそんな多額の金を彼女から借りてないと明言していた。

ここで盗難にあったと思われる彼女の帳簿の意味が重大になってきた。犯人は、彼女から約七百万円の金を一人で借りた人物ではなかろうか。両人の貸借関係は去年の七月十一日からはじまっている。

捜査員はまた日東商会に行って米村社長に会った。米村重一郎は卵形の顔に当惑の表情を浮べ、彼女からそんな大金を借りていそうな人物にはまったく心当りがないと言った。

「その金を借りた人物は、自家用車を持っているはずですがね」

捜査員は言ったが、自家用車を持っている人間はあまりに多すぎた。社長はやはり首を振った。

「ごらんください。彼女が金を引き出したのは、月、火、水にかぎっているのです。銀行では午後零時から一時のあいだ、つまり昼休みの時間に彼女が預金係の窓口にきて金を引き出したと言っています」

捜査員は銀行で写した資料を見せた。

――七月十一日(火)、八月二十三日(水)、九月十一日(月)、十月十八日(水)、十一月十四日(火)、同月二十日(月)、十二月二十七日(水)。

「……日曜日は銀行が休みだから別として、いずれも木、金、土の日はひとつもないでしょう? これは星野さんが競馬情報を毎週木・金・土の夜と翌朝に会員に電話で流すからですよ。彼女は月・火・水だけ昼休みに銀行に行って預金を引き出して、午後六時にこちらの勤務が終ってから、その金を持ってだれかに会いに行ったんです。殺された今年の二月十四日も水曜日でしたからね」

捜査員は米村社長に言った。

米村重一郎は、その日捜査員が帰ったころから心理に再度の動揺があった。

最初の動揺は、星野花江が殺害された直後に捜査員が来て、現場に落ちていたスポーツ紙競馬欄の切抜きの件を聞かされたときだった。モリノカップは自分の持ち馬だ。この馬の調教後の観測記事を彼女が切り抜いていたというのは、二月十八日のF氏記念レースで本命とみられるこの馬に彼女が大きな関心を寄せていたからである。やはり彼女は厩務員からかかってきた「焼酎蒸し」の電話を盗聴していたのだ。

米村は、彼女の盗聴対策を二次下請の城東洋裁店主八田英吉に相談したことを警察に言わなかった。モリノカップの場合のように違法すれすれの指示を出していることもあり、馬主どうしや厩舎関係から情報をとって馬券を買っているなどの後ろめたさがあったからだ。秘書にその電話を盗聴されていたというのもみっともない話だった。捜査員は、彼女が競馬予想の資料をどこから入手していたのだろうかとかなり執拗にきいたが、米村はシラを切りとおしてきた。

けれども二度目にやってきた捜査員は、星野花江の銀行預金が去年の七月から七回にわたり七百万円ほど引き出されていると話した。米村の頭に浮んだのは城東洋裁店の八田英吉のことだった。二次下請業者は苦しい。もしかすると、八田が星野花江からその金を借りていたのではなかろうか。

思い出されるのは、八田英吉と皇居前のホテルで会ったとき、彼が自家用車を持ってきていたことだった。星野花江の殺害犯人は車を持っている可能性が強いとは、捜査員の話であった。

彼女の金の引出しが七回とも木・金・土曜日を避けているのは、捜査員の推量どおり、週のうちその夜が彼女の競馬予想電話通告でふさがっているためにちがいない。したがって、彼女が相手に貸金を渡したのは、月・火・水の勤務が終った夕方からということになる。

星野花江の内職を知っていたもう一人の人物は八田英吉である。それは八田に調査を依頼したからだが、彼女に気づかれることのない秘密調査だったから、八田と彼女とに金の貸借関係が生れるはずはない、と米村重一郎は考えていた。

結局、米村社長は八田英吉に星野花江の調査を依頼したことなどは捜査員に言わなかった。これを打ちあけると自分のほうにも競馬関係のボロが出る。

——捜査は完全に行きづまった。

二月十五日朝、相模湖畔で死体で発見された星野花江殺人事件が壁に突き当ったのは、被害者の周辺にこれはと思えるような人物が浮んでこないからだった。捜査本部は捜査をこのように総括した。

——被害者星野花江くらい異性とも同性とも交際をしない女もめずらしい。捜査員がどんなに聞込みに走りまわっても、何も出てこない。参考人についてはいちおう事情を聴取した。被害者が秘書としてつとめている日東商会の社長米村重一郎や、彼女が競馬予想を電話で流していた先の「会員」約三十名、それと彼女から金を借りている日東商会の従業員七、八名などである。全員にアリバイがあり、彼らの話からも手がかりになるような材料は得られなかった。

星野花江が「会員」に流している競馬予想の材料がどこから出ていたか不明である。競走馬を十頭近く持っている社長の米村重一郎の言葉には曖昧な点もあったから、当夜のアリバイはあっても、本部では一時彼を重要参考人に目したが、どのように洗っても社長と女秘書という世間にありそうな恋愛関係は出てこなかった。それに星野花江は美人でない三十女で、およそ男性の興味からは遠かった。金銭の貯蓄心だけは旺盛であった。

しかし、魅力のない女でも男性に眼をつけられることはあり得る。星野花江は金を蓄えていた。彼女を殺した人物がこれを狙ったことは確かのようである。約七百万円の金が銀行預金から引き出されているが、それが例の内職の日を除いた月・火・水にかぎられているのは、その晩に相手と会って金を渡したということなのだ。すると、それは愛情関係にもあった相手であろう。しかし、彼女の性格からしてタダで与えるようなことはない。かならず貸金として記入している。ハンドバッグから手帳が失われ、その部屋にあってよいはずの帳簿が見当らないのはそのことを証明している。

しかし、どのように聞きこみをしても彼女の「恋人」のことは一切入ってこない。彼女が七百万円の預金を引き出しはじめたのは去年の七月であるから、その「愛情」関係の発生はその前であろうと推測される。その時期を中心に洗ってみたが、徒労であった。

犯人は車を持っている。彼女を扼殺した場所は依然として不明だったが、死体を相模湖畔に捨てたその夜に小岩の彼女のアパートに行き、ハンドバッグから取った鍵で部屋に入り、帳簿を奪って逃げているのだから、中央高速道路と首都高速道路とを利用した可能性がある。しかし、新聞に流しても目撃者などによる情報の反応はなかった。……

——手は尽きた。事件はついに迷宮に入り、捜査本部は四カ月後に解散した。

その年の八月ごろ、はずれた馬券の番号を巧妙に修正して、払戻し金を詐取しようとした男が後楽園にある場外馬券売場でつかまった。

「六月の第三土曜日にここに来たとき、知合いの洋裁店の店主で八田という男が払戻し金の窓口でわたしの前に並んでいて、大金を受け取るのを見ました。彼の話では、去る二月十八日のF氏記念レースで大穴があたったが、レースの日には目立つので払戻し金をわざともらわずに、四カ月後に受け取りにそこに現れたということでした。わたしもそのF氏記念レースでは本命のモリノカップから買いましたが、この本命がはずれて②―③の連複が九千五百円という大穴になりました。八田はその千円券を三十枚買ったそうですから、二百八十五万円の配当金をせしめたわけです。八田は、いつも銀行レースばかりを買うような手がたい男なのに、そのF氏記念レースにかぎって本命のモリノカップをはずしたところをみると、よっぽどいい情報をつかんでいたとみえます。わたしは、つい、うらやましくなって、馬券の番号を変えて配当金をもらう気持になりました」

この男の供述が取調べの刑事に、ある記憶を呼び起させた。

それは二月半ばごろに相模湖畔で殺害死体となって発見されたどこかの繊維問屋の社長秘書の事件を捜査にきた神奈川県下の所轄署員に協力したときである。他府県の警察署員は、東京都内の捜査には地理の関係上、よく警視庁に協力を求める。このとき、神奈川県の所轄署から派遣された捜査員がその刑事に話した言葉のなかに、現場には加害者か被害者の女が切り抜いたらしいスポーツ紙の競馬欄が落ちており、その切抜きは「モリノカップ」という馬の観測記事だった、というのがあった。

馬券配当金詐取に失敗した男の話にモリノカップという馬の名が出たので、刑事はそれを思い出し、いまは捜査本部を解散している神奈川県警の所轄署に「何かの参考になれば」と思ってこのことを通知した。

この通報をうけた所轄署の捜査員二人が東京に出てきて、八田英吉の身もとを調査してみた。彼は中央区久松町にある城東洋裁店を経営している三十五歳の男で、平和服飾の下請仕事をしている。そうしてこの平和服飾は日東商会の下請であった。つまり八田英吉の城東洋裁店は、日東商会の二次下請であった。

日東商会といえば、その社長は米村重一郎であり、被害者星野花江はその秘書であった。ここに、湖畔の草むらに落ちていた切抜き（たぶん死体を現場に捨てるときに手帳の間から落ちたのだろうが）の「モリノカップ」と、日東商会の関係者との線が結びついてきた。

いったん捜査本部を解散した所轄署では、にわかに色めき立って新しく捜査方針を協議した。

八田英吉の城東洋裁店は、日東商会の二次下請として経営が相当に苦しい。さらぬだに繊維販売業者は低迷している。星野花江が去年七月から銀行預金より引き出した約七百万円は、この八田英吉に渡されたのではあるまいか。八田は自家用車を持ち、自分で常から運転していることもわかった。

所轄署では八田を重要参考人として取調べてみようと考えたが、それに踏み切るにはいくつかの困難があった。

まず、星野花江と八田英吉との関係が出てこない。被害者の交際関係では最初の捜査のとき、ずいぶんと聞込みをおこない調べてみたのだが、これと思われる人物が出てこなかった。むろん、八田英吉という名も浮んでこなかった。こんどは、八田英吉を主体にして彼の周辺を洗ってみたが、予期に反して星野花江の名がさっぱり出ないのである。

二人はまったく無関係か、それともその関係をよほど巧妙にかくしてきたか、どちらかであった。

それに内偵しても、約七百万円の金が去年の七月から八田英吉に入り、それを彼が派手に使ったという形跡もなかった。城東洋裁店の金繰りが目立ってよくなったということもなかった。

日東商会の交換手にきいてみたが、八田英吉の名前で星野花江に電話がきたこともなければ、米村社長へかかってきたこともなかった。

これでは八田英吉を任意出頭させることもできない。直接証拠はもとより、情況証拠も「東京競馬のF氏記念レースで、モリノカップをはずして大穴を当てた」という以外は何もなかった。この大穴の馬券買いも、彼自身の判断とカンで買ったといわれると、それまでである。

所轄署の捜査員は、このまま八田英吉を見送るにはいかにも心残りであった。とにかく心を納得させるためにと思って、捜査員は久松町の城東洋裁店に八田英吉を訪ねて行った。事務所に彼はいた。髪をきれいにわけた、やさしそうな顔の背の高い瘠せた男だった。

事務所には女事務員などが三人いたので、取引関係の人間にみせかけた捜査員二人が近所の喫茶店に誘うと、彼は、自分もコーヒーを飲みたいところだったので、といってすぐについてきた。横の工場ではミシンの音がうるさく聞えていた。

捜査員二人は、そこではじめて警察手帳を見せたが、八田英吉は顔色を変えずに、何のことで自分が刑事に訊かれなければならないかといった、きょとんとした表情でいた。

「あなたは今年の二月十八日のF氏記念レースの大穴で三百万近くも儲けられたそうですね?」

捜査員は笑いながら言った。

「ながいこと馬券は買っていましたが、こんなことは初めてです。いや、だれからも情報をもらったわけじゃありません。ぼくのカンですよ」

「本命のモリノカップをはじめからはずしたのがよかったのですか？」

「モリノカップをはずしたことですか。そうですね、ぼくはこれまで本命ばかり狙って馬券を買い、損をしてきたので、こんどは逆をいってやれと思って、思い切ってヤマを張ってみたんですよ」

八田英吉は刑事二人にほほえんでみせた。

「そうですか。カンというのはだれにもあることですね。じつはあなたと同じことを予想していたらしい人がいました。新聞でご承知かもしれませんが、今年の二月十五日に相模湖畔で殺人死体となって発見された日東商会の秘書だった星野花江さんです。その人がスポーツ紙の競馬欄に出ているモリノカップの記事を切り抜いていたらしくて、それが現場に落ちてたんです」

捜査員は何気ないふうに言った。

八田英吉にとってこのときが最大の危機であった。

新聞にはその切抜きのことが一行も出ていなかったので、彼は内心少なからず衝撃をうけた。星野花江の死体を現場に置くときに手帳が草の上にすべり落ちてそれを拾い上げたのはもちろん記憶にあったので、刑事の言う切抜きはその手帳にはさまれたものがすべり落ちたにちがいなかった。懐中電灯を持っていなかったのと心がせいていたので、それに気づかなかったとわかった。

アパートにあった盗聴メモの「モリノカップは焼酎蒸しにする」という彼女の走り書きは見たが、その新聞の切抜きはそれと表裏一体のものだと八田英吉は刑事の話から知った。

が、彼はこのショックを顔色に出さないように努め、煙草に火をつけ煙を刑事の前に吐いた。

「そうですか」

彼は興味なさそうにそれだけを答えた。よぶんなことを言うのは危険だった。だいたい刑事がじぶんのところに現れたことじたいが予想外だったが、それはF氏記念レースの馬券で大穴を当てたという理由だけだとわかってからは少し安心していたところだった。

「あなたは、星野花江さんを前から知っていましたか?」

刑事は次に訊いた。

「いいえ。あの事件の新聞記事で日東商会の事務員とあったので、はじめてそれと知ったくらいです。もちろん星野さんの顔を見たこともなければお会いしたこともありません」

「あなたは日東商会の米村社長と親しいですか？」

「米村社長はどこかでお顔を遠くから見たことはありますが、お話ししたことはありません。ぼくは二次下請ですから、日東商会さんとは直接関係がないのです。取引があるのは平和服飾さんだけです。こっちのほうは日東商会さんの直下請ですからね」

「あなたは自家用車をお持ちですか？」

「持っています。N社の中型車ラピッド・デラックスで、四十九年型です」

「番号は？」

「××７３５５」

「今年の二月十四日の晩、あなたはその車でどこかへお出かけになりましたか？」

刑事はきいた。

「二月十四日の晩ですか……」

八田英吉はしばらく考えていた。

「どうもふるいことでよく思い出しませんね。もう半年も前ですからね」

――それはそうだ、だれだって半年以上も前の行動をはっきり憶えている者はいない。四、五日前のことにしても、その夜はどうしていたか、ときかれてもわからないのが普通だ。ヘタにアリバイをつくっておくと危ない、アリバイについて小細工をしない、という最初の方針をつらぬこう。

英吉はそう肚を決めた。

「そうですか。なんとか思い出せませんか?」

刑事は笑っているが、困った顔でいた。

「どうも、思い出せません」

英吉も笑ってたずねた。

「刑事さん。どうしてそんなことをわたしにお聞きになるんですか?」

「べつにたいしたことじゃないらしいです。われわれはただ上司から、参考のために八田さんにちょっとお聞きしてこいと言われておうかがいしただけなんです。まあ、広い捜査をやっていると、われわれにも見当のつかない命令が上からおりてくるものですからね。しかし、決してご心配になるようなことではありませんから、ご安心ください」

刑事は見えすいた言訳をあいまいな口調でいった。そうして最後に質問した。

「そうそう。これも八田さんにお聞きしてくれということでしたが、あなたは夜間に外出なさるときは、いつも自家用車をお使いになりますか？」

「そうですね。車を使うときもあり、電車を利用するときもあり、そのときそのときによって違います。いつも車を使うとはかぎりませんね」

しかし、この質問は八田英吉に不安を起させた。彼の心はその危惧から動揺して言った。

「二月十四日の晩のことを思い出したら刑事さんに連絡しますよ」

捜査員二人は、その足で警視庁の交通部に行った。

「二月十四日の夜ですか？」

警視庁の係は、帳簿を引張り出して眺めて言った。

「その夜は、管内の中央高速でも首都高速道路でも事故は一件も発生していません。事故でもないかぎりその番号の車が高速道路を通過したかどうか、記録に載らないからわかりませんな」

神奈川県警の所轄署に八田英吉から電話があったのはその翌日であった。東京に出張した捜査員の名刺をもらっていたので、彼はその一人を呼び出して元気よくこう言った。

「思い出しましたよ、刑事さん。二月十四日の晩は八時ごろから神田にいる友人を訪ねるつもりで家を出たのですが、途中で気が変り、八時半ごろから丸の内のR新聞社横に出ている屋台のおでん屋で酒を飲んでいるうちに酔ってしまいました。車に乗りこんだが、これでは運転ができないと思い、酔いをさますつもりで車内で寝ていたところ、つい寝すごしてしまい、家に帰ったのが十一時半ごろでした。家内は眠っていて気がつきませんでしたがね」

「どこに車をとめていたんですか？」

「R新聞社の横で、暗い通りでした」

前日に刑事の訪問をうけて外出のことをきかれた八田英吉は、記憶していないという返事が警察に疑われそうで不安が生じていた。そこで、警察が調べても確証がつかめない場所がどこかにないかと一晩考えた末に思いあたったのが、夜の新聞社横であった。以前にそこへ行ったことがあって状況がわかっていた。で、つい、こんなふうにあとから追った報告となった。

所轄署の刑事はまたもや夜の東京に来て、八田英吉の言う場所を見てまわった。

時間も彼の言うとおりに合せて九時ごろにした。この夜の新聞社界隈(かいわい)は人通りはいたって少ないが、車の屋台店が三、四軒もならんで出ていた。見ていると、夜勤の新聞社従業員のほかにも、通りがかりの車が次々と来ては、おでんや中華ソバなどを食べて立ち去る。

捜査員は、おでんの屋台の前に立ったが、そこにも四、五人の客が立食いをしていた。

「ここに来るお客さんは常連ばかりですか？」

捜査員は串の芋を食べながら、忙しそうにしているおやじにきいた。

「常連は新聞社の人がおもですが、フリの客も多いですな。車で乗りつけていらっしゃるんですよ。ちょうど腹の空きかげんな時ですからね。もう少しおそいとバアのホステスさんなんかがお客さんの車で来ますよ」

鉢巻をしたおやじは答えた。

「それでは、今年の二月十四日の夜九時ごろ、このへんの屋台に車できて酒を飲んだ人の顔をおぼえていますか？」

「フリのお客さんでしょう？　そんなのはここにならんでいる屋台のだれもおぼえていませんよ。通りがかりに寄ったイチゲンの客が多いんですからね。それに半年ですな」

も前のことじゃ、そんな人が来ても、こっちは、記憶にございません、というとこ

捜査員がそこをはなれて裏手に行くと、そのへんは工場か倉庫になっていて、道の横には中型車や小型トラックが数台駐車していた。歩行者はほとんどいなかった。アリバイをつくるにはうまい場所であった。八田英吉は、十一時半に帰宅したが妻は熟睡していて知らなかったというのである。

「そんなところでアリバイ捜査しても無駄だな」

報告をうけた所轄署の捜査課長は渋面(じゅうめん)をつくった。

東京に派遣した捜査員からこの報告を聞いた神奈川県警の所轄署では、捜査会議を開いた末、八田英吉を諦めるよりほかはないと結論した。

直接証拠は何一つない。情況証拠といっても、八田英吉が被害者星野花江と交際があったという周辺の証言もなく、彼女の約七百万円の貸金の流れもつかめない。モリノカップの大穴も偶然といえばそれまでで、この材料も使えない。半年前の晩に屋台で飲んだり、人の通らない路上の車内で眠っていたのでは、アリバイ捜査もできない。

所轄署の捜査は再びお手あげになった。

——秋に入ったころの或る日であった。

三十歳前後の一人の男が都内の四谷警察署に来て、ポケットから新聞の切抜きを出し、署員に見せて言った。

「この記事に関連があるかどうかわかりませんが、心当りがあるので、それをお話ししに来ました」

切抜きは「相模湖畔OL殺人事件」に関するものだった。

《二月十四日夜、犯人は自動車に被害者を同乗させるか、または殺害死体を乗せ都内から首都高速道路・中央高速道路を相模湖方面に走り、湖畔に死体を捨てたのち、こんどは一人で車を運転して同じ高速道路を通り都内に戻ったとみられる。同夜、それらしい車を高速道路で見かけた人は届け出てほしいと捜査本部では希望している》

「あなたはそれらしい車をどこで見かけたのですか?」

署員は、神奈川県警の所轄署に代ってきいた。

「首都高速道路の永福ランプと高井戸ランプとの間にある非常駐車帯です。ぼくらの車がそこへ入る前からN社の中型車ラピッド・デラックスが駐車していました。

ぼくらの車はその車の前方に駐めたんですが」

男は言った。

「ぼくらというのは？」

「ぼくが運転して恋人がとなりにいたんです」

「それで？」

「それで、ぼくらはその車の中で話をしていますと、その前から駐まっていたうしろの車の中で、短く叫ぶような女の声を聞いたように思いました。けれど、そのときは、それを、その……カー・セックスのときの声だと思っていたのです」

「それは二月十四日の何時ごろでしたか？」

「午後十時ちょっと過ぎだったと思います。すると、それから十分も経つと、うしろの車がエンジンをかけて動き出し、ぼくらの車の横を通って前のほうに、つまり中央高速道路のほうへむかって走って行きました。中にいる人の顔ははじめから見えませんでしたが」

男は署員につづけて話した。

自分たちは、その車が出て行ったあとも三十分ばかりその非常駐車帯に車を駐めていたが、話が済んだので帰ろうとしたところ、車が故障していて、また五十分あまり時間を費した。牛込に住む恋人を家まで送るために高井戸ランプで一度おりて、再び反対側の高速道路にあがった。

「そうして都内方向に走っていると、前方を走っているN社の中型車が一時間半前に同じ非常駐車帯に駐まっていたあの車によく似ているのに気がつきました。ぼくたちは故障があっていま帰るのに、先方は一時間半も前に出て行き、そしていまごろ戻ってくるとはずいぶん遠くまで女性を送りに行ったものだなァと話しながら前を見て走っていると、どういうわけかその前の車がいきなりスピードを出しました」

　それがまるで逃げるような走りかたなので、こっちも興味をおこし、速力を出した。

「ぼくは、ちょっと変に思ったので、せめてうしろのプレートの番号でも知ろうと思い、距離をちぢめにかかったのですが、おどろいたことに、先方はますますスピードをあげるではありませんか。ぼくは半分面白くなって追いかけて行きました。新宿から先はカーブが多いので、スピードの出しすぎが危険だとは思いましたがね。あとでこの新聞記事を読み、あの車が相模湖事件に関係があるのではないかと思い、これをお話ししにきたのです」

「その車のナンバープレートの数字はわかりましたか？」

「残念ながら向うの逃げ足が早いので、最後まで番号を読みとることができませんでした。その車もぼくも外苑ランプを出るのは同じでしたが、相手は絵画館の横を通る外苑周回道路へ走り去りました。ぼくは恋人を牛込に送るために信濃町から四谷三丁目方面へむかいました。つまり右と左とに別れたわけです」

「その車は外苑ランプを下りて、青山方面へむかったのですね」

「そうだと思います」

警官は新聞の切抜きに眼を落した。

「これは二月の新聞ですね。どうしてそのときに届け出られなかったのですか？」

「女房がいたからですよ。そんなことを警察に届け出ると、ぼくが車の中で恋人といっしょにいたことが女房にわかってしまいますからね」

「なるほどね。で、それから八カ月も経ってお届けになったのは？」

「その女房と別れて、車でいっしょにいたときの恋人と再婚したからですよ。だから、もう、こわいことなんかなくなりました。じつは、この届出も、いまの女房にすすめられたんです」

情報の届出人は頭をかいて笑った。

相模湖畔のＯＬ殺人事件をかかえている神奈川県警の所轄署では、東京の四谷警察署から「首都高速での目撃者の話」について通報をうけたが、はじめはこれにあまり関心がなかった。

というのは、目撃した車のプレート番号がわからないというので、手がかりがなかったからだ。首都高速道路には夜間だけでも何百台となくN社四十九年型の中型車――もっとも普及しているこの種の乗用車が通行するので、該当車はたいそう多い。

それに、その車は高井戸方面から来て外苑ランプで下りたという。犯人は相模湖インターチェンジから小岩の星野花江のアパートに近い小松川ランプへ直行したと思われるので、外苑に出て青山方面に向かうわけはない。時間的にみても犯人にはそんな道草を食う余地がないはずだった。

しかし、所轄署ではその通報者が言った高速道路の非常駐車帯での殺人という推測に興味を持った。そこに駐めた車の中でのアベックの恋愛にみせかけた殺人だったというのである。なるほど、そうすると殺害現場と死体運搬方法とが一挙に解決する。扼殺という手段も情事にみせかけた状況に相応する。

所轄署の捜査員は、またまた東京に出むいた。まず、通報者である本人と会って、その話をたしかめた。通報者は、目撃した車の持主は青山方面に住んでいるにちがいないと強調した。

捜査員は、またしても無駄足とは思いながらも警視庁の交通部に出むいた。目撃者は車のナンバープレートを見ていないのだから、交通部に言う捜査員の気も重く、この材料をはじめから投げていた。

交通部では、八カ月前の二月十四日夜に青山界隈で何かなかったかを記録によって調べた。

二月十四日夜は、事故ではないが、N社四十九年型の中型車が十二時ごろ外苑で暴走族にからまれかかったのをパトロールカーが見つけ、警官が下りてその乗用車を運転する人に被害の有無をたずねた。車の持主らしいその人は何も被害はないと答えて、逃げるように車をスタートさせたという。

そのとき、不審に思った警官がナンバープレートの番号をメモしたので、その報告が上がって記録になっている、と課員は言った。

「そのナンバーは?」

「××７３５５です」

捜査員は手帳を繰った。八田英吉の車の番号であった。

《二月十四日は夜八時半ごろから丸の内のR新聞社付近の屋台店で飲み、そのあと近くの路上に車をとめて眠り、十一時半ごろに久松町の自宅に帰った》
八田英吉は東京からわざわざ電話を所轄署の捜査課にあとからよこして明言していた。

式場の微笑

1

結婚披露宴は、都内のホテルで、午後四時からと金ぶちの案内状にはあった。あいにくと朝から小雨が降っている。十月に入って、梅雨のような天候がつづいていた。

案内状は、浜井(はまい)、園村(そのむら)両家の連名になっていた。

《――今般、浜井源太郎長男祥一郎と園村鉄治二女真佐子との縁組相整い、R銀行常務取締役室田恒雄御夫妻御媒酌のもとに、十一月八日午後四時より――》

杉子(すぎこ)には新婦になるひととは縁がない。新郎になる浜井祥一郎(しょういちろう)とは高校・大学時代を通じての同級生で、大学のころは「緑滴会」でいっしょだった。「緑滴会」は大学内の茶道の会で、外からお師匠さんが出張してきた。

案内状は父親の名前だけしか書いてないから新婦になる女性の環境は杉子に少しもわからなかった。祥一郎の父親は、日本橋で商事会社の社長をしている。雑貨問屋としては老舗(しにせ)のほうで、父親が二代目、祥一郎が三代目をつぐことになっており、げんに彼は若いのに同社の専務兼営業部長だった。

媒酌人が銀行の役員だから、相手方も相当な商人の家であろうと杉子は想像した。結婚披露宴に招かれるほど祥一郎とは親しくしてなかったが、高校・大学といっしょで「緑滴会」のメンバーでもあったところから、祥一郎が招待者リストの一人に指定したらしい。杉子が電話で、共通の立場にいた友人三人に問い合わせてみると、わたしもそうよ、と電話口で三人とも笑っていた。祥一郎にはそんな華やかさを好む性質があった。自分側の客席には訪問着姿を咲かせて、新婦側のそれと対抗するつもりがあるのかもしれない。

もしそうだとすれば祥一郎の錯誤である。花嫁さんはどうせ若いにきまっている。その友だちだと振袖姿にちがいない。振袖でなくとも、その衣裳は眼がさめるような派手な色と文様である。こちらは、そろそろ三十近くになっているから色にも柄にも遠慮があった。友だちの三人は結婚している。これは色留め袖でくるかもしれない。どっちにしても、花嫁側の若い女性群とは、はじめから勝負にならない。

それでも、杉子があえて披露宴に出席の返事を出したのは、祥一郎の好意もだが、一つは宴席に集まる婦人客の和服姿を自分の参考にしたいからだった。それぞれの着付けを眼に収めたかった。

杉子は和服の着付けも勉強している。ある呉服屋の主催する「着付教室」に通って、専門家の教師についているが、あと少しで彼女自身も「二級」の資格がとれることになっている。五年くらいで「二級」のお免状がもらえるのは早いほうだとその呉服屋さんに言われた。「着付け」にも華道や日舞のように流派がある。本科、研究科、師範科とすすみ、師範科を出ると、三級、二級、一級と年一回ずつのきびしい資格試験がある。本科だけでも三年以上かかる。

教師の免状をもらっても、すぐにどうなるものでもない。近ごろの娘さんは洋服はスマートに着こなすが、和服の着付けが自分ではさっぱりできない。自宅で「着付教室」を開けば、けっこう習いにくる若い人が多いだろうと先生も呉服屋さんも言ってくれるが、母と暮らすアパートの狭い2DKの部屋では「教室」にもならなかった。しかし、結婚式場のホテルへ着付けで呼ばれるなどの出張がある。

杉子は「資格」をとることには興味があった。茶、生け花、英語のガイド、運転免許、珠算の一級、書道の師範。どれも実利には役立っていない。珠算も、いま彼女が勤めている会社は、全部小型電子計算機である。英語のガイドは、日本ガイド協会といったところに登録してあり、ときどき多数の外人観光客が来て、専門のガイドさんが足りなくなったとき、協会から電話がかかってくることがある。それでも十回くらいはバスに同乗したり、明治神宮や鎌倉の寺を歩いたことがあるが、勤め先の拘束時間と抵触するので、これも止めてしまった。しかし、人からは研究心だか好奇心だかが旺盛だと言われ、そんなことにのぼせるから縁遠いのだとひやかされた。

うす暗い、肌寒い小雨の景色の中をタクシーで走って、ホテルの宴会場側の前で降りた。ドアマンが傘をさしかけてくれたが、降りるとき、気をつけたのに、コンクリートの床面に少し溜まった雨水が刎ねて白い足袋にうす黒い斑点をつけた。

「あ、失礼しました」

儀仗兵スタイルのドアマンは恐縮した。

「いいんです」

気にしないようにしたが、華やかな集いのロビーに入ると、これがやはり気になった。たくさんな人だし、互いに談笑している群れが多いことだから、だれも留袖の女の足もとなど見る者はないと思うけれど、どこか気がひける。そのうち、水が乾けば足袋の斑点の色もうすくなるだろうと、それを待つことにした。

披露宴の開かれる広間に近いロビーは、男の黒服と女の色とりどりな訪問着や付け下げや色留め袖の姿で混み合っている。お嬢さんの振袖には、ふくら雀の帯結びが多かった。

輪になって立ち話ししている若い女性のグループ、上気した顔で人の間を歩いているお嬢さん、壁ぎわの長椅子にならんで掛け、同性の振舞いや着物にじっと眼をとめている中年婦人、宴がはじまる前、どこでも見かけるロビー風景だった。

が、今日の結婚披露宴は、この客の数を見ただけでも盛会なことが知れた。新郎が老舗の問屋の息子なので、商売の筋から招待客が多いのがわかるし、新婦の父親も同じような商家だと、それが倍にもふくれるわけである。女性客もぜんたいの半分近く来ている。

杉子は、着物や帯の柄を眺めるのもさることながら、やはり着付けの様子をそっと見て回った。付け下げや留め袖姿の中年近い女性は自分で着付けするのだろうが、振袖姿の若いひとは自身では着られない。母親が着せるか、美容院の人を家に呼んで着付けしてもらう。見ただけでもその区別がわかった。母親の着付けはどこか間が抜けているが、専門家のそれはきちんときまっている。

このごろの若い女性は、洋服には格好のいい、腰の狭まったプロポーションだが、和服を着せると体に合わない。本格的にするとたくさんな細紐や伊達締めを付けるので腰のくぼみが補えるが、着付けを早く済ませるためには、腰布団などを当てがう。けれど、普通の家庭では、そんなことまではしない。専門家の手によると、腰や衿もとがすっきりとなるが、家庭ではそうはゆかない。そこが相違となって現われてくる。

杉子は、それとなく眼を配って歩いていると、談笑している男たちの中から、一人がふいと杉子を見た。見られているというのはわかるもので、彼女が顔をむけると、両方の視線が合った。

男は、四十前後で、少し白いのが混じった髪をきれいに分けている。色が黒く、眼、鼻、唇と、ぜんたいの顔の造作が大きいほうだった。背が高く、スポーツの選手ででもあったように略式服の肩幅はひろかった。その太い眼が、杉子の視線に遭遇すると、一瞬、躊いは見せたが、すぐに細くなって眼尻に皺を寄せた。微笑の口もとには健康そうな歯がのぞき、色が黒いだけにその白さが目立った。

杉子には見おぼえのない顔だった。よくあることで、その男が彼女の背後にいる知人に挨拶を送ったのかと思ったが、振りむくのも妙なので、彼女は、とりあえず答礼のほほえみを返した。これが錯覚だったら恥かしいことなので、杉子は急いでそこを過ぎた。

その男の群れとはなるべく遠い場所に移ったとき、そこで「緑滴会」でいっしょだった三人の同級生と遇った。三人とも一児か二児の母で、藤色、若竹色、ベージュ色の留め袖を着ていた。

「浜井くんの新婦は、E食品工業につとめてらしたかただって」

その一人が小さな声で教えた。

「あら、そう。食品工業に雑貨問屋さんとは何か関係があったのかしら?」

別な一人が初めてのように訊いた。

「それはあんまり関連がないんじゃない? きれいなひとらしいから、浜井君がどこかで見そめたのよ」

「じゃ、玉の輿ね」

杉子は、さっき微笑を向けられた男のことが少しばかり気になっていた。どう考えても記憶になかった。間違って微笑を返したのだったら、あのあと、男どうしで笑い合っているかもしれない。ここからはその群れが見えなかった。

しかし、こっちに憶えがなくとも、先方でこっちを知っているということはあり得る。男のあの微笑の前には瞬時の躊躇はあった。躊いは、先方でも人違いかなという迷いだったかもしれないが、そのあとすぐに眼もとをなつかしげに笑わせた。

これは、二通りに解される。一つは、よく似た人だが、とためらったあとで、すぐに憶い出したということであり、もう一つは、よく憶い出せないが視線が合った以上、ともかく微笑しておきさえすれば無難だということである。

あの男の微笑をどちらにとっていいか、杉子も惑うところである。どっちにしても、たいしたことはなく、すぐに忘れてしまっていいのに、砂の一粒が足袋の間に入ったようにいつまでも落ちつかない気持ちだった。

ホテルのボーイが「瑞雲の間」の入口ドアを全開した。ロビーに群れていた客は談笑をおさめ、入口近くから一列になって中にすすむ。列の進みがおそいのは、入ったところに佇立する新郎・新婦、両家の両親、媒酌人夫妻の前で停滞するからだった。列中にさっきの男の姿は見えなかった。

杉子は友人三人のうしろに従った。浜井祥一郎は緊張した顔でしゃちほこばっている。客の挨拶に頭を軽くさげているが、眼が次々と動いて視線が定まらない。杉子の前にいる友人が笑顔で短い言葉をかけたが、祥一郎にそれを返す余裕はなく、口を一文字に結んでいた。杉子の番になった。

「おめでとうございます。お招きいただいてありがとう。うれしそうね」

ほほえみかけたが、祥一郎は唇を動かしかけただけであった。その短い言葉の間にも、彼の横にならぶ花嫁の角かくしの眼の端にはいっていた。真っ白い顔に目鼻立ちのはっきりしたのが映る。きれいなひとだとは茫乎とした視野にもわかった。

杉子は一歩横に移って花嫁の正面に立った。上背があって、均整がとれている。祥一郎の細い体格が貧弱に見えた。

「おめでとうございます。お仕合わせに」

角かくしの下で、花嫁の眼が挙がった。よく徹った鼻筋と、かたちのいい紅い唇とが杉子の第一の印象だったが、その花嫁の眼が急に動くのを彼女は見た。

花嫁はその眼を大きく拡げただけではなかった。表情まで塗りつぶしているような厚化粧の顔が、ショックをうけたように揺らいだものである。あっといったように、真っ赤な唇を半開きにしたまま、そのまるい瞳をむき出して、杉子の顔を凝視した。それは、まったく瞬間のことで、杉子のあとにつづく口髭の紳士も気づかないほどだった。

杉子はその隣りの浜井源太郎夫妻の前に進んだ。胸がどきどきして、言葉が咽喉につかえた。新郎の母親は、杉子にていねいにおじぎをした。

杉子の席は、友だちといっしょに広間の中ほどだった。その円卓には祥一郎の仕事関係にあるらしい三十前後の男たちも同席した。

杉子はそっと下を見た。足袋の爪先は乾いていたが、うす黒い斑点はやはり残っていた。

2

金屏風（びょうぶ）の前に新郎・新婦が両側の媒酌人と共に立っている。末席の両家も起立していた。半白の頭で、肥った赭（あか）ら顔の媒酌人の濁（だ）み声が重々しくつづいた。新婦の母親がハンカチを眼に当てていた。

「……新郎の祥一郎君は、このようにわたくしどもの期待する青年実業家でございますが、さて一方、新婦の園村真佐子（まさこ）さんは、その祥一郎君にまことにふさわしい、美しくて理知的な女性であります。真佐子さんのお父さまの鉄治さまは、K地方裁判所長を最後に官界を退かれ、目下東都においていくつかの会社の顧問弁護士をなさっている法曹界の重鎮であられます。真佐子さんは都内の名門校である都立のS高校を優秀なご成績でご卒業後、ただちにE食品工業株式会社にご入社、総務課におつとめになり、そこでもたいへん優秀な女子社員であったことを、ここにご臨席になっておられるE食品工業株式会社の川本常務兼営業部長殿、ならびに直接の上司であられた長野総務課長殿より承っております。真佐子さんは、華道、茶道、ピアノなどをたしなまれるほか、テニスにもご趣味をもたれ、その運動のためか、かように均整のとれたお身体をしておられます。そのうえ、ごらんのようにまさに文字どおり花のようにおきれいでございます。どなたも祥一郎君の幸福を羨ましく思われることと存じます。わたくしどもは媒酌人をご両家から仰せつかる光栄に浴しておりまするが、実はその前から祥一郎君が真佐子さんに直接プロポーズなさいましたので、わたくしどもとしては、まことに手数の省けた橋渡しということに相なりまして……」

——杉子が習っている「着付教室」を置く呉服屋のほうから、実習をかねた一日だけのアルバイトをしないかという話があったのは、一昨年の暮れだった。話をするほうが照れた笑いを浮かべていたが、実は新年あけの一月十五日の成人式に娘さんたちに振袖の着付けをしてもらえないかというのだった。それは家庭に行くのではなく、旅館に出張してほしいのだが、と遠慮そうに言う。

はじめは遠回しな言い方だったが、次第にはっきりしてきたのは成人式の帰りに娘さんが恋人といっしょにラブ・ホテルに入る組が少なくない。けれど近ごろの娘さんは、いったん脱いだ着物を自分で着ることができない。ことに、振袖やふくら雀の帯結びとなると、はじめからお手上げである。呉服屋の頼みは、その旅館とは前々から懇意なのでむげに断わることができないので、「着付教室」の師範科の生徒さんにおねがいできないかと言うのだった。

　成人式といえば二十歳になった娘の晴れの日である。その式の帰りに男とそんな旅館やホテルに入るとは夢想もしなかったので、杉子は仰天した。

　現代娘気質とはそんなものですよ、と呉服屋は言った。しかし、それも現代型の恋愛だから、あんまり「不潔」には考えないほうがいい。むしろ、晴れ着を自分で着れない娘さんが可哀想である。なかには家に帰れないといって半泣きしている娘もいる。伴れの恋人は途方に暮れる。旅館の女中も、一組や二組ぐらいなら何とか着せられるが、何組もいちどきに言われて、しかもほかの部屋の世話が忙しいときには、人手の足りない折りから、面倒がみきれない。ことに振袖の着付けには時間がかかる。ふくら雀の帯結びとなれば女中にも上手にはできない。成人式の娘さんは、その前に美容院などに行って着付けしてもらっているのだから、帰宅したとき下手な着方になっていると家族の者に見咎められる。ここは、若い人を助けてあげてください、と呉服屋は上手に説得した。

　「着付教室」の先生も口を添えた。これも社会観察である。それに実習がアルバイトをかねる。一人の着付けについて千円、十人なら一万円である。着付けは一人に二十分程度であろう。金のことはともかく、困っている若い人を助けてあげたら、と呉服屋の世話になっている五十女の先生は言った。

その先生の呉服屋への立場もあろうと杉子は渋々ながら承知した。「出張」には、もう一人、師範科の生徒がつけられることになった。暦をめくると、一月十五日は日曜日だった。

その旅館は、渋谷の高台にあった。門を入ると斜面に石組みの立派な庭がある。石の間には水が流れ、あるところでは滝になって落ちている。つつじがほうぼうに植え込まれ、水流には枯れた柳が上から筋糸を傘のように蔽(おお)い下がっていた。成人式の日は朝雪が降って午後から霽(は)れた。

杉子は、もう一人の「同期生」とその旅館の帳場に午後から入った。帳場は小さな一戸が独立していて、門内のすぐ横にあった。格子窓があって、上から半分、横長ののれんが下がっていた。この窓の格子とのれんとが、前を通る客には目かくしのような錯覚を起こさせるが、内に居る者にはよく相手がわかる。この帳場は、女中たちの休憩場所でもあり、客が来たときに案内に立つところでもあり、客の監視場所でもあった。

成人式は午前中に済む。それから恋人どうしでどこかで食事をとったり、お茶などを飲んだりしてここにくるということだった。日ごろ洋装ばかりしている女が、この日にかぎって、和服の盛装なので、それが男には新鮮な刺戟と興味になるらしいと女中たちは言った。

彼女らの言葉どおり、午後一時すぎになって、若い晴れ着姿が男といっしょに入りはじめた。同伴者に青年はあまりいなかった。たいてい中年男だった。若い男は映画館か、もっと安いモーテルに行くのかもしれない。ここは高級の同伴旅館だった。たいていの振袖娘が、男の帳場の前で部屋を交渉する間、うしろむきになってうつむいていた。背中から裾にかけて花模様がさまざまな色彩で乱れ、錦織りの帯が金糸銀糸を映えさせて蝶のかたちでとまっている。枯淡を衒った庭に牡丹が咲いて動くようだった。

客室は、石の庭を上がった斜面から丘上にかけて建てられている。長い建物と離れふうな一戸建てがならんでいるが、どれもが数寄屋造りだった。

二時から三時にかけてが、成人式帰りの晴れ着の若い女と、同伴男とがくる最盛の時間だった。帰りの四時から六時ごろまでが、あなたがたの出番です、と帳場の女中は笑ったがそのとおりになった。部屋から電話がかかってくる。

杉子は女中に連れられて客室に行く。口上は女中が代わって言ってくれた。こちらは事務的にことを運べばよい。女中はすぐに出て行く。寝室を襖で仕切った座敷は、和風旅館の座敷と変わらないが、見た眼にはもっときれいで、合理的な狭い設計となっている。

恥かしがる女もいるが、そうでない女もいた。伴れの男は、洋服の着替えを終わって坐り、煙草をふかすか、茶を呑むかして、女が杉子に着付けされるのを眺めていた。そこで着せられながら女が男と冗談口を叩き合うのもいた。両方で不機嫌そうに黙りこくっている組もあった。

どちらにしても、着付けされる間、女性が案山子のように突っ立っていることに変わりない。和服に馴れない女は、着せられ方にも心得がなかった。人形に着物を着せているような具合で、着付けがしにくい。帯を締めてあげるとき、当人は両袖を水平に持ち上げて棒立ちしているだけだった。自分から合わせて身体を動かすということはなかった。

杉子は馴れない初めは終わるのに三十分かかった。三、四人目からようやく二十分になった。

ようやく、ひと息ついて帳場に戻ると、また電話が鳴った。――

「それでは、ここで両家のために皆さまで乾杯をおねがいいたします。乾杯の音頭は、新婦がつとめておられましたE食品工業株式会社常務川本常夫さまにおねがいします」

　司会者のマイクがいった。椅子が一斉に鳴って引かれ、直前にボーイの注いでまわったシャンペンのグラスを皆がメインテーブルにむけて捧げた。

　テープの音楽が入り、新郎・新婦は赤いリボンのついたナイフで塔形のケーキを切りにすすむ。専門の写真家にまじって客がカメラをもって近づく。閃光と拍手がつづく。

「新婦はこれよりお色直しにいったん退場をいたします。新郎はしばらくひとりで我慢してください。みなさま、拍手をもってお送りください」

　媒酌人の夫人が角かくし、裲襠姿の花嫁の手をとって広間の出口に歩いた。その姿が消えた。待機していたボーイたちの配る皿がひとしきり鳴り渡った。

　各テーブルでナイフとフォークの音がし、煙草の煙が昇り、雑談の声が上がる間、金屏風の前に肥った媒酌人と残された新郎はぽつんと頼りなげに坐っていた。撫で肩の男だけに、はじめから肩を落として寂しげにみえる。痩せているだけに迫力がない。傍らの顔の赭い媒酌人が、実によく皿の料理を平らげるのに対し、新郎はまるきり食欲なげにぽつりぽつりと口に運ぶだけであった。

「ああいう格好だと新郎も可哀想ね」

友だちの一人が杉子に言って笑った。

「浜井くんは線が細いから」

別な友だちが、ちらりと眼を走らせて言った。

「花嫁さんが立派すぎるからだわ。あんな美人、浜井くん、よく射止めたわね」

ほかの友だちが言った。

「ほら、玉の輿よ」

と、はじめの友だちが耳打ちした。

媒酌人は、新婦の父親は地方の裁判所長を退職して、いまではいくつかの会社の顧問弁護士をしている「法曹界の重鎮」と紹介したが、それは飾られた言葉であろう。辺陬の土地の地裁所長が最後では、会社の顧問弁護士といっても、その会社は二、三流のものかもしれない。末席に坐っている乾からびたような老人は、問屋の大旦那、浜井源太郎にくらべるとまるきり影がうすかった。

正面席に残されている浜井祥一郎の寂しそうな撫で肩の姿に、しかし、杉子は別な意味の孤独を見た。彼女だけが感じている特殊なものだった。

「ただいま、新婦のお色直しができまして、再びここにご来場でございます。どうぞ、拍手をもってお迎えください」

場内の明かりが少なくなり、かわりに入口に照明が当たった。少し猫背の媒酌人夫人に手をひかれた新婦が、一同の視線をうけて、円形の照明の中に浮かび上がった。角かくしを除った高島田の顔はまるごと視線にさらされた。面長で中高な顔、はっきりとした眼、ひきしまった感じの口もと、やや長い頤はすっきりとした線でくくられ、下の頸の線に流れている。朱色の地に牡丹を一面に散らした振袖は、入口に近いテーブルから回っている。そのゆっくりとした足の運びにつれて拍手も移動する。

花嫁が横向きになると、杉子の記憶にある姿が少しずつ鮮明となってきた。身体のちょっとした動きにも一年半前の見おぼえがあった。

――その若い女は、その日着付けしてあげたどの娘よりも上品な顔だちをしていた。少し面長だが、眼が大きく、鼻梁が徹っていて、口もとがひきしまっていた。

こんなきれいな、二十歳になったばかりの娘を連れ込む男に、杉子は反感というよりも悪しみをもったが、それというのも結婚とは無関係な中年の男だったからだ。男は畳の外の縁側に置いた椅子にかけて、障子一枚開いたかげから顔をのぞかせ、女が着付けされてゆくのを眺めていた。

杉子に印象的だったのは、その整った顔もだが、その女性だけがたいそう着付けしやすかったことである。彼女は案山子でもなく、棒のように立っているのでもなかった。身体がこちらの思うように動作して、着せられる者と着せるものとの呼吸がぴたりと合っていた。着せるというよりも、着物が当人の身体に吸いつく感じだった。

「日ごろから和服をよくお召しになるのですか？」

杉子は思わず訊いたくらいだった。

「いいえ。洋服ばかりなんです」

それにしては着せられかたがびっくりするほど上手だった。きっと勘のいい女の子にちがいないと思った。こっちの手順もリズムに乗った感じでスムーズにすすんだ。

「あと、どのくらいで済みますか」

男が浅黒い顔を障子の間からのぞかせた。顔の造作が人よりは大きかった。

「十分とはかかりません」

杉子が答えると、男は腕時計に眼を落として、

「帰りに喫茶店に寄ってコーヒーでも飲もうか。そうしていても、六時までに君は

家に着けるよ」

と女に言った。

「ええ。いいわ。それより遅くならなければ」

彼女は男に顔をむけて返事した。もう何年もこういう付き合いをしているような言葉の調子だった。腰紐をつけると、腰のきまりもぴたりだった。緑色の金糸の亀甲（きっこう）模様を組んだ錦織りの帯をふくら雀に結んだ。すっきりとした仕上げになった。

彼女は部屋の鏡台の前に立ち、自分の姿を斜めに回したりして映していたが、

「すてきだわ。今朝、美容院でしてもらったのよりずっといいわ」

と杉子を見つめて、

「どうも、ありがとう」

と礼を言った。

その眼に、さっきの新婦の瞳が重なった。前のは、あっさりした普通の化粧だったが、あとのは厚化粧の中だった。が、眼の特徴は同じであった。

3

どうして先方は一年半前の、ほんの二十分しか交渉のなかった自分をおぼえていたのだろうかと杉子は思った。あの日は午後九時ごろまで旅館に居て、十二人の振袖を着付けした。だれがどんな顔をしていたか、十二人がごちゃごちゃになってほとんど印象に残らなかった。いま、その人に遇ってようやく思い出したくらいである。それも、いちばんきれいなひとだったから記憶が蘇(よみがえ)ったのだ。

けれども、先方にとっては旅館で着付けしてもらった女などには、なんの注意もむけなかったはずである。女中ぐらいにしか思っていなかったろう。それなのにさつき祝い客の一人として自分を見た瞬間に判別できたとは、ふしぎだった。実は、新郎やその両親とならんで立っている花嫁があのような衝動を見せなかったら、杉子も知らないで頭を下げて前を過ぎるところだった。

考えてから、思い出したのは、あのとき着付けをする前に、足袋の片方の爪先が泥でよごれていたのを、湯できれいに拭きとってあげたことだった。午前中の雪が午後には融けて泥濘(ぬかるみ)となった。が、足袋のよごれはその跳(はね)がかったのではなく、男の靴が踏みつけたものだった。男の靴先が前から踏むというのは、どういう状態か。この男女は旅館にくる途中、どこか道ばたで、人のこない隙を見て、瞬時に唇を合わせたという推定になる。ふだん洋服姿の女を見馴れた男が、和服の晴れ着に新鮮な昂奮をおぼえるという女中の言葉が、そのときも杉子に思い合わされたものだった。

女は足袋のよごれに困り切っていた。おそらくその原因となった動作が家族に察知されるのを心配していたと思われる。杉子は熱い湯をタオルに湿らして足袋の泥を軽く叩き、何度もそれを繰り返して拭き取った。うす黒い水は白い足袋に滲みこんで輪にひろがりはしたが、行為の痕跡は残らなかった。彼女に着付けの女の印象が強く残っていたとすれば、あのときの感謝がもとかもしれなかった。

スポットが次第にこちらに移り、色直しした新婦が猫背の媒酌人夫人に手をあずけて近づいてきた。杉子の周囲から強い拍手が起こり、うしろむきの客はみんな新婦に振りむいていた。杉子だけがうつむいて皿を見ているわけにはゆかなくなった。とうとう朱色の振袖が杉子の眼の前に来た。同じテーブルの七人は手を叩き、高島田の顔を一斉に見上げた。杉子もそうした。

新婦と杉子の視線が合った。が、新婦の表情には、もう、いささかの動揺もなかった。それどころか、決然と挑戦するような色さえあった。厚化粧の中の黒い瞳は杉子の上に何秒かは射るように停まった。結婚した相手への裏切りを知っている者がここに居る。しかし、その人間を屈伏させる強い闘志がその瞳の中にこもっていた。杉子のほうが眼をそらした。

彼女がふたたび眼を戻したとき、新婦は朱色の振袖の背中を見せていた。冴えた若草色の地に金糸銀糸で鶴と松をとり合わせた錦織りの帯の結びが、ふくら雀だった。ぽつんと一人で坐っていた新郎が立ち上がってうれしそうに花嫁を迎えた。金屏風の前にふたたび新郎とならんでおさまった新婦は、もう杉子のテーブルには見むきもしなかった。

「それでは、このへんで、また、ご来賓の皆さまの中からご祝辞を頂きたいと存じます。新婦の直属上司であられたE食品工業株式会社の長野総務課長さんにお願いいたします」

交替した司会者の声に、ボーイがハンドマイクを持ってメインテーブルに近い席へ急いだ。一同の視線の中で、中年男が椅子を引いて立ち上がった。彼はマイクを片手に、まっすぐに新郎・新婦のほうを向いた。その後ろ姿は、丈が高く、肩幅の広い、がっちりした体格であった。

「園村真佐子さん。心からおめでとうを申し上げます。すでに浜井真佐子さんとお呼びすべきでしょうが、三年間、同じ課にいっしょに居ました親しさで、本日を限りに、園村さんと呼ばせていただきます。園村さんがわがE食品工業株式会社の総務部総務課に入社されましたのは三年前の春でございます。入社試験も抜群であったと人事課より承りました。わたしの課にこられた当時の園村さんを昨日のことのようにわたしはおぼえておりますが、これはたいへんな女性を総務課に迎えたものだとわたしは思いました（笑）。と申しますのは、いま金屏風の前の園村さんはまぶしいばかりの﨟たけたお姿ですが、三年前にはまた少し違った意味の美しさでありました。なんと表現してよいかわかりませんが、乙女の清純な美しさ、お顔の肌の内側にランプがともって、その灯が皮膚に輝き出しているような美しさでございました。おそらくわが社創立以来、このような美しい女子社員はあまりなかったろうと思います。それだけに上司であるわたしは、たいへんな部下がきたものだと心配をいたしました。総務課というのは、他のほうぼうの課との連絡事項がきわめて多うございまして、したがって園村さんには文書や書類を持って他の部課に頻繁に行ってもらうことになる。そうすると振り返るくらいきれいなひとですから、これはかならず誘惑があるにちがいない（笑）。いや、わが社に限ってそういう不心得者はおらないのでありますが（笑）、上司たるわたしには監督の責任がございますから、取越し苦労が先走るわけでございます。いま、わたしの横に坐っている川本常務は笑っておりますが、わたしとしては果たして園村さんを監督できるだろうか、その安全を保障できるだろうかと、はじめの間はそれを真剣に心配したものでございました（笑）。けれども、それはわたしのまったくの杞憂で、園村さんは仕事以外には視野の中になく、きわめて真面目な性格だということがわかってまいりました。しかも、その仕事ぶりたるや几帳面で、積極的であり、研究心に燃えておられました。わたしは園村さんから、この点はこのように改めたらもっと能率的になるとか、ここにはこういう方法を入れたらよいとか、いろいろと仕事上のアイデアを聞いたのですが、その中には感心するような着想が多く、げんにそれを採用して効果をあげているのがございます。こう申しますと園村さんは理屈っぽい女子社員だったように皆さまには思われるかもわかりませんが、そういう意見具申を控え目になさるときも、また課の先輩・同僚女子社員と休憩時間に雑談しているときも、いつも明るい笑顔が絶えることなく、課の中は園村さんの美しさとその純真さとで常に春のような陽に満ちておりました。ところが、今年の五月のある日、園村さんがわたしの席に来まして、六月いっぱいで社を辞めたいと申し出ました。わたしはおどろいて事情を訊きますと、実は、と言って話されたのが、このおめでたの話がすすんでいることでありました。これはもう止めようがない、いくら惜しいからといって、その仕合わせを、わたしが百方手を尽くして妨害することはできませんので（笑）……」

フォークとナイフの金属性の音のするなかで、その声はマイクによく乗っていて、渋く、潤いを帯び、よく場内に透（とお）った。新婦はつつましげに皿にうつ向き、白い手で銀のフォークを静かに動かしていた。

マイクの祝辞の声が、昨年の正月、「あと、どのくらいで済みますか」と旅館の障子の間から杉子に訊いた声、それと「帰りには喫茶店に寄ってコーヒーでも飲もうか。そうしていても、六時までに君は家に着けるよ」と着付けされている女に言った声と、一致していても杉子は意外には思わなかった。その立っている背中が、宴のはじまる前、ロビーの群れの中で、彼女を見て一瞬の迷いのあと彼女に眼もとを微笑（わら）わせた色の浅黒い顔の男とわかっていたから。

いったい、あの微笑をどのような意味にとればよいのか、と杉子は考えている。その男が坐り、次の客のスピーチがはじまっている間だった。男は、こちらと偶然に顔が合った。ぎくりとしたにちがいない。彼は杉子が旅館でのことを憶えていると思っている。とっさに、知らぬ顔をするつもりだったのが、「見られた」という意識が先に立って一瞬の迷いとなった。それがまた意識されて、ごまかすような微笑となって出た。——そう杉子は解釈した。

マイクは女の声に変わっていた。

「わたくしは新婦の園村真佐子さんがおられました同じ課に勤務している柳田久子と申します。真佐子さんが、わたくしどもの課にお入りになりましたのは、いまから三年前の春でした。高校を卒業されたばかりの、それは眼をみはるばかりに美しいお嬢さんで、さきほど、長野課長さんがご心配を告白なさいましたように（笑）、会社の大評判になっている真佐子さんをわたくしどももはらはらして見まもっていたのでございます。けれども、真佐子さんは、そんな可愛いお顔やお姿からは想像もできないファイトを内に燃やしておられる方でした。そのうえ、課長さんのお話のように、素晴らしいアイデアを次々と課の会議などに提出され、その頭脳明晰な点でも、わたくしは真佐子さんより三年ほど先輩でありながら、すっかり圧倒され、そして真佐子さんに敬服したのでございます。真佐子さんは、また心のやさしいかたで、わたくしの父が胃潰瘍で入院したときも、いつもわたくしに容態を訊かれるだけではなく、きれいなお花をもって何回か病院を見舞ってくださいました。それ以来、母をはじめ家じゅうが真佐子さんのファンになってしまいました。……」

　顔の造作の大きい総務課長は、がっちりとした背中をこちらに見せ、しきりとグラスをあげては、皿に両肘を動かしていた。


　十一月の末、杉子のアパートの部屋に小包二個が送られてきた。大きな化粧函の中は、ロースハムとソーセージが二つずつ詰め合わされていた。もう一個の化粧函は、調味料の詰め合わせだった。

　化粧函の上の貼紙(はりがみ)には「御歳暮　E食品工業株式会社」の印刷された文字があった。

《謹啓　御清栄大慶に存じ上げます。弊社儀毎々一方ならぬ御愛顧を蒙り、厚く御礼申し上げます。愈〻本年も残り一カ月となりましたが、格別の御高配の御礼に、亦、とかく日ごろ御無沙汰がちの御詫びに、その微意の一端にもと粗品を送らせていただきました。何卒、御笑納の程をお願い申し上げます》

　社長名となっていた。宛名は「殿」の活字の上に、たしかに「水野杉子」と墨書してあった。

　杉子は、この活字の挨拶文の下に、色の浅黒い、恰幅(かっぷく)のいい男の顔を見た。長野総務課長がひそかにした手配にちがいなかった。総務課長は「歳暮」の発送に一つの権限があるらしかった。

杉子の住所は、総務課長が披露宴に彼女が坐ったそのテーブルから浜井祥一郎の友人と察して、当日の受付名簿からその名前を割り出したにちがいなかった。披露宴の司会者にはE食品工業側からも一人出ていたから、その者に調査させる伝手(つて)はあった。

「格別の御高配」の字句に偶然だが、隠微なユーモアを杉子は感じた。これで、あの男は社用の品で「口封じ」をしたつもりであろう。

杉子は、この「歳暮」の品をよほど送り返そうかと思った。

《当方は、貴社より御歳暮の品を恵送していただく心当たりは少しもございませんので、何かのお間違いかと存じ……》

という返送についての手紙の文句まで頭に浮かんだ。

が、返送先は会社宛か社長宛となる。それでは得意先でも取引先でもない「水野杉子」に総務課長がこっそりと他の送り先に紛らわせて歳暮品を発送したことが、あるいは問題となるかもしれない。そこから水野杉子が浜井祥一郎の大学時代の友人とわかって、本社の秘書課あたりから祥一郎への問い合わせとなり、祥一郎はどうしてまた妻の真佐子がいた総務課の課長が杉子にそんなことをしなければならぬかを訝しむかもしれない。悪いほうへの発展を予測すれば、返送をやめるほかはなかった。

総務課長は自分の「意志」を杉子に表わすことなく、今後の「御高配」を会社の営業的な謝意に一般化してしまった。

彼はその「口封じ」まで「社用」にすりかえたのだった。杉子自身も「心当たりは少しもございませんので」と返事を書くつもりだったではないか。

母は、これまで送られてきたこともない立派な歳暮におどろいて、杉子に理由を訊いた。

「その会社の方に、和服の着付けを教えてあげたのよ」

杉子は仕方なしに答えた。

「そうかね。おまえの着付けも上達したものだね。これからも頑張って、教師のお免状をぜひお取りよ。いまですら、ちょっと着付けを教えただけなのに、こんな豪華なお歳暮がその会社からくるんだもの」

母は、娘をたのもしげに見た。

杉子は、翌年から成人式の日に旅館へ出張するアルバイトをやめた。

駆ける男

1

蒐集狂というのは、精神分析の分野では、たぶんパラノイア（偏執狂）の分類に入るのかもしれない。だが、この概念はその蒐集の対象によるもののようである。絵画とか骨董品とかをいくら蒐集しても、コレクターとしての尊敬は受けてもマニアとは呼ばれない。玩具、器具などの民芸品の類いもそうである。ところが一般的にいって何ら価値のないもの、集めてみたいという欲望がさらさら起らない詰まらない品を努力して蒐集するとなると、マニアと称される資格を生むようである。たとえば、他人の履き古した杉下駄だとかスリッパだとか寝巻の紐だとか灰皿の類を集めたとなると、蒐集狂の分類に入れられそうである。その入手方法が金銭で購うのではなく、多少とも非合法手段によるとなると、なおさらであろう。

旅館やホテル業者はしばしば右のような品物の被害を受ける。法律上ではその行為は窃盗だが、その被害の品を「盗品」としていいかどうかは警察当局も躊躇をおぼえるだろう。盗ったほうも金銭的な利益はほとんどなく、盗られたほうも金銭的な損害は微少だからである。

しかし、この場合、蒐集狂にとっては、とるに足りないそれらの品物が何ものにも代えがたい価値をもつのだ。その価値は、杉下駄にしても、寝巻の紐にしても、そこにホテル名や旅館名の記入とか縫付けがあることで生じる。そのネームや印が無かった場合は何の価値もないのであって、常人同様に興味をひかない。もし、スプーンにホテル名が刻印されてあるとマニアは何とかホテル側の目を忍んで懐に入れようと腐心するが、名前入りでなかったらただの安物のスプーンとしか映らない。杉下駄に旅館名の焼き印のあるなしの場合も同様である。灰皿、盃（さかずき）、銚子、枕カバーなども同じだが、敷布（シーツ）を腹に巻いて帳場の眼をごまかして出たとなるとその努力のほうが他人には評価される。床の間の掛軸とか置物とかになると、たとえ安物であっても、これはりっぱに「盗品」となろう。

蒐集狂は、それらの品を自宅でひろげて、これは北海道の某地、これは東北の温泉地、これは北陸の某所、これは近畿の、四国の、九州の、という具合にホテルや旅館名を人にも示し、自分も愉しむ。そこには旅の思い出とともに冒険の回想が陳列されている。

山井善五郎もそうした蒐集狂であった。だが、彼の狙う品は一風変っていた。それは各地のホテルや旅館にある「高貴の間」の備品を集めることであった。彼もはじめはスプーンや盃の類であったが、それは誰しもがやることなので、その平凡さから脱却したい気持が昂じて遂に「高貴の間」にまで手が伸びたのだった。

ここで山井善五郎の身分を一応云うと、彼は東京の一製薬会社の販売部員であって、外交の担当であった。この製薬会社は中程度の会社だったので、地方にまだ支店も出張所も持たず、特約店がある程度だったが、特約店相手では販路の拡張にならない。どうしても本社から販売部員が地方に出かけて、直接に各地の病院とか大きな薬店とか、あるいは綜合病院の薬局長の自宅とかを訪問して、宣伝・売込みなどをしなければならなかった。山井善五郎はそうした社用の出張で一カ月のうち半分以上は旅暮しである。

その出張の際、彼は機会をみては景勝の地に一、二泊するようにしている。商用だからいつもいつもそうすることはできないけれど、二度の出張のうち一度はその趣味を試みた。味気ない地方都市の旅館にばかり泊まるのは侘しい話で、少しは行楽気分を味わいたいのは無理からぬことである。

善五郎がその経験によって分ったことだが、全国の景勝地や保養地の多くには、高貴な方が御宿泊遊ばされた有名ホテルや有名旅館が存在していることだった。よくもまあ、こんなに御足跡を印せられていると思うくらいであった。

が、考えてみると戦前は軍事の行事などがあってその御機会が多かった。戦後は文教関係の行事があって、そのつど御臨席遊ばされる。近くの景勝地に御足跡の数が少なくないのは当然であった。

善五郎がもう一つ知ったのは、御宿泊のホテルや旅館がその地で最も由緒（ゆいしょ）のあるそれが択（えら）ばれていることで、たとえその後に近代的な立派なホテルや旅館が出来ていても多くは無視されている。これは宮内庁や県の役人の慎重な配慮によるものと思われ、その経営者の人格とか家族の血統とかも調べ抜かれているのかもしれない。だから、たとえ豪華なホテルが新しく建っていても、経営者にその資格の欠けるところがあれば失格なのである。要求されるのは品位である。

品位（ディグニティ）となれば伝統あるホテルや旅館ということになる。たとえ旧式とはなっていても、そこは由緒の重みが補って余りある。

そのような格式ある旅館には、たいてい曽（かつ）てお泊りのあった部屋が面影を残して保存されてある。一例をいうと、ある地方の旅館には、歌舞伎の舞台でみるような上段の間があり、その十二畳と十畳の二部屋つづきの部屋だけは格天井（ごうてんじよう）となって花鳥の文様が描かれてある。柱間の釘隠しには金色の尊い紋章が嵌（はま）っている、といった具合である。

もとよりそれは特別室だ。といって客が泊まれないわけではない。しかし特別に部屋代が高価である。三倍ぐらいは高い。だから誰でも泊まれるというわけではない。旅館側はそれによって一般の制限を行なっているのであろう。

さて、山井善五郎はいつとはなしに、そのような高貴の部屋に入っては、そこの備品を黙って持って帰るようになったのだ。断りなしに持って帰るのは明らかに窃盗行為だけど、当人にしてみれば、記念品のつもりだからそうは思わない。また取られたものがたいした品でないとすれば、前に云ったように、犯罪の構成になるかどうかわからない。旅館や料理屋の備品を黙ってポケットに忍ばせて帰ることを関西弁で「笑う」という隠語があるそうだが、まったく当人にとってはお笑い程度の気軽い意識であったろう。外国流にいうともともと善良な市民なのである。

といって善五郎はそんな高貴な部屋に泊まれる身分ではなかった。彼の給料と出張手当とは知れたもので、社の規約では一泊五千円くらいのところがせいぜいだった。高貴の部屋は一泊二万円から四万円もする！

で、彼はなるべく高貴の部屋に近い普通の部屋を希望して入るようにした。そういう旅館やホテルは、もちろん土地では高貴の部屋があることで有名である。

高貴の部屋は料金の関係上、いつでも塞がっているというわけではない。満員の場合でもその部屋だけが空いているという現象はある。そういうとき、旅館側では泊り客の希望に応じて「見学」に供する。庶民の客は、その贅美なしつらえに驚歎し「心を洗われるような」気持になって隅から隅まで拝観するのである。そういった見学者になり済ませば、善五郎がどのような備品を求めるべきか、またその位置はどうなっているのか、という「下見」は十分につくのである。鍵のかかったその部屋に忍びこむことくらい、善五郎は玄人に近い腕になっていた。

室内の尊い象徴を剝がして所蔵することは、いまでは稀有になっているが、まるきり不可能なことではない。地方によっては威厳と栄光を保存するために、わざわざ菊花まがいの意匠で金具をつくり、これを釘かくしなどに打ちつけているからである。他の部屋の泊り客は楣間のこの金色燦然を仰ぎ見るのである。善五郎のコレクションにはこうした種類の装飾品も包含されている。北は北海道から南は九州に至るまで、由緒あるホテルや旅館の「高貴の間」の品々が、その性質上ネームこそ入っていないが、それと見分けられるのだった。

――五月半ば、山井善五郎が瀬戸内海に沿う名勝地亀子町に行ったのも、そこに「高貴の間」をもつ伝統的なホテルがあると聞いたからである。例によって彼は山陽地方の各都市を薬品の外交で回っていたのだが、一晩だけ時間の余裕があった。

正確には彼の蒐集品のためにその余裕をつくったのだった。

そこは県都から三十キロほど南に行った海岸で、四国の山と対い合う沖合には大小のさまざまなかたちの島々が浮ぶ景勝の地であった。リアス式海岸のこのへんはいくつもの入江や岬があるが、とりわけこの亀子町は平安朝ごろから良港として知られ、往時には遊女がいて船路の旅人を慰めたことが和歌や旅日記などにみえている。いまでもその情緒の名残りがあって、漁港の町というよりも遊楽地や保養地に近い。

由緒深い「亀子ホテル」は港町から西にはずれた丘の上に建っていた。海汀に沿った丘陵で、標高わずか七十メートルにすぎないが、平坦な海岸に孤立しているのでひどく高く見える。その頂上にその木造四階建てのホテルは屹立していた。

ホテルは明治四十三年の創建であった。そのころのドイツ様式建築で、黒い柱や梁の直線的な交差が白い外壁に浮き出て古典的な美しさを表現している。当時の屋根瓦の青釉はまるで緑青をふいたように古色を帯び、その上に暖房用の煙突の頭が出ていた。このホテルが丘を蔽う松林の上に姿を現わしていると、だれもが伝統の象徴を鑽仰するのだった。

四階建てといったが、四階は全館の長さの四分の一くらいで、三階の中央部の上に載っていた。だから全体の格好は凸形となっている。高貴の部屋はこの突起部の四階にあった。五部屋が全部そうだったのだが、西側の、高貴な方が起居遊ばされた広い三部屋つづきが特別室になっている。その最上階からは、「曲浦連衡」の海岸線や紺碧の内海に点在する「翠藍の島嶼」を俯瞰できる。

丘の松林の中には花壇や泉庭があった。これも明治の設計で古風である。のみならず自然のままになって人工があまり加えられていない。つまり、手入れがよく届いていないのである。人手不足はこの第一級ホテルにも目立っていた。

ホテルから丘の斜面を二百メートルほど下がった裾には和風の二階建てがあった。これはすぐ海際の石垣の上にある。割烹旅館で「蓬萊閣」という看板が檜皮葺きの屋根のついた門の軒に掲げられてあった。石垣にはおだやかな波が舐めるように打ち寄せていた。

丘の上のホテルと下の日本料亭との間は木造の歩廊でつながれていた。丘陵の斜面は急勾配なので、この歩廊はまるで中にケーブルカーがしつらえてあるかのように錯覚する。が、木製の階段と廊下の連続だけだった。まるで、大和の長谷寺の総門と本堂とを結ぶ三折百八間の長歩廊のようである。──亀子ホテルと蓬萊閣とは同じ経営であった。

2

山井善五郎は二日前に出張先の旅館から電話で「川原」という名で予約していたので、タクシーで亀子ホテルの玄関に乗りつけた。ホテルまでは丘の下から曲りくねった専用道路が匍(は)い上がっている。道路の両側は松林で、玄関前から裏にかけて花壇と泉庭とがある。泉庭と花壇はシンメトリーにできている。

善五郎は古めかしい玄関内のロビーに入った。まだ外は明るかったが、緋絨氈(ひじゅうたん)を敷いた内側には灯がついていた。窓が小さいので密室のように外光が無いのである。フロントでは年寄りのクラークがものものしい態度で彼に記帳を要請した。勿(もっ)体(たい)ぶった様子で部屋の鍵(キイ)を紺地に白襟の制服をきたメイドに渡したが、そのメイドも四十年配であった。ロビーの柱は黒光りがし、それに金モールを思わせる金銀の装飾(デコレーション)が荘重に施されてあった。

エレベーターは古風なもので、いまどきロンドンにでも行かなければお目にかかれないような代物(しろもの)だった。メイドは必要以外なことは口にせず、極めて無愛想であった。人手不足で旅館のサービスの悪さには馴れている善五郎だったが、ここばかりはホテルの権威が威張っているようにみえた。

通されたのは三階の海に向かった部屋であった。その海は油を流したように凪(な)いでいる。海が見える条件は善五郎にとってどうでもよかった。問題は、そこが高貴の部屋に近いかどうかである。彼は鞄(かばん)を部屋の隅に置いて出ようとするメイドをひきとめて千円札一枚を握らせた。彼女の硬い表情がとたんに軟化した。

「ここに、高貴な方がお泊まりになった部屋があるそうだが、それはどこかね？」

「四階の特別室でございます」

小皺(こじわ)の多いメイドは無愛想を消して云った。

「そこには当時の模様が保存されているのかね？」

「部屋の具合とか調度とかはそのままに残されています。お部屋を見せてくれとおっしゃるお客さまが多うございますから」

「ぼくにもちょっと拝観させてもらえないかね？」

「あいにくと昨夜からお客さまがお入りになってらっしゃいますから、ちょっとむずかしゅうございます。明後日(あさって)になれば空きますけれど」

善五郎は落胆した。高貴の間が空いているかどうかをあらかじめ電話で聞かなかったのが手落ちであった。料金が高いという観念があって、そういつも塞(ふさ)がってはいないだろうと思いこんでいたのだ。

「参考のためだが、その特別室の料金はいくらかね？」

「一泊二万八千円でございます」

「一泊二万八千円！」

善五郎のおどろきを年増（としま）のメイドは嘲（あざけ）るような微笑で見た。

「いったい、どういう人が泊まるのだろう？」

「さあ、それはお金持にきまっています」

「そりゃそうだろう。庶民には一泊二万八千円なんてもったいなくて出せやしない。それに食事代とか税金とかが付けば一人で三万五千円ぐらいにはなるだろう」

「昨日お入りになった特別室のお客さまはご夫婦です」

「そうだろうな。そんなところに独りで泊まるやつもあるまい。どこかの社長かね？　それとも財界から税金の付かぬアブク銭（ぜに）をもらっている代議士先生かね？」

「社長さんのようです。よくは知りませんが」

フロントの宿泊人名簿には職業が記載されてあってメイドものぞきこんで知っているにちがいないが、そこは口がかたかった。もっとも記帳といっても善五郎のように住所も職業も姓名も出鱈目（でたらめ）のがあった。これは「蒐集」作業に備えてのことだが、三日間滞在予定という特別室の客は当り前に記入しているに相違なかった。

メイドが消えたあと、善五郎は自室を点検した。イス、テーブルを置いた応接間のような居間とツイン・ベッドのある寝室の二間つづきである。二間とも実にゆったりとしていて、広々とした感じであった。鼻の先がすぐ壁に突き当るような「合理的」な最近のアメリカ式ホテルの窮屈さとは雲泥の相違である。さすがに明治の建築設計だった。実に、空間を余裕たっぷりとって、おおらかな気分にさせてくれる。

しかし、同時にどこかの文化財的な記念館に居るような心持であった。天井も柱も壁も古色蒼然としていて、悪く云うとさながら崩壊寸前の屋敷に閉じこめられたようであった。つまり、手が少しも加えられていないのである。旧式の窓は小さく、そこから海が見えているのに、室内は暗くて鬱陶しかった。丸テーブルもイスもその雰囲気に合せたような時代もので、その木製の卓は小さく、革張りの椅子はスプリングが利かず腰を下ろすとへこんだままであった。

どうやらこの伝統あるホテルは大資本の手で経営されてないらしく、凋落した旧華族家のように外見だけは過ぎし日の体面をとりつくろっているものの、一歩中に入れば荒廃を極めているといった姿であった。旧華族家が成り上り者の金持との縁組みを拒否しているように、この気位の高いホテルは大資本への身売りを拒絶してその孤高を保っているようだった。

気位の高いのはいいが、この旧式の部屋に入って、一泊八千五百円も取られるのは善五郎にとって甚だ気分の浮かないことだった。この割の合わなさを埋め合せるには、どうしても高貴な蒐集品を「笑って」くるしかなかった。その点、ここはたいそう有利のようである。ホテルぜんたいが文化財的だから高貴の間にはさぞかし逸品が飾られているにちがいなかった。戦後のものではない。戦前も戦前、まぎれもなく明治期のものなのだ。どんな小さなものでもそれじたいが古美術品なのである。

そう考えつくと、善五郎は次第に昂奮をおぼえ、この旧式の部屋に入れられた憂鬱がやがて喜びに変った。狭い窓の海も輝きを増して見えた。

しかし、その部屋に客が滞在しているのが都合悪かった。本式の泥棒のように相手が寝こんでいるところに忍びこんで、備えつけの「記念品」を剝がしたり取りはずしたりして持って帰る自信も勇気も彼にはなかった。けれども、先方も始終部屋の中に閉じこもっているわけではあるまい。風光明媚も窓からばかりの展望では飽きがくる。ことに夫婦者だというから、この丘を降りて浜辺を散策することもあろう。ハイヤーを呼んで近くをドライブすることもあろう。その留守の間だったら、蒐集作業は容易にできるのだ。

　ただ、ここに一つの困難があった。機会は夕方の今からと明朝の出発までの間しかない。一泊が善五郎に許されたせいぜいの贅沢の限界であった。その夫婦客は都合よくその間に外出してくれるだろうか。それが最大の懸念（けねん）である。

　とにかく、その高貴の間のある四階に行くにはこの三階のどこに階段があるのか、心構えのためにそれだけは確かめておこうと善五郎は思い立った。

　彼は重いドアをそっと開けて廊下に出た。細長い廊下には緋絨氈が向うの端まで帯になっている。これだけは新しいものだが、ここに置くと何もかも明治の古色に融（と）けこんでいるから奇妙だった。人間までその色に染まりかねない。

　廊下を少しばかり歩いたとき、向うの上から人の降りてくる気配がしたので、善五郎は、はっとして足をとめた。あきらかに人が四階から降りてきているのだった。階段は見えなかったが、五、六メートル先にあるらしかった。善五郎はとっさに隠れ場所を求めたが、両側は客室が塀のようにならび、身を遮蔽（しゃへい）するところがなかった。

　それで善五郎はくるりと回って自室のほうにゆっくりと戻った。なるべくゆっくりと、そうして頃合をはかって振り返ると、緋の廊下を、茶色の薄いスエーターにグレイ地に荒い格子縞入りのズボンをはいた男と、白っぽい和服に海老茶の帯を締めた女が横切るところであった。廊下の幅が狭いから、その通過はほとんど一瞬の間であった。

が、たとえ瞬間ではあっても、注意している視線だから、その目撃はわりと的確であった。男は半白で、その横顔は瘠せていた。脚の運びが緩慢だった。社長など社会的地位のある人間は貫禄を見せるためにわざと鷹揚な動作をするが、あの種のしぐさであろう。すぐ後ろに従っていた和服の女は濃い髪をうしろにふくらむように束ね、その中高な横顔は白く、上背があり、肉づきは豊かであった。男は六十歳ぐらい、女は三十五、六歳。社長が愛人を伴れてここに遊びに来ている、と善五郎は見当をつけた。

彼は自室に戻り、寝室の西側の窓辺に立った。南側の窓はすべて瀬戸内海の俯瞰である。西側の窓下には玄関から丘の下に通じる道の一部が見えている。彼は今にも社長と愛人の乗った車がその砂利道を軋ませて松林の下に消えて行くものと思っていた。社長は上衣をきてなく、うすいスエーターという気軽な支度だから、散歩代りの軽いドライブか、それともどこか外の夕食に出かけるものと思われた。ホテルの食堂のものばかりでは飽くだろう。ここは海辺だ。魚がうまい。この季節の瀬戸内海では鯛網をしているはずだった。獲りたての魚を食べるのだったら、日本料理に越したことはない。どうせ酒になるから食事の時間は長い。特別室を留守にして、容易には戻ってこないだろう。価値ある蒐集品を得る絶好の機会であった。

そう思って善五郎は窓の下を見つめたのだが、玄関の軒下からは車も走り出ないし、人も歩いて出なかった。長いこと眺めていてそうだった。五月半ばの午後六時ごろというと外はまだ明るい。遮るもののない海辺だから都会の中よりももっと明るい。それに東京からくらべると、ここは三十分くらい日没が遅いようだった。そういうわけで、夕闇に紛れて先方が出るのを見落したのではなかった。はてな、あの両人はどこに行ったのだろうか。

片側の海は相変らず池のように平穏で、小波一つ立っていなかった。海と見るには気味が悪いくらいである。窓を開けているのに、風も入ってこなかった。彼は汗が滲んできた。

しかし、善五郎の疑問はやがて解けた。彼の眼はホテルから丘の下にむかって斜面を延々と伸びている細長い屋根にとまったのだった。長い渡り廊下である。その歩廊の屋根は途中で松林の中に消えているが、その先はこの丘の下の料亭に届いている。彼はこのホテルに上ってくるとき、その料亭の看板を見ていた。「蓬莱閣」と朽木(くちき)に名が彫りこんである。

そうか、両人は下の料理屋に行ったのか。道理で外に姿が見えないわけだった。あの二人は細長い屋根の下を歩いて降りている。

山井善五郎の唇にうれしそうな微笑が浮んだ。

3

特別室の男女客が丘の下の「蓬莱閣」に長い歩廊を伝って向かったのは山井善五郎の思った通りであった。男が六十歳過ぎで、或る会社の経営者ということも推定通りであった。けれども一つだけ想像が間違っていた。女は社長の愛人ではなく、正式な妻であった。年齢がひどく違うのは、彼女が後妻だったからである。

社長は北陸地方の小さな私鉄とデパートと土地会社とを経営していた。漁師の子から叩き上げた一代の地方風雲児であった。全株の六〇パーセントを握っている独裁社長であった。宿泊人名簿に「村川雄爾(ゆうじ)。六十二歳」と書いているが、仮名でもなんでもなく、正真正銘その通りであった。同じく記帳に「妻・英子。三十六歳」

とあるのもその通りである。

村川雄爾は英子とは先妻が生きているころから交際があった。英子はその地方都市で小さな料理屋をしていた。村川が英子を好きになって、宴会の流れには必ずその店に寄った。社長が寄るので、その経営下の会社の役員どもがそこに行く。しまいには社用で使うようになる、というどこにでもあるようなケースになった。英子はその庇護者の地主と別れたばかりであった。

村川と英子とがそんな間柄で三年つづいているときに村川の妻が癌で死んだ。一年後には英子が店をたたんでそのあとの座に直った。それから五年ほど経っている。夫婦は一年に二回ぐらい、会社の仕事を完全に切り離した三、四泊の旅に出る。再婚後の村川雄爾は幸福であった。ただ、彼は心臓が少し弱い。それで激しい運動はせず、できるだけ身体を大事にしている。

「どうだ、夕食は和食にしないか。ここの食堂の洋食は不味い。第一、海岸地に来ていて魚を食べん法はない」

――これは山井善五郎が亀子ホテルの三階廊下で夫婦を見かける四十分ぐらい前の、特別室での二人の会話であった。

「わたしもそう思ってたところなの。わたしは鯛の刺身にお吸物とアラ煮、焼蛤と栄螺(さざえ)の壺焼、それにアナゴの照焼が欲しいわ」

「うん。よかろう。アナゴはこの辺でもうまいはずだったな？」

「姫路がそう遠くないでしょう？　高砂のアナゴに明石の鯛ったら本場よ」

「そうか。車海老もこの辺だったかな？」

「たしかこの近くで養殖してるはずだわ」

「そいつの刺身と塩焼も食べよう」

「そんなに召上がれるの？」

「少し体力をつけけんといかん」

「そうね。このごろはヨヒンもあんまり効かないようね」

と云って、英子は夫にうす笑いして横眼を流した。ヨヒンは夫婦だけの隠語のようであった。

「うむ。慣れすぎると免疫になって効かなくなるのかもしれんな」

「ここには持ってきたのがまだだいぶん残っていますよ」

英子は奥の寝室のほうを眼で指した。

夫婦の坐っているところは日本間にすると十畳くらいの広さで、ここが居間であった。洋式の間どりは夫婦にもよく分らないが、とにかくここを居間とすると、入口の小室、次の応接室が十二畳ぐらい、居間の隣りが婦人だけの居間兼化粧室で八畳ぐらい、その隣りが男子の専用室というのか書斎とも執務室ともつかぬ部屋で八畳、その奥が十二畳ぐらいの寝室、別のほうに洗面所と浴室、それに変ったところでは厨房のような小室が付いていた。たぶん、高貴な方がここに泊まられたとき、いちいち遠い一階の調理室から運ばせるのは時間がかかるので、その必要のない洋酒の調合とか簡単な召上りものはお附きの料理人がこの厨房で調理したものと思えた。

　ところで、各室とも明治末期の質実剛健な設計のなかにもバロック風な擬古趣味も取り入れられていた。荘重さと華美を出すのにバロック様式ほどこのドイツ建築の内部にふさわしいものはない。柱間の上部に見える穹窿(きゅうりゅう)、その角柱がしなうかとばかりに華麗な上部の装飾、丸天井を擬した寝室と応接室の天井絵、そこには煩瑣(はんさ)な模様に囲まれて真赤な薔薇(ばら)が写実的に群れているが、その絵が巧みな透視法で描かれているため、まったく西欧の宮廷内か寺院内にいるようであった。

——だが、その絵の色は褪(あ)せ、地の漆喰(しっくい)にはヒビ割れがしていた。楣間や柱の上辺を飾る石像に似せた木の彫刻にも亀裂が入り、襞(ひだ)は煤(すす)けて黝(くろず)んでいた。この建物がその新鮮な生命を保っていたころ高貴なお方が御仮泊遊ばした面影は偲(しの)べるけれど、いまはアッシャー家の館のように、ただ、うら寂しい退廃がすすんでいるのだった。各室の備えつけの調度といったら、戸棚にしても、鏡台にしても、机、椅子にしても意匠的ではあるが、西洋骨董店に陳列されていそうなものばかりだった。

ここにはじめて入ったとき、村川雄爾は部屋から部屋を抜けて歩き回り、上下を眺め四顧して、日本式にいうとさしずめここは街道の本陣あとだな、と呟いたものだった。彼の住む町外れに、無住の江戸時代の建築が保存されているのを思い出したのである。英子は、彼女もまた曽ては高貴なお方がお泊まりになった格式のあるホテルと聞いて来たといって、案に相違した顔で見まわし、

「まるで化物屋敷ね。人から聞いたんだけど、悪いところをあなたにすすめたわ」

と眉をひそめた。感じとしては当っていた。

「まあ予約して入ったからには仕方がない、ときにはこういう明治時代のホテルに泊まるのも浮世ばなれがしていいかもしれない、思い出になることはたしかだよ」

といって、村川は笑ったが、これは妻がここに来てみたいと希望した手前、彼女への慰めの意味もあった。彼女にとっても幻滅なのだから、夫は責めるわけにはゆかなかった。

さて、夫婦の会話は前に戻る。これから魚の料理を食べに行こうという話のつづ

きである。

「あなた。いまの間に、これを飲んでおいたら？」

妻の英子は小さいほうのスーツケースから出した紙袋を開き、その中に入った桃色の薬袋（やくたい）をつまみ出した。その薬袋は医院とか薬局とかでもらうのと同じような体裁だった。彼女の指がその桃色の薬包紙を披（ひら）くと、中に灰色の粉がおさまっていた。

「うん。……」

雄爾は口もとに苦笑を浮べてうなずく。

「いま、水を持ってきます」

英子は卓上のジャーをとったが、軽くなっているので、あら、水がなくなっているわ、と呟いて二部屋はなれた厨房（キチン）に行った。――厨房は、前にもいう通り、高貴な方が御仮泊遊ばされたときに特設したものだが、その後もそれほど改変されることなく残されている。例によって大時代なものにはちがいなかったが、蛇口からは水がちゃんと出た。

英子はそこに行って、コップに水を入れたが、そこでは、ほんのちょっとしたことをした。もっともそれは夫のために水を汲むことにも薬を飲ませることにも関係はなかったが。彼女は部屋に戻ると夫の服薬の世話をした。夫婦が隠語で「ヨヒン」といっている強壮剤だが、主成分はヨヒンビン yohimbine というのである。どの百科事典にも「アルカロイド名。西アフリカ産のアカネ科の高木ヨヒンベの樹皮に含まれる。無色。光輝ある針状結晶。無臭。苦味。原住民が催淫剤として使用しているものを今世紀に入って成分の分離に成功。神経衰弱による陰萎、麻痺性不感症に臨床応用された。近年、合成に成功した」といったふうに解説されてある。

アフリカの原住民が催淫剤として使っていた熱帯植物の樹皮から成分抽出ができて、今では日本でも薬品化されているのだ。老人は強精剤として服用しているが、催淫剤であるから壮年者には当然欲望を刺戟する。「適量ならば性器を充血させ、腰髄の勃起中枢に作用する」と事典にもみえている。アルカロイドは神経系統に作用するのである。したがってこれを多量に用いると「ヨダレ、不安感、痙攣などを起す。中枢神経麻痺を起し、呼吸麻痺から死に到る」のである。

そのような過度な量を英子が夫に与えるはずはなかった。その薬包紙に包まれた一回の服用量は薬剤師が正確に量っている。その点、英子はまことに注意深かった。ところで、この薬を夫に与えるについては、なにしろ三十歳近くも違う彼女の肉体的条件を考慮に入れなければならない。つまりは彼女の利益でもあったのだ。そのためには量を過って夫の健康を損ねては元も子もないわけである。

村川雄爾は首尾よく一服ぶんの薬を飲み、ホテルの着物を茶色のうすいスエーター に格子縞(チェック)のズボン姿に着更えた。英子も持参の部屋着を外出用の着物にかえた。和服のよく似合う女で、白っぽい塩沢に錆朱(さびしゅ)色のつづれ帯をしめるとすっかり色っぽく見えるのである。雄爾はいつもこの若い後妻の姿に満足している。

夫婦は部屋を出た。

「鍵は？」

と夫は妻を見返った。戸締りとか施錠とかはいつも妻の役目であったが、

「すぐに戻るのですから、このままでいいわ」

と、英子はドアに鍵をかけるのを面倒臭がった。もちろんノブを押したら簡単にドアが施錠されるという現代的なドアではなかった。昔風で、キイを鍵穴に突込んで回すのもスムーズにいかず、厄介なのである。鍵穴も古びていて錆びついていると思われる状態だった。

「格式のあるホテルだもの。外から泥棒が忍びこんでくるとは思えないわ。それに盗られそうな荷物は持ってきてないんですもの」

所持金の大部分と貴重品とはホテルの金庫に預けてあった。夫は硬い鍵をかける妻の煩わしさに同情して、ドアをぴったりと閉めただけでエレベーターで階下に降

りた。

「下の料理屋さんに行ってお魚を食べたいんです」

英子はフロントの老クラークに云っている。

「蓬萊閣でございますね。それではただ今からお電話で蓬萊閣に連絡しておきましょう」

クラークは慇懃にいった。

「下まで車を呼んで降りるんですか?」

「いえ、このフロントの横から渡り廊下が下の蓬萊閣までついております。少々長うございますけれど、そのまま歩いていらっしゃれますから。車を町から呼ぶと時間がかかりますし、それほどのことはございません」

フロントの横についた入口から夫婦は渡り廊下を降りはじめた。クラークが案内のメイドをつけてくれたが、その渡り廊下が丘の下から頂上まで五十メートルの落差に雷電型でつけられたものだった。外観の眺望では大和長谷寺の三折百八間の約二百メートルの歩廊と見紛うあれである。

この木造歩廊はなかなかの急傾斜であった。たぶんその勾配は十数度はあるにちがいなかった。上からみると階段がまるで天上から地底深く屈折して吸いこまれて行っているようだった。その歩廊の距離は全長約百八十メートル。

屈折は、距離があんまり長すぎるので、ところどころジグザグになっているからだが、そこは螺旋(らせん)階段式になっていた。けれども勾配の度合はそれほど変らないで、急傾斜をつづけていた。もし転んだが最後、五メートルくらいは滑り落ちそうであった。

屋根裏の梁(はり)も、階段も古びた木がそのままになっていて、しかも手入れがまったくできていなかった。人の居ない古寺の渡り廊下か庫裡(くり)を歩いているみたいで、そこらじゅうが埃(ほこり)で白い粉をふいたようであった。

「お足もとにお気をつけてください」

先頭に立ったメイドは夫婦客に注意した。

「これは急坂で長い廊下だ」

村川雄爾は英子に腰のところをうしろから摑(つか)まえられて一歩一歩脚を下ろした。どのくらいあるかね、という問いにメイドは約百八十メートルです、と答えた。

「お降りになるのはお楽ですが、お昇りになるのがたいへんです」

メイドは云った。

「そうね。あなた、帰るときはここを昇らないで、車をよんでホテルに戻りましょうよ」

英子は、夫の心臓を気遣って云った。

「うん。そうしよう」

と、雄爾もうなずいている。まったく、普通の若い者でもこの急傾斜の長い廊下を歩いて昇るとなると息切れがするに違いなかった。病身の者や年寄りは、途中で休み休み、ゆっくりと時間をかけて昇ることである。まして村川雄爾は心臓が、フィジカルな意味で、弱いのである。

ようやくのことに夫婦は歩廊を降り切って、日本料理屋の裏側入口に着いた。料亭の廊下と直結していた。案内役はホテルのメイドから蓬莱閣の女中に引き継がれた。

通された座敷は、すぐ前が渚であった。海はホテルから俯瞰したときよりも、ずっと水平線を上げていた。陽は容易に落ちず、凪いだ海面には西から夕焼けの色が映っていた。

座敷に坐って出された茶を飲んでいるとき若い女中が入ってきて、

「申し訳ありませんが、準備にちょっと手間どりますので、三十分ほどお待ちねがえませんでしょうか?」

と頭を低げた。

「上のホテルから連絡があったはずだがね」

雄爾が不服そうに云うと、

「三十分ぐらい、いいじゃありませんか。その間に外の海辺でも歩いてみましょうよ」

と英子がなだめた。

4

山井善五郎は、特別室の男女客が三階のエレベーターで降りたのを見届けた。四階からのエレベーターは、どういうわけか、ついてないのである。高貴なお方のお泊まりの階には煩わしい音をお聞かせしないためだったかもしれない。とにかく、男女客のあの身なりでは、当分部屋には戻ってこないと踏んだのである。作業はゆっくりとできる。

彼は見当のついた四階の階段下に行った。そうするまで、要心のために二十分は部屋で待った。ホテルの廊下というのは、無人の時間が多い。客も歩いていなければ、使用人の姿も見えない。まるで砂漠地帯と同じだが、いまがその時間であった。彼は廊下の前後を見まわして階段をゆっくりと昇った。絨氈は足音を消してくれるので都合がよかった。

特別室のドアは、階段を昇り切ったところに見えた。ここだけは真白いドアで、浮彫りの縁どり文様がある。それがロココ様式とは善五郎の知識になかったが、さすがに高貴のお方がお泊まりになった部屋はドアも豪華なものだと感歎した。

だが、そのドアの前まで行かないとき、善五郎は部屋の中から物音がしているのを耳にし、はっとなった。特別室にはまだ誰か居るらしいのである。彼はとっさに背中を回して階段を降りはじめた。

部屋の中には誰かが居る。あの男女客が出て行ったきり、戻ってないのは、はっきりしている。では、ほかにも伴れがいて、それが部屋に残っているのだろうかと思った。けれども、メイドからさっき聞いた話では、たしかに男女一組だけだというこだった。お供の人間がいれば、メイドがそういうはずであった。そうすると、ホテルの従業員が客の留守に入って部屋の片づけをしているのかもしれない。たとえばメイドなどはベッドの支度(メーキング)などに入る。それならすぐに出るだろう。

これが三階に降り切るまでの善五郎の思案であった。悪いときに人があの部屋にいるが、自分が中に入っているときに闖入されるよりもましだと思った。中で従業員に発見されたら、たちまち泥棒として捕まえられるにきまっていた。要心のために自分の部屋で二十分を空費しただけの甲斐はあった。

善五郎は自分の部屋前の廊下に何気なさそうに立って、階段下の方角を眺めていた。すると、五分も経たないうちに、細長い四角な空間を一人の男が階段のある右から左にさっとよぎるのが眼に写った。特別室の男女客がゆっくりと横切った同じ空間である。

しかし、いま見た男はたいそう足早であった。そのため一瞬の通過なのでよく確認はできなかったが、従業員であることは白い詰襟の上衣のようなものを着ていたことでもわかった。あれはボーイにちがいない。が、年齢格好とか横顔の特徴までは定かでなかった。

やはり思った通りで、特別室には従業員が入って部屋の片付けをしていたのである。それなら、男女客が戻ってくるまでもうだれもあの部屋に入ってくる者はいない。かえって幸いであった。ゆっくりと「蒐集」作業ができるというものである。

善五郎は再び三階から四階の階段を昇った。今度はすっかり落ちつき払っていた。ドアにかかった鍵を開ける技術はこれまでの蒐集経歴で会得していた。そのためにポケットに短い針金を一本忍ばせていた。

　古風だが華麗なドアの前に立って善五郎は身のひきしまるような思いになった。「身のひきしまるような思い」とは、高貴なお方が御仮泊遊ばされた部屋の威厳からだけではなく、これから鍵を針金で開けて内部に「蒐集品」を頂戴に行く前の緊迫感であった。この緊迫感はいつもこのような際におぼえるものだった。

　彼はドアの鍵穴を見つめた。おそろしく古典的な鍵穴である。これは厄介だわいと思ったのは、それの金具がまるで錆びついたように古く、えらく固いようにみえたからである。おそらく鍵を挿(さ)して回すのにも固すぎて手間がかかるにちがいなかった。で、彼は試しにドアをそっと押してみた。

　ところが、何ということだろう、ドアの合せ目がすうと奥に少し開いたのである。鍵ははじめからかけてなかったのだ。

　男女客が鍵をかけないで、長時間部屋を空けるとは考えられないので、おそらくさっきの従業員がフロントの合鍵で入ったものの片付けのあとドアの鍵を掛け忘れて出てきたのだろうと彼は思った。

　これは仕合せであった。滅多にないことなので、善五郎は従業員の不注意に感謝した。こんな天運があれば作業はきっとうまくゆく。彼は内部に滑りこみ、ドアをもと通りに静かに閉じた。

控えの間、次の居間という足どりの順序につれての眼もあやな景観が善五郎を驚歎させたことはいうまでもない。それはさながら桃山建築装飾の西洋版であった。これは蒐集品の宝庫だと思った。

すると、善五郎はその広闊で装飾過剰な居間にある優雅なテーブル――彼はまたそれがロココ風という名であるのを知らなかった――の上にホテルの部屋番号の札をつけた鍵が置かれてあるのを見た。キイがここに残っている。客はドアに鍵をかけずに部屋を空けたのだった。鍵をかけていれば、キイは客が外出に際してフロントに預けるか、または自分で持参するものである。

従業員も合鍵でこの部屋の前に来たものの、鍵がドアにかかっていないので、そのまま中に入り、片付けのあと、また客の意志をくんで鍵をかけずに出て行ったのであろう。

不要心な、というのは普通の場合で、善五郎にとっては泊り客の鷹揚さに感謝しなければならなかった。しかし、彼は客の荷物などに手を出すつもりは毛頭ない。彼の関心はひたすら部屋にちりばめられてあるありがたそうな装飾具にあった。彼はまずひと通りこの高貴な間を検分すべく、次の間に足をすすめた。そこは小さな厨房であった。……

村川雄爾夫婦が海べりの散歩から蓬莱閣のもとの座敷に戻ったのは、山井善五郎が自分たちの特別室で蒐集作業にとりかかっているころであった。

「お疲れでございました」

と、座敷の若い女中は迎えて云った。

「お料理のほうもお支度ができました。お待ちどおさまでした」

まず、運ばれてきたのは酒と突き出しであった。小さな干魚、イカの塩漬、もずくの酢のもの、雲丹。

「さすがに海のもの尽しだ」

雄爾がよろこんだ。

「けっこうですわ」

英子が眼を細めて、小皿に見入った。はじめの一ぱいだけを女中が銚子から二人の盃に注いだ。

「ここには女中さんが何人いらっしゃるの？」

英子が訊くと、みんなで十人だと女中は答え、

「上のホテルと同じ経営ですから、よそのお料理屋さんのようにおかみさんとい

うのはいませんけど、女中頭がおります」

と、銚子をハカマの中に戻して云った。

「それがここのマネージャー格だな？」

雄爾が呑みこんだように云った。

「はい。そうです」

「女中頭はここに長いのかね？」

「はい。お姐さんはもう二十六年つとめております。この蓬萊閣の開店当時からでございます」

「独り者かね？」

「はい。まだ独身でございますよ」

「女性の年齢を聞いて悪いようだが、二十三、四歳でここに入ったとして二十六年……うむ、五十か五十をちょっと出たところかな？」

「まあ、そのへんの見当でございます」

女中は口に手を当てて小さく笑って、

「お姐さんはいまお着きになるお客さまを迎えに駅に行っております」

といった。鉄道の駅はここから二十キロ北にあって、峠を往復する。

女中が去ると、雄爾は、

「あのホテルもだが、ここまで降りてくる長い渡り廊下は何だね。まるで狐狸の棲家のようじゃないか」

と妻に云った。

「そうね。ホテルも渡り廊下も化物屋敷みたいだけど、この料理屋はあとから建てただけにきれいだし、海の傍で気持がいいわ」

英子はそう云って海に眼をむけた。海はやはり油を流したようだった。障子も縁側のガラス戸も開け放しているのにそよ風ひとつ座敷に入ってこなかった。

「海のすぐ傍だというのに風が落ちて、蒸し暑いなア」

と、雄爾が呟いた。

英子が夫のうすいスエーターを脱がしてやったが、ワイシャツ一枚になっても雄爾は暑がった。暑いのは心臓によくない。冷房するにも、扇風機を置くにもまだ早かった。

料理が次々と運ばれた。鯛とイカの刺身、頭のヒゲがまだ踊っているエビのつくり。別の椀には輪に巻いたキスの吸物。これらが時間を見はからっては次々と運ばれた。

雄爾の酒は盃三ばいでおしまいにする。心臓を庇ってのことである。その代り料理のほうは健啖であった。何でも食べる。英子は嫌いなものがある。たとえば芋類が好きでない。雄爾は好きである。

次に来たのはトリのモツにヤツガシラ（九面芋）を三つぐらいに切ってごっちゃにした生姜煮。モツの脂と生姜、味醂、醬油、砂糖の味が芋に濃くしみこんでいる。これが極彩色の瀬戸物の器二つに入っていた。

「これは、おつな味だ」

と、雄爾は芋を食った。ヤツガシラは大きいので、食べやすいように小切りにしてある。妻ははじめから芋を敬遠してモツを箸で拾っていた。

「この芋は少し苦味があるようだ」

と、雄爾は三つ四つ食べたあとで云った。英子は夫の器の中を横からのぞいた。

「ヤツガシラじゃないの？」

「と思うけど、味が少し異うようだ。甘辛く煮てあるけどな」

「モツのせいですよ。ヤツガシラに違いないもの。それとも去年の秋に穫れたのを貯蔵したのだから、新鮮さがないのかもしれないわ。おいやだったら、そのまま食べないでいたら？」

「うん」

「けど、モツで煮てある芋だから精力がつきますよ。おいしい味つけだから、そんなに苦くはないでしょう?」

「うん。食べよう」

芋が好きだからでもあるが、トリのモツの生姜煮が精力をつけさせると妻が云ったのが彼の食欲を起したようだ。きれいに食べてしまった。

「わたしのぶんまで召しあがったら?」

英子は芋だけ残っている自分の器を示した。

「いや、それには及ばない。もたれる」

妻は、おかしそうに笑った。

エビと魚の天ぷら、鯛のアラ煮、アナゴの寿司……そういうものが次々にきた。雄爾はズボンのバンドをゆるめた。食事には二時間近くかかった。

「蒸し暑いなア」

と彼は額の汗をふいて云った。

女中がなめこ椀と漬物とを運んで、飯櫃を、おねがいします、と英子に頼んだあと、雄爾の呟きを聞いて、

「この辺のこの季節の夕昏れどきは、海が凪いで風がぴたりととまるんです。そして気温が上がるのです。昔からそうですわ。瀬戸の夕凪ぎといっています」

と教えた。

道理で海面に縮緬皺ひとつ立たないと思った。微風ひとつ頬を撫でないのも道理である。なにか神経を苛々させるような気象現象であった。気持の悪い汗が肌に滲む。身体のためにはよくない。

雄爾がついと立ち上がった。女中は心得て先にたった。手洗所は廊下を少しばかり歩いたところにある。

ひとりで坐っている英子の耳に、廊下から女中たちの声で、お姐さん、お帰んなさい、お疲れさま、と口々にいうのが聞えた。外出していた女中頭が戻ってきたらしかった。

それからいくらも経たないうちに雄爾が座敷に戻ってきた。が、坐りもしないで、控えの部屋との境界になっている閾の上に突立っていた。彼の顔は蒼くなっていた。眼があらぬほうを空虚にむいていた。

「あいつが、居た……」

と、雄爾が放心したような云いかたをした。

「あいつって、だれよ？」

英子は坐ったまま様子の変った夫を眼をみはって見上げていた。

「……」

雄爾は返事をしなかった。まるで幽霊にでも遇ったあとのように虚空（こくう）を見つめて突立っていた。

「あなた、どうしたの？」

英子が座布団から膝を起しかけたときだった。

「ごめんください」

座敷の入口から嗄（しゃが）れた女の声がした。英子が視線を向けると、そこに五十四、五ぐらいの初老の女が三つ指を突いて畏（かしこ）まっていた。

「当家の女中頭でございます。外に出ていましたので、ご挨拶がおくれて申し訳ありません」

立っている雄爾からいってその背後だったが、彼はその声を聞くか聞かないうちに、畏まっている女中頭のわきをすり抜け、脱兎のように出て行った。

女中頭はびっくりして立ち上がりあとを見た。英子も、あなた、と叫んで部屋を出た。

雄爾はもと来たほうに引返して行っていた。ホテルのほうに——しかし、坂の歩廊を歩いて登っているのではなかった。それこそ上にむかって、まっしぐらに走っていた。歩廊の階段を飛ぶように駆け上がっているといったほうがその姿を伝えることができる。まったく脇目もふらずに、ひたすらに走っている。その姿はまるで気が狂ったようであった。勾配十数度の傾斜率をもった坂の階段、約百八十メートルの長距離をマラソンのペースではなく、短距離競走の速さで一目散に走っていた。彼のワイシャツはズボンからはみ出て、その端は臀（しり）に付けた白旗のようになびいていた。彼のその姿は登廊の折れ曲り点で方向を変え、右に左に、ジグザグに上に往くほど小さくなった。一度もふり返らず、一度も立ちどまらず、ものの怪（け）がついたような疾駆だった。

妻も、女中頭も、ほかの女中も、ただただ唖然（あぜん）として雲に向かうように走る男を仰ぎ見ていた。——

5

村川雄爾がホテルのフロントまで駆け上がって倒れ、救急車で病院に運ばれたときはすでに死亡後だったが、医師は心臓麻痺だと診断した。

あきらかに病死だが、解剖こそしなかったものの、それが急死だったので、病院は一応警察に届け出た。

「間違いなく心臓麻痺です。あの勾配の歩廊百八十メートルを息もつかずに駆け登ったんじゃア堪ったものじゃありません。健康体の壮年者でも心臓が破裂しますよ。ましてや六十二歳の年寄りです。その上、日ごろから心臓があまり丈夫でなく、当人もそれを自覚して要心をしていたというのに、あの走り方はまるきり無茶です。何かを怖れ懸命に逃げ出した、そういうことしか想像できない状態です」

医師は云った。警察署から派遣されてきた嘱託の監察医も遺体を診た上で死因が心臓麻痺であるという病院側の診断に賛成した。

では、村川雄爾は何を見たというのだろうか。

この場合、雄爾の妻の英子が警察官にいった言葉が一つの拠りどころになった。

——蓬萊閣の座敷で手洗いから帰った雄爾が蒼い顔で呆然と突立ち、「あいつが、居た」と呟いた。誰に会ったのですか、と訊いたけれど雄爾は黙ったまま海のほうを見つめていた。そのとき女中頭が挨拶に入って坐った。雄爾が突然走り出したのはそのときだった。……

女中頭は鎌田栄子といった。五十四歳。職業上、すぼんだ頬と小皺の顔に白粉（おしろい）を真白に塗っていた。栄子は語った。

「実を申しますと、村川さんとわたしは今から三十五年前、二年ほど同棲したことがございます。雄爾さんが二十七で、わたしが十九のときでした。そのころ雄爾さんはまだ会社づとめの薄給でした。わたしは山の中の田舎からM市（東北の都市）に出て下宿屋の女中をしていたのですが、その下宿にいた雄爾さんに云い寄られて結ばれたのでございます。わたしたちはよその家の二階借りをし、わたしも下宿屋には夜八時までのつとめで働いていました。そのころは世の中が不景気のさなかでしたが、わたしたちは貧乏ななかでも何とか暮らしてゆきました。わたしは八時に帰ると、二階を貸してくれている家主さんにたのんで、近所の縫いものを毎晩一時ごろまでつづけていました。わたしはなるべく雄爾さんには金の心配をかけたくなかったのです。

わたしは、雄爾さんに早く正式に結婚してくれ、籍にも入れてほしい、と何度も頼みましたが、雄爾さんの返事ははっきりしませんでした。あとで考えると雄爾さんはわたしには愛情がなかったのです。わたしばかりが一生懸命になって尽していたのでございます。でも、そういうときが女には仕合せだったのです。二年の同棲生活のなかで、三度ぐらいは山の温泉、といっても湯治場のような安宿ですが、一泊か二泊ぐらいしました。あのころが、わたしには幸福の絶頂でした。雄爾さんにはわたしほどの喜びはなかったようですが。雄爾さんは、そのころから、始終何かを考えているような人でした。わたしは、まだ二十くらいでしたので、男の本当の気持が分ってなかったのです。

二年ほど経ったある日、雄爾さんは突然わたしの前から居なくなりました。八時すぎに働いている下宿屋から戻りますと、置き手紙がしてありました。このままでは自分も行き詰まりそうだから、よその土地に行って生活をたて直す。それには女づれでは困るから独りで行く。今よりもっといい生活が出来るメドが立ったらお前を呼ぶつもりだが、それはいつのことか分らない。ついては、自分を当てにしないでいい人があったら結婚してくれ。よく尽してくれてありがたい。親切は忘れない。こういうかたちで別れるのは心苦しいが、話し合ってもお前が別れることを承知しないだろうし、自分も情にひかれそうだから思い切って無断でこの土地を出て行くことにした。自分を怨まないでくれ。そういう意味の文面でした。

あとで調べてみると、雄爾さんは五日前に会社から退職金をもらい、給料も受けとって、それを一銭も置かずみんな持って逃げて行ったのです。わたしが下宿屋の女中で働き、針仕事で働いているからよいと思ったのでしょう。わたしも雄爾さんがよその土地に行くならお金が要るだろう、そう云ってくれるなら少ない貯金でもみんな出して上げるのに、と思ったくらいでした。

置き手紙に、よい人があったら結婚してくれとありましたが、わたしはとてもそんな気になれず、相変らず同じ仕事をしてあとも二年ほど待ちました。生活のメドが立ったら呼ぶという文句をやはり当てにしていたのでございます。まわりの人は、そんなことはアテにもならないから、いい加減に諦めたらどうかと忠告してくれましたが、わたしは耳を藉しませんでした。男に欺されたというのを知らない年齢でした。……」

彼女はその土地を出て関西に行く。村川雄爾からは便りはなく、またどこに居るのか噂も伝わってこなかったからだ。彼女は料理屋の女中奉公をした。転々としているうちに関西で仲居というお座敷女中になった。その間に好意を寄せてくれた若い板前もある。関係は持ったが、今度は彼女のほうで結婚する気がなかった。初恋の男が自分を欺したと知って憎くなったが、どこか彼の面影が心に残っていた。が、それも二十年経ち、三十年経つうちに世間の砂の下に消えてしまった。

「わたしは蓬萊閣の開店以来女中としてつとめていましたが、別れてから三十五年ぶりに雄爾さんとあそこで遇おうとは夢にも思いませんでした。でも、わたしは気がつかなかったのです。たとえ正面から顔を合せても、三十五年経って老人の顔になった雄爾さんが分らなかったと思います。雄爾さんのほうで、わたしが分ったんですね。駅にお客さまを迎えに行って蓬萊閣に帰ったわたしを雄爾さんは廊下で見て、すぐに三十五年前に捨てた女だと分ったのです。わたしは知らないものですから、上のホテルのお客さまが食事に見えているとほかの女中から聞いてご挨拶に座敷に伺ったんです。わたしが中にも入らず、閾のところでおじぎをしていると、あの人がわたしの横を通り抜けて走り出したんです。わたしはびっくりしました。あの人はあの急な渡り廊下をどんどん走って昇って行くではありませんか。なんのことかわからず、声も出ないで下から見上げているだけでした。奥さまもただ呆れて見送っておられました。あの人が心臓麻痺で死んだあと、ホテルの名簿で村川雄爾と初めて知りました。……雄爾さんは三十五年前に捨てた女が、奥さまと食事をしている料理屋の女中頭でいたのを見てびっくりしたのです。それで、とっさに逃げ出したのです。きっと、わたしに三十五年間の恨みつらみを云われると思って、怕(こわ)くなったからだと思います。いえ、ほんとうに怕いのは傍にいらっしゃる奥さまではなかったでしょうか。若くて、きれいな奥さまです。この奥さまの前で、思いがけぬところで現れた昔の女に毒づかれたらどういうことになるか、雄爾さんはそれがまず頭に閃(ひらめ)いて、わたしの前から一言もいわずにあの急な、長い渡り廊下を飛んで行ったのです。それには、生活のメドが立ったらきっとお前を呼ぶといった自分の置き手紙の文句も浮んだかもわかりません。聞けば、雄爾さんは出世なされていくつもの会社をもち、その後は会長などに納まって第一線を退いているものの、大株主で、たいへんな金持だということでした。約束通り、呼ぶならわたしが第一番だったことになります。

けれど、そんな恨みは少しもわたしにはありません。あのとき、わたしを捨てなければ雄爾さんの出世する機会はなかったのですから。わたしがあの人にへばりついていては、あの人も貧乏暮しで終ったでしょう。わたしは雄爾さんが来ていると知ったら、その出世を祝ってあげられたと思います。なのに雄爾さんはわたしの気持を知らないで逃げ出し、とうとうあんな哀しいことになりました。……」

女中頭鎌田栄子の話はこういうことだった。

三十五年前に捨てた女とふいに遇った村川雄爾は、その女を恐れて遁走(とんそう)したのである。が、実際は若い妻をおそれたのであろう。それは栄子の云う通りである。雄爾は、栄子が泣きながら面罵する場面を直感したにちがいない。この昔の女の出現をみて英子はどう考えるか。恐怖心はむしろこのほうにあったのだろう。これが雄爾ひとりできていたのだったら事態は違ったものになっている。不幸なことに、気に入った妻がいっしょだった。雄爾は二人の女の前から逸走を試みて倒れた。その前から瀬戸内海の夕凪ぎが蒸し暑く、これも彼の心臓によくなかったという条件がある。

が、「瀬戸の夕凪ぎ」はもちろん村川雄爾の死に直接関係はない。急勾配、距離百八十メートルの坂の歩廊をひたすらに走りつづけた当人の無謀にある。その原因がそこに幽霊のように出てきた昔の女にあったとすれば、捨てられた女は三十五年目に「復讐」を遂げたことになる。実際、そう考える人も多かった。

村川雄爾の遺体は問題なく妻の英子に渡された。妻は法外な料金を吹っかけたハイヤーに遺体を乗せ、高貴な部屋をもつ由緒深いホテルが丘の上にそびえるこの風光明媚な海岸地をあとにして走り去った。

——一方、製薬会社の外交員山井善五郎は、このような騒動が下の蓬萊閣で起っているとは知らず、いや、その騒動の起る前、夫婦が望み通りに新鮮な魚料理に舌(した)鼓(つづみ)を打っているときに、その「蒐集」の作業を完全に終了したのだった。

善五郎は、高貴の部屋から無断で頂戴してきた「記念品」の数点を手早く鞄(かばん)に詰めて錠をかけ、それをベッドの下に匿して、窓ぎわで一服した。彼の心は満足感で溢れていた。折から窓外に俯瞰する海辺の風景は最後の夕照が消えかけ、海はまるで人工的にできたように小さな波一つ見えていなかった。沖合にはまだ残照があったが、横の山間には闇が匍い上がっていた。

善五郎は古臭い部屋がすっかり気に入って一本の煙草をゆっくりと喫い終り、夕食をとりに椅子から立ち上がった。下の斜面には歩廊の長い長い屋根が見える。その降った先には蓬萊閣の横にひろがった屋根があって、松林の間に隠顕していた。ははあ、あの特別室の男女客は下の料理屋で夕飯を食っているのだな、と思った。特別室の男女客がゆっくり料理屋で食事をしているならこっちも、という気持で善五郎はドアに厳重に鍵をかけて廊下に出た。戸締りはよくしておかなければならない。エレベーターで一階に降りて、海を展望する食堂に入った。客は十二、三人くらいで、中年以上の紳士とそれに見合う婦人ばかりであった。彼らはたいていゴルフの話をしていた。

善五郎は食前の水割りウイスキーをたのみ、ひとりで祝盃を挙げた。このホテルでの「記念品」は蒐集品の中に一段と光彩を添えるにちがいなかった。まず、その備品は明治期のものである。材質がよく、細工がとびきりていねいであった。古色があり、伝統的な格調があった。「文化財」といっていい。が、数点のそれは部屋飾りの中でもほんの部分的なものであって、それを剝がしてきてもすぐには気づかれそうにないものばかりだった。つまり、高貴な部屋の記念的な装飾を損うものではなかった。だから、大それたことをした、という意識にはなっていなかった。厳密にいうと非合法手段だが、法律的にいっても軽いものだし、罪の意識は全然なかったのである。それよりも蒐集品の豊富さのよろこびが先に立った。——ただ一つ、異種の品が採取されていた。これは装飾具ではなかったが、厨房のような小室に転がっていた。小さな物で、何か球根の端くれのようだった。「美術品」好きの善五郎は、花好きでもあった。お寺の荘厳具(しょうごんぐ)のような部品ばかり取っていると、ときにはこうした自然の美を咲かすようなものも眼につけば欲しくなるものだ。彼はその球根をも鞄の中に入れたのだった。

善五郎は、値段を気にしながらエビフライを食べ、ステーキを食べて、コーヒーを飲んで食堂をひき揚げた。部屋に戻ってあらためて一服したときに何やら下のほうで騒ぐ人々の声を聞いた。そのときは別に気にもとめなかったが、やがて救急車がこのホテルの坂道を急行してくるのを見た。

あとでメイドに聞いて、あの特別室の男客のほうが心臓麻痺で倒れ、救急病院に運ばれたときはすでに息がなかったと知ったときはびっくりした。廊下の先の四角い空間を和服のよく似合う女性といっしょに右から左に横切った老人の姿が眼に残っている。

あんな年齢の違う女を相手では身体に無理があったのだろうと善五郎は考え、あんまり金を持っているのも考えものだと思った。

厨房の床に転がっていた球根は、たぶんあの老人が旅行先で求めたものであろう、と彼は想像した。きっと珍しい花にちがいない。ただ、小さいのが一つしかないのが残念である。買いこんだなかの一つがあそこに落ちていたのだろう。そういえば蛇口の下の洗い場のところが少し水で濡れていた。球根を洗ったのかもしれなかった。――善五郎は、英子が夫に西アフリカ原産の催淫剤を飲ませるためにその蛇口からコップに汲むとき水を流したとは、もとより知るべくもなかった。

善五郎は東京に帰ると、花に詳しい友人にその球根を見せた。

友人は何の球根か知らないと云った。ダリヤに似ているけれど、少し違うようでもある。あるいはダリヤ類の新種かもしれないと推定を云った。

善五郎は、専門の花屋に行ってこれを見せ、教えを乞うた。

「さあ、見当がつきませんな。これまで扱ったこともない球根なので、さっぱり分りません。もしかすると、おっしゃるようにダリヤの新種の球根かも分りません。このごろはわれわれも知らないような新種の球根が出ますので。庭に埋めておかれたら、来年五月ごろに咲く花ではっきりするでしょう」

はっきりしない話だったが、山井善五郎は花屋の勧告に従った。彼は球根を大事に保存し、冬になって自分の家の狭い庭に土と肥料をやって埋めた。

彼は春にその土を見たが、下からもりあがってくるはずの青い芽はいっこうに出なかった。花を見るわけにはいかない。たぶん球根が小さすぎて、しかも一つだけなので発芽しなかったと思われる。

善五郎はもう一年待つことにして、そのまま放っておいた。

6

村川雄爾が死んで一年半経った。

そのころ英子は亡夫の財産の三分の一くらいを得て東京銀座にある店を買い取って改装し、「かげろう」という割烹(かっぽう)料理店を開いていた。

雄爾には先妻との間に三人の息子があって、英子がその遺産を独占するわけにはゆかなかったが、三分の一ならまずまずであった。それどころか、世間からすると、後妻に入りこんで五年と経たないのに莫大な財産分与にあずかったのだから、これくらい幸運な話はないと思われた。

そうした興味――羨望といってもいいが――は、とかく好奇心をいつまでも持たせがちで、しかも悪意とはいえないにしても決して好意のあるものではない。未亡人の英子が北陸の都市を去って東京に出てからも、その消息は土地にいつまでも強い興味をもたれた。

そのうちに彼女が銀座で割烹料理店をもったという話が伝わると、土地の無責任な風聞(ルーマア)は、村川雄爾は英子に毒殺されたのだという囁(ささや)きになった。毒殺というのは、日ごろから英子が雄爾に奇態な薬を飲ませていたという同家の女中の内緒話が根拠になったものである。

警察が、世間の噂話から犯罪の端緒を得て捜査に乗り出すのは、新聞記事などにもしばしば見られる通りである。その北陸の都市の警察署では、英子が年上の男との短い結婚生活の代償としてはあまりに莫大な財産をもらったことに不審を起し――この不審は多少非論理的だが――さっそく内偵をはじめた。

まず、女中にその「奇態な薬」を問い、それから薬の入手先を追うと、それは市内のれっきとした薬局であった。薬局の主人は、その薬が強精剤とはなっているが、一種の媚薬であること、原料は西アフリカ産のヨヒンベという樹皮に含まれるヨヒンビンというアルカロイドで、原住民は催淫剤として使用していること、近年これが成分の分離に成功して危険がないように薬品として製品化され厚生省の認可を得て堂々と市販されていること、主たる効能は神経衰弱による陰萎、麻痺性不感症によいことなどを警察官に述べた。

「そのヨヒンビンというのは副作用はありませんか?」

警官は訊いた。

「とくにありません。成分の分離に成功してはいますが、その生のままではもちろん劇薬となりますから、これに中和薬をいろいろと混合して、一般服用者に中毒症状を起さないようにしています」

「中毒症状とは?」

「ヨヒンビンを多量に用いると、ヨダレ、不安感、痙攣などを起すのです。そうして中枢神経麻痺を起し、呼吸困難から死に到るのです」

警察官の眼が光ったので、薬剤師は急いでつけ加えた。

「しかし、それはさっきも云ったように生のままのものです。市販のものはヨヒンビンといっても、中毒を起さないように毒性をうすめ他の薬品と混合させて完全にそれをとりのぞいていますから、どんなに習慣的に服用しても、またいっぺんに多量に服用しても中毒を起すようなことは決してありません。……村川さんの奥さまは、わたしのほうの薬をご主人が亡くなられる一年ばかり前から買ってくださいましたが、ご主人の調子がたいそうよいといってよろこんでおられました」

薬剤師は最後にちょっと野卑な微笑を唇に見せた。

警察では他の薬剤専門家らに問い合せて調査したが、結果は薬局の主人の言葉を裏切るものではなかった。

だが、警察ではいったん抱いたその疑惑に執拗であった。ひそかに捜査係の署員二名を瀬戸内海の名勝地にやらせ、一年半前に村川雄爾夫妻が泊まったあの格式高い古ホテルについて雄爾が死亡した事情を聴かせた。

雄爾の心臓麻痺はヨヒンビンの服用によるとは思えなかった。その死の二時間前にはホテルの丘下の同じ経営になる料理屋蓬莱閣に英子と食事に行っている。そのときの係の女中の話によると、おいしい食べ物にヨダレを垂らしそうにしていたが、実際に病的なヨダレを垂らしたのではなかった。また、瀬戸内の夕凪ぎに暑がってはいたが痙攣など起しはしなかった。始終機嫌よく皿の料理を健康的に片づけていた。

彼の心臓麻痺の発作は、そこに女中頭をしていた三十五年前に棄てた女の出現を見たときだった。これは土地の警察が記録を保存していた。その女中頭の鎌田栄子はその突発事故があってから体裁を悪がって蓬莱閣を去ってしまったが、記録は彼女の言葉を完全に聴取していた。約百八十メートルにわたる急坂の歩廊を村川雄爾が一散に走り昇った理由も何となくわかるし、そこで心臓麻痺を起す原因ははっきりと呑みこめた。出張の警察署員は、下から呆れてこの昇廊を見上げたものだった。それでも捜査係署員は、念のためにホテルに行って支配人に会った。夫婦について変ったことはなかったかと訊くと、

「そうですね。変ったことといえば、これは特別室にお泊まりになった村川さんご夫婦には関係ないことですが、妙なことがありました」

と、支配人は口ごもった。

「直接に関係ないことでも、なんでも話してみてください」

「その、ご夫妻が下の蓬莱閣で食事をされているときですがね、留守の間にあの部屋の飾りの一部が盗られたのです。天井に近いところに打ってある桐の紋章を象（かたど）った装飾品三個です。純金ではなく、鍍金（メッキ）なんですが。値段としては安いもんです

が、曽て高貴なお方に御仮泊を頂いたときに施した飾りで、当ホテルとしては惜しい品なのです。今も、その高貴のお部屋に、泊まらせてくれという希望者が多く、また拝観の希望者も多いわけでございます。その光栄ある特別室から象徴の一つである桐の紋章が三個も欠けたということはまったく残念でございます。あとを作らせようにも、なかなかああいう時代を経た古色を帯びたものは今となっては出来ません。かえって不揃いになるので、そのままにしておりますが。……ホテルにお泊まりの方のなかには妙な癖の人がありまして、当人は宿泊記念のつもりでしょうが、コップとかナイフとかフォークとか灰皿とかホテルのネーム入りの備品を取ってゆくむきが少なくありません。でも、高貴のお部屋の飾り品まで取って行かれようとは、まったく困ったものです。……いえ、これは村川様の御不幸には直接関係のないことでございますが、たまたま当日夕刻の出来事と思われますので。その盗難は、翌日になって気付いたのでございます」

ホテルの支配人の云う通り、これは村川雄爾の心臓麻痺とは無関係なことなので、署員は手帳に参考のため一応書いておいたものの、ほとんど重要視しなかった。

署員は東京に来て、村川雄爾の未亡人が経営している銀座の割烹料理屋「かげろう」を見た。なかなか立派な店で、階下はカウンター式だが、二階には小部屋が五つもあるということだった。傭い人も板前と助手を入れて四人、お座敷女中は六人という派手な店であった。もちろん新装して間もないから、店は輝くようであった。もらった亡夫の財産で資金は充分だったようである。

聞込みによって、もう少し内部の事情が判明した。おかみの英子は今は四十すぎの男といっしょになっている。男は証券会社の社員で、二人の仲は十年以来ということだった。すなわち英子が村川雄爾の後妻に行く前からの関係だったのだ。たぶん英子とその証券会社の社員とは彼女が村川雄爾の妻だった五年間、かくれて連絡し合っていたにちがいない。この想像が当っていれば、英子が雄爾の財産を目的に計画的に後妻に入り、計画的に雄爾の死を早めたということになる。なぜなら、雄爾が死ぬのが早ければ早いほど、彼女は証券会社の愛人と早くいっしょになることができるし、銀座の真ん中ではれがましい店を早くもつことが可能だからである。

だが、計画的に雄爾の死を早めるといってもどんな方法があったか。三十五年前に雄爾が捨てた鎌田栄子との間には何の関係もつながりもなかったので、両人で共謀して仕組んだ芝居という線は、当時の警察の調査によっても、まったく存在しなかった。

では、英子の愛人の証券会社員が村川雄爾の心臓麻痺にどんな手を藉したというのか。どんなに調べても、あのとろりとした海をもつ瀬戸内海の由緒あるホテルにも同経営になる丘下の蓬萊閣にも、当日を中心にした前後、彼女の愛人らしい男の影は探せなかった。——まさか、ホテルの高貴の間から鍍金の桐の飾り具を奪って行った男がそうだということはあるまい。

一年半以上経って動きかけた捜査もここで断念せざるを得なかった。

それとは別に、それから一カ月すぎたころ、新聞に各地の有名ホテルの小さな備品を盗んでは所蔵している「高貴」好きの変った泥棒がつかまった記事が出た。それによると山井善五郎というこの製薬会社の販売部外交係は、地方出張の機会ある毎（ごと）に、各地にある由緒あるホテルや旅館の「高貴の間」に忍びこんでは「記念の品」をこっそりと取ってきていたというのである。彼は東北の名勝地にあるホテルで現行犯として捕まったのだが、東京の山井善五郎の自宅を警視庁が家宅捜索すると、それはまさに「高貴な」蒐集品の所蔵庫であった。コレクターの自供によって、これはどこそこのホテル、これはどこそこの旅館というように品物がいちいち指摘されたが、それによっても、いかに全国津々浦々の景勝地に高貴なお方の御足跡が印せられているかがわかった。

その記事にかかれた主だった山井善五郎のコレクションのなかに、例の瀬戸内海に面したホテルの桐の鍍金飾りがあるのを見て、北陸の都市警察署の捜査係は手帳を繰った。そのホテルの支配人は、村川雄爾様の心臓麻痺には直接関係はないと云って話してくれたが、村川雄爾が急死した同じ日の、あまり変らない時刻、夫妻が留守にしたその部屋に山井善五郎が忍びこんだのは気にかかる。

　その捜査係二人は東北に行き、そこの警察署に留置されている山井善五郎に会った。善五郎は、桐の鍍金記念品をあのホテルの特別室から剝がしてきたことはもちろん素直に認めた。彼はすっかり悄気返っていた。

「お前は、鍵を下ろしたドアを針金一本で簡単に開けるそうだが、あのホテルの特別室もそうして入ったのか？」

「いいえ。あの部屋の鍵ははじめからかかっていませんでしたよ。わたしは、その前にホテルの従業員が四階から降りてくるのを見ていたので、その従業員が合鍵でロックするのを忘れたのかと思いました。けれどそうではなくて、特別室の中に入ったとき、居間のテーブルの上にホテルの部屋番号札の付いた鍵がちゃんと乗っていたので、客が置いて留守にしたのだとわかりました」

「お前が特別室に忍びこむ前に、ホテルの従業員が入っていたのか？」

「はい。ちょっとしか見ませんでしたが、白い詰襟の上衣を着ていたようですから、従業員にちがいないと思いました。部屋の片づけに入って降りてきたと思いました」

「そのほか、あの特別室でお前が取ってきたものはないか？」

「いいえ」

「何か変ったものがそこになかったか？」

捜査係は先入観としてあくまでも「毒薬」に拘泥(こうでい)していたからそういう質問をした。

「さあ」

「よく考えてみろ。どんなつまらない品でもいいから」

「はあ。そういえば……」

と、山井善五郎は頭をかいて云った。

「あの特別室にはキチンのような小部屋が付いていましたが、その床に小さな球根が一つ転がっていました。たぶん泊り客が買ったものをあそこに落したのだと思います。わたしは花好きですからそれを桐の飾り具といっしょに家に持って帰りました。何の花の球根だか分りませんので、花好きの友だちに訊いても、花屋に聞いてもダリヤの新種の球根だろうというくらいで詳しく分りませんでした。球根を植えてみれば花が出たときにわかるので、去年の冬に土の下に埋めました。ところが春になっても芽も出ず花も咲きませんので、いまだに何の花の球根かわからないでいます。たしかにダリヤの球根によく似ているのですが。……」

捜査係は東京に行き、山井善五郎の家の庭の隅を掘った。彼の言葉の通り、土の下からダリヤの球根に似たものが一つ転がり出た。その球根を洗ってみると、それはもう萎(しな)びていて芽が出るような代物(しろもの)ではなかった。

地方署の捜査係は警視庁の鑑識に依頼して球根を調べてもらった。

「あれは、花の球根なんかじゃありませんよ。また、形からいって芋のヤツガシラの小さいのにも似ています。少し長いですがね。植物の根なんです。毒草で、ハシリドコロの根なんです」

鑑識課員は云った。

「ハシリドコロ?」

「アルカロイド性の強いもので、ナス科のこの根を食べると中枢神経がたちまち冒(おか)され、無茶苦茶に走り出すんです。それでハシリドコロという名が付いているのです。そう特殊な毒草じゃなくて、日本の山野にはいたるところにあります。普通の辞書、たとえば『広辞苑』なんかにも出ていますよ」

鑑識課員はそう云って「広辞苑」を開いて見せた。その一七八五ページにはこう出ていた。

《はしりどころ（走野老・莨菪）＝ナス科の多年草。山中の陰地に自生。塊状の地下茎から新芽を出し、高さ四〇センチメートルくらいになる。葉は長楕円形。春、葉腋に帯緑黄色の合弁花を生じ、長い柄で垂れ下がる。花後、球状の蒴果を結び、内に多数の微細な種子がある。全体が有毒で、地下茎は莨菪根と呼び鎮痛・鎮痙薬となり、この中のアルカロイドは瞳孔を散大させる。》

「つまり、このアルカロイドが神経異常を起させるわけで、普通の百科事典にも、この根茎を食べると狂い走るのでこの名が付いた、とあります。特別な専門書を開くまでもありません」

村川雄爾は「三十五年前に捨てた女」を見て遁走したのではなかった。この有毒な根を食べて狂い走ったのだ。

では、だれがどうして雄爾に食べさせたのか。鑑識課員の話によると、そのハシリドコロの根は少々苦い味を持っているそうである。そんなものをいくら愛妻の英子がだましてすすめても雄爾は食べはしなかったろう。

雄爾が狂い走る前に口にしたといえば蓬萊閣の夕食であった。彼がハシリドコロを食べたとすればこの食事のときだ。

このとき捜査係は、山井善五郎が高貴な部屋に忍びこむ前、その特別室から出てきたホテルの従業員を瞬間だが目撃したと云っているのを思い出した。それは詰襟の白い上衣を着ていたという。たとえば、ハシリドコロを英子が持参していて、その「従業員」を買収して特別室に自分らの留守中にとりにやらせる。「従業員」は急いでいたので、その一つを付属室の厨房に落してきた。それがあとから入った山井善五郎に球根かと思って、拾われた、としたらどうであろう。

この場合、「従業員」はそのハシリドコロを雄爾に食わせる何らかの機能をつとめている。――捜査はここで急に活発になった。

地方署の捜査員はあらためて警察庁の協力を得た。警察庁では瀬戸内海のホテルと蓬萊閣のある県の警察本部に連絡して、事情を聴かせた。

ホテル側では、従業員を調べたが一年半前の当日のその時刻、だれも特別室に入った者はないと云った。

蓬萊閣では、その日の夕食に村川夫妻に出した料理のなかに、トリのモツとヤツガシラの生姜煮とを出したと云った。ヤツガシラは前年の秋にとれた貯蔵品で、味が落ちる。そのために板前は生姜煮にして甘辛い味を濃くつけたのだろうと蓬萊閣の調理場では云った。奥さんのほうは芋が嫌いなのか食べていなかったという。

しかし、警察側では別の解釈をとった。ハシリドコロの根は苦味がある。それを胡麻化すためにモツとヤツガシラに混ぜて生姜煮にし、濃い味を滲みこませたにちがいない。

その調理人は今どうしているかと警察では訊いた。あの騒動があって半年ほどして蓬萊閣をやめ、今は東京銀座に新しく開店した割烹料理店で板前をしていると、その名前を告げた。

これですべてが明瞭になったようなものである。蓬萊閣では、うちの調理場の者は現在でも白い上衣を着せているといった。もちろん村川夫妻にモツとヤツガシラの生姜煮をつくった調理人も白い詰襟の上衣をきていた。これはホテルの中で一瞬に見ると、ボーイのような従業員に見える。フロントでもその「従業員」の出入りには気がつかなかったろうし、内部に詳しい者なら、べつにフロントを通らなくとも、四階の特別室に「料理の材料」を取りに行ける。

警察では、漢方薬店でハシリドコロの根を求めた。それは山井善五郎のせまい庭から掘り出した「何かの球根」とまったく同じであった。あとは英子が夫に与えたハシリドコロの入手先の捜査だった。

警察署員は三人連れでサラリーマンの格好をし、夕方早く銀座の「かげろう」の店に入った。

何もかも新しく、設備も、そこに飾られた皿や器ものも立派なものばかりだった。三人は突き出しで酒をのんだ。すぐ眼の前には三十ぐらいの顔色のよくない男が白い上衣に白い前掛をかけて黙々と料理をこしらえていた。この男がどうやら調理人の中心のようだった。それだけの報酬は当然だったかもしれない。

おかみが現れた。三十六、七か。色の白い、愛嬌のいい女で、和服の上に白い前かけをかけていた。

「いらっしゃいませ」

と、おかみの英子は、三人の初めての客にカウンターの向うから愛想を振りまいた。

「やあ」

一人がもう酔った声でいった。

「おかみさん。天ぷらをつくってくれんか?」

「はいはい。板さん、天ぷらですよ」

と、英子は黙っている男に云いつけた。彼は眼を手もとの庖丁に落したままうなずいた。

「いや、材料（たね）は持参だよ。ほれ、これだ」

捜査係の年かさなのがポケットからハシリドコロの根をカウンターの上に置いた。

「おやおや。それは、どうも……」

英子が何気なしに眼をそれに向けた。とたんに悲鳴をあげた。

おかみの声に、黙っていた板前が、客持参の天ぷらの材料に視線を凝らした。彼の手から庖丁が落ちた。

山峡の湯村

序

金山から北へ下呂（げろ）温泉までの飛騨（ひだ）川沿いは昔から「中山七里」とよんでいる。昭和五年刊行の少々古い地理案内書には、こう出ている。

「両岸の絶壁は愈々高く、花崗質斑岩の水の浸蝕に抗したものが、河床に乱立して時に白泡を吹かしめ、時に緑玉の如き深淵にその姿を写してゐる。沿岸は矗々（ちくちく）たる杉林に、梢が煙のやうに見える落葉樹を交へ、これに朝霞（あさがすみ）のかけた有様は一幅の山水画である。わけて山ふところ、屋根に石を置いた人家の二三が、その一部に点綴（てんてつ）する三淵の附近は一層の妙趣がある。中山七里は、古来文人墨客の間には既に推賞せられてゐたが、不幸にも交通に恵まれない飛騨山中にあるがため、人口に膾炙（くわいしや）せられずして、今日に至つたのである。位置の必要なる必ずしも人と商賈（しやうこ）とのみに限らない」

いまでも「中山七里」の風景はそれほど変っていない。ただ、高山本線が岐阜から富山に通じ、国道四一号線がこれに沿っているので、金山から下呂までの二十五キロの間、北からは杉や檜（ひのき）材を積んだトラックが多い。貨車も杉材を積んで名古屋方面に行く。バスや列車は下呂温泉や高山への観光団体客を乗せ、マイカーの往来も頻繁である。西岸の車中から眺めると、白泡をかむ飛騨川の対岸絶壁の上には、ところどころ杉林が切り開かれて白亜の建物や住宅団地が載っている。

　高層のホテルや旅館が群立している下呂温泉をすぎると、両岸は段丘地となり、二十キロばかりで小坂の町につく。小坂は昔から製糸工場と材木集荷で知られている。谷の出口に発達した町で、ここで小坂川が飛騨川に注いでいる。小坂川の上流は御岳山の西麓から発する。小坂は御岳山の登山口でもある。だが、それは駅のこと、御岳山にとりつくまでは小坂川に沿って二十キロ近くも東に行かなければならない。

　飛騨の小坂川は急流と河床からのぞく岩石とで近年カヌーの競技場となっている。このへんには小さな温泉場が三つある。が、御岳山に行く道は途中で一つが岐れて北に向かう。その先は高山市に出るがまだまだ遠い。どこをむいても、空が狭い、山峡である。

　岐れた道から二キロ行ったところに樺原温泉というのがある。旅館は四軒で、まわりに土産物屋をかねた食料品店や雑貨屋や散髪屋や大衆食堂などがかたまっている。そのほかに駐在所と郵便局がある。樺原村の中心地で、戸数八十くらい。ほとんどが山林もちで、農家を兼ねている。米はできないから畑づくりだが、その野菜も自家用である。

この村から三キロばかり北に行くと、ダムの人造湖がある。南北に細長く、また彎曲していた。長さ約六キロ、幅は最も広いところで一キロ半、六年前に完成して「仙竜湖」という名前がついている。V字形の谿谷をそうしたので、中央部の最も深いところで三十メートル近くはある。もとあった三十軒ばかりの家が湖底に沈んでいる。

山あいの底のような樺原温泉の「谷湯旅館」の離れに一人の老人客が逗留している。三年前に来て、今は七十歳になっていた。

体格のいい年寄りだが、足腰が弱っていた。しかし、口は元気である。血色もよい。人と会えば一時間でもひとりで喋る。

老人の名は小藤平太郎といった。東京の下町の生れである。江戸弁で歯切れがよい。筆名は素風である。

小藤素風といっても若い読者はあまり知るまい。年輩の読者ならたいてい知っている。さらに小藤素風が飛騨のそんな山奥の、小さな温泉宿に生存していると知ったらおどろくにちがいない。世間から忘れられたというよりも死んだと思われている曽(かつ)ての時代小説家であった。

　小藤素風は、戦前から活躍した。大きな出版社の雑誌にはかならず彼の小説が派手な扱いで載ったものである。とくに大新聞に連載された「紅華剣嵐」は百万の読者を唸(うな)らせた。映画化され、当時の人気俳優が主演したこともあって大評判をとった。雑誌小説では「魔剣木曾街道」「愛染蔦(あいぜんつた)峠」「山嶽天狗走り」「江戸夜盗伝」などが代表作である。題名でも分るように小藤素風は剣に強い男を主人公に美女を配した時代伝綺(でんき)ものを得意とした。内容はいわゆる波瀾(はらん)万丈で、当時の大衆小説の人気の頂上にあった。

　大衆小説史研究家によると、小藤素風は筋つくりの巧みな点で他の作家の追随をゆるさなかったという。伝綺ものの特徴として探偵小説的な要素もある。それが素風の場合にはたいそううまい。人気を博する理由もそこにあったという。研究家によれば、素風は外国ものの探偵小説のタネを仕入れているのではないかというのだが、彼は外国語が読めない。

　戦時には、小藤素風も他の作家と同様に国民精神の昂揚に役立つような小説を書いた。が、これは彼の本領ではなかった。時代伝綺小説は、美男と美女のからみ合いで、雑誌広告の惹句(キャッチ・フレーズ)ではないが「妖艶な毒婦あり、美男の剣士あり、凄絶な姦婦あり、可憐な乙女あり、神出鬼没の盗賊あり、無道の悪党あり」でなければ面白くない。戦時中の時代小説は忠君愛国の勤王志士か、道徳的な主人公による儒学的な教訓が入らねばならなかった。素風は時節がらこうした不馴れな分野に手をつけたが、筆がぎくしゃくとしているし、筋が伸びない、彼の特色が出ず、面白くない。そのため彼は一挙に日陰の存在となった。

長い戦時中の休筆は戦後になって小藤素風の没落につながった。戦後、彼の時代小説はぼつぼつと雑誌の上に載りはじめたが、それは彼の復活を意味しなかった。時世は変っていた。いわゆる肉体派小説がもてはやされ、古い型の時代小説はかえりみられなかった。編集者は、名前を忘れられた旧人よりも、どぎつい官能派の新人を重用した。また、時代小説は出てきても戦前のそれとはまったく違った新鮮なスタイルをもっていた。素風の活躍の舞台だった種類の娯楽雑誌はすべて廃刊され、中間小説雑誌といわれるものにとって代られていた。素風は執筆の場を失った。それに老いてもきていた。

その彼が、六十の半ばをすぎてこの飛騨の寂しい湯村の宿に来て長逗留しているには理由があった。

三年前のことである。千葉の田舎に独りで住んでいた素風を一人の青年が訪ねてきた。

　そのころ、妻を失った彼は親戚の家に寄寓していた。ときどき、気まぐれな雑誌の編集者が原稿を注文するので、自分の食い分くらいはあった。小説ではなく、短い随筆ふうな読みものだった。素風は、時代小説を書いてきたので、江戸の市井生活のことを知っていて、彼の読みものは考証めいていた。惜しいことに目立たない雑誌に載っているため、大きな雑誌の編集者に拾いあげられることもなかった。編集者の年齢層も交代し、小藤素風がどういう人間だかも知らなかった。たとえ年輩の編集者がそれを見て思い出しても、すでに過去の人になっている彼を使うはずもなかった。

　しかし、世の中には変った人間もいる。その青年は古本屋で「紅華剣嵐」や「山嶽天狗走り」などを見つけて読み、また最近の随筆的読みものなどを月おくれの雑誌でよんでいた。そうして彼は小藤素風がそこに住んでいるのを知って愛読者として訪ねてきたのである。

　青年は梅田勇作と名乗った。そのときが二十八歳だった。彼は飛驒の樺原村の生れだが、いまは千葉の材木屋に働いていると云った。自分の村には杉、檜の山林が多い。げんに父親も二十町歩の山林を持っている。そのようなわけで樹を買いつけにくる材木屋の関係で臨時にその店に雇われているのだと説明した。

小藤素風は、愛読者が訪ねてくるなどとは二十数年来なかったことなので、たいそう喜び、その色白な顔の素直そうな若者にいろいろなことを話した。過去の作品の自慢話もしたし、現在でも交際しているという小説家のことを、その私事にわたる面もふくめて、面白そうに語った。それらの小説家は素風とともに過去の人間になったのもあるが、いまは一方の大家になっている作家もいた。

若者の何度かの訪問と相互の親しみが増したのち、素風は相手から飛騨の自分の家に来て執筆生活を送られてはどうかという誘いをうけた。親戚の家に厄介になっているとはいえ、そこで冷遇されている素風の環境を、勇作という若者は察したようだった。

飛騨か、と素風はもうだいぶん老いた眼を輝かし、久しぶりに遠いところを見つめるような視線になった。

勇作が口でその地理を説明しても素風にはその地理がすぐに呑みこめない。

素風は、それは「中山七里」の近くか、と訊く。この名は彼が戦前に「魔剣木曾街道」を書いたときに参考書を読んで知っていたのだ。「両岸の絶壁は愈々高く、急流は白泡を吹き、沿岸は矗々たる杉林」と素風は憶えている一章を云った。

勇作が、それよりもっと北で、小坂より御岳山のほうに入る方角だというと、素風は諒解してうなずいた。「小坂川の上流は甚だ奇、両岸の石は嶄然と削るが如く、石根は盤水中に横はり以て底をなす、水また清澂、鯉魚游泳して下るも、小なるは塵芥の如し」と素風は口ずさんだ。やはり曽て参考とした古い資料のうろおぼえである。かくて素風の心は大いに動いた。

先生、ぼくの家は山奥の宿屋ですが閑静です、ああいうところなら、いくらでも執筆がすすみましょう。御岳も近いし、木曾街道には三里も歩けば出られます。どうか、そこで山岳を舞台にした時代小説の傑作を書いてください、滞在費などは要りません、いつまでも逗留してください、と勇作はしきりと勧めた。

しかし、君の宿屋はご両親の経営であろう、君の一存ではゆくまい、と懐具合の心細い素風は危ぶんで訊いた。

いえ、父親は五十九歳になるがすごく人が好くてぼくの云いなりになります。後添の義母は父より十五歳下ですが、義理の息子のぼくには遠慮しています、義母の性格には少し問題がありますが、そんなことはたいして気になることではありません、と勇作はいった。

ぼくは身体が少々弱ってきたが、君のお義母さんに面倒を見てもらうのは恐縮だ、と素風は遠慮していった。

先生のお世話は女中にさせます、若い女が一人居りますから、先生をぼくの恩師のように云い聞かせます、ご遠慮なく使ってください、と勇作はいう。いまどき、そんな出来のいい女中さんが居るのかねえ、やっぱり山国だね、と素風が感心していうと、勇作はしばらく躊躇った末に打ちあけた。

その女中の名はお元といって、実は来年にはぼくと夫婦になる女です。ですから普通の雇い女中ではありません。どうかぼくの女房だと思ってなんでも不自由のないように云いつけてください。お元もぼくの云いつけは固く守るはずですから、そのへんはご心配要りません。勇作は強く請け合った。

小藤素風は勇作に感謝し、彼の誘いをよろこんで承諾した。このとき、義母の性格には少し問題がありますが、という勇作の言葉の意味を、素風はあまり深くも考えなかった。

1

太田二郎が、小藤素風を見たのは、飛騨の樺原温泉に来てからである。

私立大学で国文科の教師をしている太田は、学生課長として、学生騒動に長い間揉まれて神経衰弱に罹り、どこか山奥の温泉場でひと月くらい休養したいと思い、岐阜県の地図を拡げて、当てずっぽうに此処に来たのが夏の終りだった。飛騨の温泉ではいちばん静かそうなところだったからであろう。

予想以上に寂しい場所だったのにはおどろいたが、ノイローゼを癒すには格好の場所に思えた。山に囲まれた擂鉢の底である。

小坂駅からのタクシーを降りると、すぐ前に「谷湯旅館」の看板が眼についた。駐車ができるように前が少し広くなっていて建物はその正面に引込んでいた。こぢんまりとした二階建てで、建物の感じもそう悪くはなかった。

破風の屋根がついている玄関を入ると、なかはうす暗かった。正面に色紙を入れた額ぶちや大きな花瓶の菊が鈍く浮んでいた。

横から若い女中が急いで出てきた。彼女は黄色いブラウスに、スラックスというよりも黒いズボンをはいていた。どこの旅館の女中も夕方には和服になるが、それまでは労働着である。彼女のブラウスも衿がよれよれになっていて、ズボンもよごれていた。

太田は、一カ月ばかり滞在したいのだが、とその女中に部屋の都合をきいた。

その女中は、困った表情で首をかしげた。

「あいにくと、そういう部屋が空いておりませんので。申し訳ございませんが」

ズボンの膝を板の間に揃え叮嚀（ていねい）な態度で答えた。色白ではないが、その整った顔が太田の眼をひいた。身体は細く、ぜんたいがひきしまった感じで、二十二、三くらいだった。彼女は太田が玄関の前をはなれるまで、ひざまずいたままで見送ったが、それも太田の印象に残った。

そこを出た太田はスーツケースをさげて道路のゆるい坂を下った。バスが下からあがってきて、木材を積んだトラックとのすれ違いに難儀していた。狭い道路の両側には低い屋根の店がぽつぽつと燻（くす）んだようにならんでいた。一方は山の斜面が迫っていて、石垣の上に農家が乗っていた。

太田は、谷湯旅館から百五十メートルくらい下（しも）の「紅葉屋（もみじや）旅館」に入った。

夕食には、山菜料理のほかに鯉やヤマメなどの川魚が載っていた。このへんの名物となっている朴（ほお）の葉の上に盛る味噌焼も出ていた。器（うつわ）ものは高山の渋草焼、椀（わん）や膳は朱色の春慶塗（しゅんけいぬり）だった。

「ああ、それは、お元さんですよ」

給仕に出た安子という頬の赤い、顔も身体もまるい女中は、太田が谷湯旅館の玄関で断わられた話をすると、すぐその女中の名を云った。

「感じのいい女中さんだね。眼がぱっちりとしていて。ひきしまった身体つきのひとだったよ」

太田は箸をとって、印象を口にした。

「お客さんも眼が早いですね。このへんではいちばんきれいですよ」

「あの女中さんは、この近くの生れのひとかね？」

「あのひとはほんとうは女中さんではありません。能登の輪島からきているひとです」

「ほんとうは女中さんではない？　その口吻だとあの家の娘でもなさそうだが、すると親戚のひとが手伝っているのかね？」

「親戚ではありませんが、ゆくゆくはあの家の一人息子のお嫁さんになるはずのひとです」

「あ、そういうことか、なるほどね。いま二十二、三くらいかな」

「若くみえますが、お元さんはもう二十六です」

「それじゃ、この秋か来年の春あたりか、その息子さんとの結婚は？」

「それがね、お客さん。お婿さんになるはずのその息子さんが家を出てからあしかけ二年近くなるんです。何処(どこ)に行ったのか行先がわかりません。ハガキ一本寄越さないんです。息子さんは勇作さんというのですが、お元さんはその勇作さんの帰りをああして働きながら待っているんですよ。あの家には難儀な年寄りが一人、離れに三年ごしに寝たり起きたりしているんですが、お元さんは勇作さんの云いつけでその年寄りの世話をずっとみているんですよ」

「その年寄りというのは、その勇作さんとやらのお父さんかね？」

「いいえ。アカの他人です。勇作さんのお父さんもお母さんも元気ですよ。お父さんは谷湯旅館のご主人ですが六十二になります。お母さんは四十七です。ご主人と年齢が開いているのは後妻だからです。勇作さんには義母にあたりますね」

安子は何でも話した。

「それじゃ、離れの年寄りというのは？」

「逗留客です。それも三年前からですよ」

「お客さんかね。さっきのあんたの話ではお元さんが勇作さんの云いつけでその年寄り客をとくに世話しているように聞えたが、勇作さんがそこまでさせるわけでもあるのかね？」

「三年前に、その年寄りを勇作さんが千葉のほうからあの家に連れてきたんです。

そのときから勇作さんはその年寄り客の面倒をお元さんに見させているのです。そうして自分は二年前にぷいと家を出て行ったきりなんですが、それでもお元さんは勇作さんの云いつけを守って、年寄り客の世話をつづけているんですよ。その年寄りは、半分中気にかかったようなありさまで」

安子は云いかけて太田が眼の前で食事しているのに気づき、急にあとのことばをのみこんだ。太田は七十歳の老人が半分中気と聞いて、食事の給仕をしている安子の云いかけた言葉を察した。

「勇作さんは、なんでその年寄りをそんなに大事にするのかな」

太田は首をかしげた。

「さあ。あの年寄りは勇作さんの先生じゃありませんかね。お元さんも先生と呼んでいますよ」

「それでは、勇作さんが習った学校の先生かな」

「いいえ、ちがいます。お年寄りは小説家だそうですよ。わたしが聞いたこともない名前ですが、昔はだいぶん有名だったそうです。うちに見える年輩の方はその名前をご存知でしたよ」

「なんという名？」

「小藤素風さんというんです」

「なに、小藤素風？　小藤素風がこんな所に生きているのか？」

太田はびっくりして、箸を措いた。

「あら、お客さんもご存知でしたか？」

安子も意外そうな顔をした。太田の年齢からして、その名を知らないと思っていたようである。

「名前は以前から聞いている。小説は読んだことはないが、『紅華剣嵐』『山嶽天狗走り』といった題名ぐらいは知っているよ。ひところ有名だった時代作家だ。……そうか。小藤素風さんはこんな山の中に生きていたのかねえ」

太田は感慨深い息をついた。

「ほかのお客さんもそう云ってましたよ。まだ生きていたのかって、おどろいておられるんです。そんなに有名だったんですか、あのよろよろのお爺さんが」

「よろよろでも前は名前の売れた作家だ。長い間、書いた小説を見ないし消息も聞かないので、皆が死んだと思っていたのは無理もないさ。ぼくだって、子供のころに小藤素風の名を聞いていたものな」

太田は、すぐ近くにその人が逗留していると思うと、まだ感慨から醒めなかった。

内容を読んだことはないが、古本屋で小藤素風の単行本の表紙はときどき見ていた。どぎつい装幀に題名と著者名とが眼をむいていた。

「そうすると、勇作さんは小藤素風先生に師事していた小説家志望の人だったのかな」

「いいえ。勇作さんが小説を書いたなどとは聞いたことがありません。けれど、素風さんを尊敬して、勇作さんがあのお爺さんを千葉のほうから家に連れて戻って世話していたんです。さっきも云ったとおりそれが三年前です。離れに置いているのですが、滞在費は取っていないそうです。食費も部屋代もタダです。それが三年間つづいているのですが、あのお爺さんがこれから谷湯旅館に居すわる限りは何年もタダですよ。それは勇作さんがそう決めてしまったそうです」

彼女は、小さな七輪にかけた朴の葉に煮える味噌と豚肉と椎茸とを長い箸でつつきながら云った。

「勇作さんは素風先生にたいした打ちこみようだね。それくらい心酔されたら先生も本望だろうが、両親が息子の云うことをよく承知したものだね。やっぱり一人息子だからかな」

「お父さんの谷湯旅館のご主人は仏さまのように好い人です。持ち山に働きに行く一方、旅館では下男のように雑用の一切をやっています。この辺も人手が足りませんからね。あの家は、おかみさんが旅館の経営主のようです」

安子はあとの言葉を低く云った。

だが、それは谷湯旅館には限るまい、旅館業というのはたいてい主婦が切りもりしているようだ、と太田は思った。

「そのおかみさんもよくできたひとだね。息子が連れてきた素風先生を三年間も無料サービスして、これからも長くそうするというのだから。勇作さんとは義理の仲だから、そんなに努めているのかね?」

「あそこのおかみさんは、そんな義理なんか考えるひとじゃありませんよ。あのお爺さんを勇作さんの云うままになって快く迎え入れたのも、はじめは欲に釣られたからです」

安子という女中は遠慮なくしゃべった。その眼には谷湯旅館のおかみへの反感が色になって滲(にじ)み出ていた。

「欲? どういう意味かね?」

太田も、彼女の低いが強い語気に誘いこまれた。

「おかみさんは、あの先生を滞在させていたら、お金がうんと入ってくると思っていたんですよ。勇作さんがお爺さんを連れてきたときそう云ってたんですね。偉い先生だから、高い原稿料がいくらでも東京の雑誌社から送られてくる。本を出せばたくさん売れるから、そのぶんの税金も東京から送られてくる……」

「それは印税のことだろう。出版社が本を書いた人に支払うお金だよ」

「ああ、それそれ、印税というんでしたね。それがどっさり先生に入ってくると云ったんです。そのうえ、お爺さんは今の有名な小説家の人たちを知っているから、その人たちがここにたびたび訪ねてくる。小説家は金遣いが派手だから儲かる。勇作さんがそう吹聴したものだから、おかみさんはそれを真に受けたんですね。はじめはおかみさんもあのお爺さんには下にもおかぬ待遇でしたよ。勇作さんの言葉もあって、お元さんをずっと専属にお爺さんに付けていたのです。谷湯旅館は三人の通い女中がいますが、住みこみは勇作さんといっしょになるはずのお元さんだけです」

勇作は、そんなことを本気に両親に話したのだろうかと太田は疑った。すでに過去の人として存在を忘れられている小藤素風に雑誌社から原稿の注文があるはずもなかった。旧著が再版されるわけもなかった。そう云ったのは、勇作が両親の無知に乗じて、素風を置かせる口実にしたのだろうと太田は判断した。しかし、それほど勇作は小藤素風に私淑していたらしい。

「それが、すっかりアテが違ったんです。半年経っても一年経っても東京から素風さんにお金が送られてくる様子はありません。お爺さんは小説を書かないで、ぶらぶら遊んでいるんですから、お金になるはずはありません。あれは雑誌社から小説の注文がこないからでしょうねえ？」

「うむ。そうかもしれない」

「有名な小説家がたくさん素風先生を訪ねてくるというので、おかみさんも待ちかまえていたんです。そういう人が見えたら、谷湯旅館のことを小説のなかに書いてもらって宣伝してもらうつもりだったんです。それが、お客さん、一人も見えないんですからね。おかみさんは勇作さんに欺（だま）されたと思って腹を立てはじめました」

「気持は分るね。しかし、勇作さんのお父さんのほうはどうだったのかね？」

「そっちのほうはいいんです。あそこのご主人は梅田敏治さんというんです。今年六十二ですが、ほかの者が見ていて歯痒（はがゆ）くなるほど人が好いんですよ」

他人からみて歯痒くなるほど人が好い、という安子の言葉を太田はこのとき普通の形容に聞き流していた。

「ですから、あの素風さんが何年タダで逗留しようとなんとも思っていませんが、おかみさんはそうはゆきません。それでも勇作さんが家に居る一年の間は少し遠慮していましたが、勇作さんが居なくなると、お爺さんの世話を押しつけているお元さんに辛く当るようになりました。素風さんの食べものにしても、ろくなものは出さなくなりました。たとえば、素風さんは、野菜の味噌和えが好きです。それなのに、おかみさんは素風さんにはやらないのだそうです」

「野菜と川魚の刺身の味噌和えぐらい、たいしたこともないのに。素風さんが好きなら、あげればいいのに」

「それで、お元さんが本館のお客の食べ残りをこっそりと素風さんにあげているのです。素風さんが年寄りのわりあいに元気なのは、お元さんのおかげですよ」

「野菜の和えものと聞いたら、ぼくも欲しくなった。明晩のお膳に一皿つけてくれないかね？」

「はい、はい。変なことを思い出しましたね」

「あれはうまいからね。素風さんが好きなら、谷湯のおかみさんも出してあげればいいのに」

「おかみさんからすれば、素風さんは厄介ものなのです」

「気の毒だな。ところで、素風さんは、中風気味だとさっき云ったね？　それは谷湯旅館にきたときからそうだったのかね？」

「いいえ、こっちに来てからですよ。二年前です。眼まいがして仆れたんです。お医者さんにみせると、軽い脳軟化症というんですが、左手と右脚が少し不自由なくらいで、話すほうはなんでもしゃべれるんです。勇作さんが家を出て行ったすぐあとなので、お医者さんの支払いや薬代は、みんなお元さんが自分で出しているんです」

「お元さんというひとは、感心に素風先生によく尽すんだね」

太田は谷湯旅館の玄関で見た若い女をまた眼に泛べた。

「お元さんは勇作さんの残した云いつけを守っているのです。お元さんは、勇作さんのお父さんと素風さんと舅を二人かかえているようなものですよ。まだ、勇作さんとは正式には祝言をあげていませんけどね。いいえ、舅のように仕えているのは、勇作さんのお父さんよりも素風さんのほうにでしょう。あんな身体だし、ほかの通いの女中さんたちは知らぬ顔ですからね。お元さんは、素風さんの世話で、自分の着ているものも雑巾のようによごれているのです。すっかりやつれましたね。そうでなかったら、もっと、きれいなんです」

「そりゃ、お元さんも気の毒だ。けど、それにしても、おかみさんはどうしていつまでも素風先生をあそこにタダで置いているのかね？　勇作さんが居なくなったから、早い話が、先生を追い出しやすいんじゃないかね？」

「わたしたちもそう思うんですが、素風さんをあそこから追い立てようとすれば、お元さんが必死になってさからうでしょうからね」

「さからう？　お元さんはそんなに激しい性格かね？」

「いいえ、おとなしいひとですよ。でも、勇作さんの云いつけには絶対なんです。勇作さんの云いつけを守って、素風さんを庇いますから、おかみさんにもさからいかねないのです」

「素風先生も仕合せというものだね」

「そういう点ではそうかもしれませんが、おかみさんは素風さんを虐待していますからね。ろくな食べものも出さないのです。お元さんも辛いですよ」

「お元さんは勇作さんがよほど好きなんだね？」

太田は先刻から思っていることを口に出した。

「そうなんです。あのくらいお婿さんになる人を想っているひとも少ないと思います」

安子はつづけてうなずいた。

「それなのに、勇作さんは、どうして二年前に黙って家を出たのかね？　それきり便りもしないで」

「それは知りません」

安子は朴の葉をのせた小さな七輪と、朱塗の膳とを引きながら云った。

「お粗末さまでした。……お客さん、こんなことをわたしがおしゃべりしたとはだれにも云わないでくださいよ」

2

樺原温泉は坂道に沿って家がならんでいる。旅館、土産物屋兼食料品屋、日用品屋、大衆食堂、理髪屋、郵便局、駐在所などが両側に一列にならんでいる中心地を七百メートルもすぎると、すぐに農家になる。板ぶきの屋根に石を置いたのやトタン屋根は少なく、入母屋（いりもや）や切妻の瓦屋根の大きな家が目立った。このへんは山林を持っている人が多いので裕福とみえた。

まわりの山は午前中まで霧がかかる。雨が降ると灰色につぶされ、山の裾（すそ）だけが黒くのぞく。そこにも杉林の赤い幹がならんでいた。この道路には杉の木材を積んだトラックが車体を震わせながら始終通った。道路を北に三キロ行くと人造湖に出る。その先は高山市に達する。湖から高山の間にも小村があるので、バスは一日に四往復あった。

太田がはじめて小藤素風を見たのは、紅葉屋に入って三日目で、昼飯がすんで散歩に出たときであった。小雨が降っていて宿の傘をさしていた。道路から日用品店の角を曲って細い路をだらだらと下りると、川ぶちに出る。西流する小坂川ではなく、北流する秋神川（あきがみ）の上流にである。このあたりが分水嶺で、川の流れが違ってくるのだ。秋神川は北に走るが、西に六郎洞（ろくろうぼら）山とか栃尾山とか千四百メートル級の山があって、この麓（ふもと）を大きく迂回して西に向かい、高山の南の久々野（くぐの）という町に出る。高山本線の駅もある。その栃尾山の東麓にダムの人造湖がある。

川ぶちに出たところが谷湯旅館の裏側だった。旅館の裏はどこでも物置小屋とか物干場とか炊事場の端とかがあってごたごたしているが、ここでも同じことだった。太田がふとみると榎（えのき）の下の井戸端に女がしゃがんで大きなたらいで洗濯をしていた。その水音で太田も気づいたのだ。女のひきつめ髪とよれよれのブラウスに見おぼえがあった。その肩は小雨に濡れていた。その傍にはコスモスのひと群れがあった。花は雨にうなだれていた。

下駄の音に、女のほうも顔をあげて見返った。やはりお元だった。

彼女も太田の顔をおぼえていてすぐに身体を起した。急に立ち上がったせいか、彼女の四肢の発達が眼についた。鼠色(ねずみいろ)によごれた黒いズボンの膝に両手を当てて太田におじぎをした。

「この前は、どうも済みませんでした」

お元は大きな眼を眩(まばゆ)そうにして玄関先で断わったことを詫びた。

「どういたしまして」

太田は、ちょっとあわてて返事した。こんな温泉地で、知らぬ顔をされるのが当り前なのに、あんなことで詫びられるとは思わなかった。お元のズボンでたらいの中はかくれていた。

「紅葉屋さんにお泊まりですか？」

お元は微笑(ほほえ)んで云った。太田の番傘には宿の名が大きな字で書いてあった。お元は、皮肉で云ったのではなく、安心したような表情だった。

「ええ」

何か云うと、こっちの言葉のほうが皮肉に聞えそうなので、

「お忙しそうですね」

と、太田はいった。彼女のほつれた髪には雨の滴が小さな玉になって付いていた。

「ええ」

こんどはお元が云って少し恥しそうに下を見た。

このとき、榎の木の向うから大きな声が聞えた。

「お元、お元。何やってるんだ。岡垣君がみえているというのに、早くこっちに来ねえか！」

声のきたほうを太田が見ると、遠い家の縁側に茶色の袖なしを着たまる禿げ頭の老人が立っていた。老人はこっちのほうを睨みつけていた。その横には髪の長い、瘠せぎすの青年が控えるように立っていた。

太田はその老人が小藤素風と察したので、まだ言葉は交わしていないが、頭をさげた。素風らしい老人は知らぬ顔をしていた。が、横の青年は軽く頭を下げた。

「あの、もう少しで済みますから」

お元が答えると、老人は返事もせずに青年を従えるようにして暗い部屋の中に引込んだ。

「どうも失礼」

太田はお元に云って、逃げるようにしてそこを去った。が、そのとき、たらいの中に浴衣ぎれがいっぱい水に浸(つ)けてあるのを見た。赤ん坊用のよりも大きなおしめだった。

太田は川岸を歩いた。川面(かわも)も橋も煙っている。お元に宿を断わられた理由がはっきりしてきた。小藤素風が居る限り長逗留の客は困るのである。三日前の夕食のとき、紅葉屋の安子が云いかけた言葉を呑んだわけも、お元が大人用のおしめを洗っていることでさらにはっきりとしてきた。

二、三日くらいの泊り客だったらお元もよろこんで迎えるにちがいない。しかし、一カ月の長い逗留では、それ用の別部屋に客を入れなければならないし、そうすると素風が寝起きしている離れと近くなる。中風気味で失禁する老人の生活部屋が近ければ逗留客に不快を与えるので、それでお元は断わったのだろうと太田は判断した。

彼は、小藤素風をはじめて垣間見(かいまみ)たのだが、老人の姿も、お元に声をかけた態度も傲岸(ごうがん)そうだった。過去の人間でも曽ての華やかな小説家の矜恃(きょうじ)が半ば廃人のようになっている年寄りにはまだ残っているのであろう。お元さんは二人の舅を抱えているようなものです、といった安子の言葉も、いまのちょっとした場面から実感となった。

太田がそこに佇(たたず)んでいると、小雨の中から雨具をきた男が現れて細長い板橋を渡ってきた。男は背にカゴを背負い、前こごみの姿勢で歩いてきた。彼は太田の前を通るとき、

「今日は」

と、嗄(しゃが)れた声で会釈(えしゃく)した。知らない人間でも挨拶するのがこのせまい土地の風習らしかった。

頭をさげたときに雨具の頭巾が揺れて、その男の横顔がのぞいた。六十の半ばをすぎたと思われる皺(しわ)の多い顔だった。背中のカゴには切り取った小枝や草といっしょに鉈(なた)や鎌が入っていた。その後姿は、お元がおしめを洗濯していた谷湯旅館の裏に入った。

「今日は谷湯旅館の外から小藤素風先生をそれとなく拝見したよ」

夕方、春慶塗の膳の向うに坐った安子に、太田は昼間の垣間見の顚末(てんまつ)を話した。

「ああ、お爺さんの横に立っていた若い人というのは岡垣さんという人でしょう」

安子は当てた。

「そう、素風先生はお元さんに、岡垣君が来ているからと呼んでいたよ。岡垣とい

う青年はどういう人かね?」

「岐阜の繊維工場につとめている人だそうです。素風さんに小説のことを教えてもらいに来ているそうですが、毎月四、五回は谷湯旅館やこの近所で姿を見かけますよ。もう一年前からです。自分でも小説を書いているのでしょう」

「岡垣君は、こっちには泊りがけでくるのかね?」

「日帰りですよ」

「岐阜から日帰りだとたいへんだな」

「いいえ、そんなこともありません。岐阜から小坂まで急行で二時間半くらいですから。それからはバスです。車でも岐阜から三時間半でこられます」

「彼は車でくるのかね?」

「このごろはマイカーのようですね」

文学青年は昔から多いけれど、大衆文学作家志望も、近ごろはふえているのだろうと太田は思った。

「あんな中風病みのお爺さんに習ったところで小説を書く役に立つのですかね。お爺さんは人に教えるどころか、自分の小説もさっぱり売れないのに」

安子は、ずけずけと云った。素風を尊敬していないようだった。

「それもそうだが、自分で書くのと人に教えるのとはまた別だからね。素風さんはいまでこそ年齢をとりすぎているけど、むかしは売れっ子の小説家だったんだ。それだけに時代ものの知識がいっぱいある。岡垣君はそれを教わりに来ているのだろう」

「素風さんはエライ人なのかもわかりませんが、いまは頼りなさそうですね。あのお爺さんは、お元さんに威張ってばかり居て」

安子の反撥は素風に顎で使われているお元への義憤のようだった。お元には舅が二人いるといったのもそれなのである。

それで、太田は云った。

「そのとき向い岸の山のほうからきて板橋を渡る六十五、六くらいの年寄りに遇ったがね。その人は、背負ったカゴに鉈と鎌を入れていたが、谷湯旅館の裏に入って行ったよ。あれはあそこの雇人かね？」

「ちがいます。それは旦那ですよ。勇作さんのお父さんですよ」

「あれが梅田敏治さんか？」

「そうですよ。六十五、六くらいに見えたのは顔の皺が多いからでしょう。あれで六十二です。後妻のおかみさんは四十七ですから十五ちがいです。でも、おかみさんのほうは若づくりで、四十二、三くらいにしか見えませんから、旦那とは二十くらい年が違ってみえます」

「旦那は草刈りかなんかして、ずいぶん働き者だね。普通の旅館の主人らしくないね」

「そうなんです。下男のようでしょう？　あそこは山を二十町歩ばかり持っていますからね。旦那は朝の暗いうちから起きて杉の植林を見回ったり、下枝や下草を刈ったりして、ひとりで働いているのですよ。いまは人手がありませんからね。山の中には旦那が休む小屋もあるそうです。道具を入れる物置小屋ですが、おかみさんもだれも、そんなところには寄りつきません」

太田は、谷湯旅館の主人の姿をあの橋のところで見てからは、安子の話に現実味を感じていた。

「それにしても勇作君は、どうして家を出たんだろうね？　それからもお元さんの待っている家に便りもしないで」

太田は前と同じ質問をした。

「さあ、分りません」

安子の返事も同じだった。

「その皿にのっているワカサギは仙竜湖で獲れたものですよ」

と、話を変えた。

3

この旅館にも団体客が入って夜の宴会などがあるが、下呂温泉のようには派手でない。田舎の団体なので小規模である。多少は煩くても、朝から夕方までは一軒屋のように静かなので、太田のノイローゼもだいぶん調子がよくなった。

ここに来てから五日目くらいだった。太田は散歩のとき、ためしに大衆食堂に入った。三時ごろなので腹も少し空いていた。

表にトラックがとまっていたので想像したとおりうす暗い店内には運転手と助手とが二人、ソバをすすっていた。客はそれだけでなく、隅のほうに中年の男女が対い合って坐り酒を飲んでいた。女は青っぽい地の小紋に黒の羽織をきていた。男はでっぷりと肥え、茶色の着物に角帯を締めていた。

太田が店の者にソバを注文すると、その男女客は席から立ち上がった。卓の上には銚子が五、六本と、食べ散らかした皿が四枚あった。皿には鯉の洗いや虹鱒の骨が残っていた。

「どうもご馳走さま」

女は、男を先に外に出して、懐からしゃれた財布をとり出した。髪にはウェーブがかかり、白粉を真白に塗っていた。四十五、六くらいの面長で、眼が細く、うけ唇の顔だった。眼の上には濃い描き眉を引いていた。

「いいんです、おかみさん。この次にしてもらいますよ」

店の主婦が笑顔で云った。

「いえ、今度は取っておいてください」

おかみさんといわれた女は愛嬌顔でいうと、店の主婦に勘定を払った。その様子には色気さえこぼれていた。彼女は男のあとを追うように急いで外に出た。

「谷湯のおかみさんも相変らず発展がつづいているんだな」

いままでソバの丼碗にかがみこんでいた木材トラックの運転手が無精髭の顔をあげて主婦に云った。

主婦は返事に困ったように笑っていた。

「いまの男は桜中軒京丸だろう？　あの仲も、もう三年越しだな？」

食堂の主婦はほんの少しうなずいた。そこに湯治客と分る太田が居るのにも気がねがあるようだった。

「昼間からこんなところに入って酒を飲むとは両人とも胆が太いね。それとも、自分の旅館で飲むのはやっぱり気がひけるのかな」

「……」

「これから下呂にでも遊びに行くのかなァ。あの連中はよその温泉に行くと、高級ホテルに入るからなァ。もっとも、金はおかみさん持ちだから、京丸はニヤニヤだが」

なにを云っても主婦は黙って笑っていた。この店と谷湯旅館とは五十メートルと離れていなかった。

トラックが表でエンジンをふかし、家の軒を震わせて走り去ると、太田もその店を出た。むろん男女の姿はなかった。たいへんなことを聞いたと思った。――

「太田さんの耳に入ったんだったら仕方がありませんね」

夕食のとき安子は食膳の向うで下をむいて笑った。背の低い、赤ら顔の彼女も日が落ちると化粧をつけ和服になる。安子自身の話によると、宴会の客や泊り客で彼女を口説く者がいるということだった。

「その着物に角帯の男は、浪曲師で桜中軒京丸というんです。四年前までは田舎まわりのイロモノ一座にいたのですが、高山にきたとき、そこに遊びに行った谷湯のおかみさんと一晩で出来たということです。京丸は一座とはなれてひとりになり、下呂の旅館を回って余興などに出るようになったんです。三味線も弾けますから、自分で鳴らしながら唸るのです」

「それで生活しているのかね？」

太田は大衆食堂で見た小肥りで精力的な浪曲師の顔を泛べた。

「そんなことで生活できるもんですか。京丸は小坂と下呂の間の上呂（じょうろ）というところにアパートをかりているけど、その家賃も生活費も谷湯のおかみさんが出しているということです。京丸は余興でかせいだ金でバクチをしたり、下呂のバアの女と浮気したりしているので、よくおかみさんと大喧嘩（おおげんか）になるそうです。でも、それは痴話喧嘩で、すぐにおさまるということです。おかみさんのほうが京丸に惚（ほ）れているんですよ」

大衆食堂でちらりと見た両人の様子も、安子の話を裏づけているように太田には思えた。

「そんな関係がもう三年ぐらいつづいているのかね。おどろいたね。……それで谷湯の主人はおかみさんのその素行に気がつかないのかね？」

太田は訊きにくいことをきいた。

「旦那もとうに気づいていますよ。この樺原温泉ではおかみさんと京丸の仲をみんな知っていますからね。けど、旦那は知らぬ顔をしているのです」

太田の眼の前を山林から降りてきた雨具姿の男が横切った。

「どうして旦那は女房の不行跡を咎めないのかね？」

「それは旦那がおかみさんに惚れているからですよ。逃げられるよりは眼を瞑っていたほうがましだと思っているからじゃないですか。人のいい旦那ですからね」

「けど……いや、そういうものかねえ」

「そうですよ。惚れた女房には何も云えないのですよ」

「そういえば、初めて見たが、あのおかみさんの様子にはなんとなく色気があるよ」

「男の方にはそう映るでしょう。女の眼にもそれが分りますから。前身は木曾福島の料理屋の仲居だったということです。それで素人とは違って、玄人っぽいのです。谷湯の前のおかみさんが八年前に亡くなったあと、世話する人があってあの栄子さんが旦那の後添にきたのです。それからは旦那の可愛がりようったら、眼がなかったですね」

「そうか。道理であのおかみさんの身のこなしには、水商売の出のような粋なところがあると思ったよ。しかし、そんなにおかみさんが可愛いのに旦那は浪花節語りとの仲を知ってどうして怒らないのかねえ。ふしぎだな」

「ですから、旦那はおかみさんが家の中に居るだけでいいんですといったでしょう。年をとるとおかみさんとの年の違いが出てくるんでしょう。旦那は六十二ですが、四つも五つも老けてみえるくらい身体のほうも衰えているんでしょう。それにひきかえ、四十七の栄子さんは逆に四つも五つも若くみえるくらいに身体のほうも絶倫だという噂ですよ。それじゃ旦那も引込むより仕方がないでしょう。浪曲師との仲を憤ったりすれば、おかみさんに逃げられると恐れていますからね。逃げられるよりは、黙っていたほうがいいんでしょう」

雨具の頭巾の間に見えた皺だらけの顔がまたも太田の眼に蘇った。

「それでは聞くけど、勇作さんもお元さんも栄子さんと浪曲師の仲を知っていたのかね？」

「知っていますとも。でも、お父さんが我慢しているのだから、勇作さんもお父さんが可哀想で継母には何も云えなかったのですね。お元さんとなると、なおさらですよ」

「なるほどねえ」

「勇作さんが素風さんをあの家に連れてきたのが三年前です。そのとき千葉に行ったのも、継母と桜中軒京丸との仲がはじまったときで、それが辛抱できなくて一時とび出したんだと思います」

「そうすると、二年前にその素風さんをお元さんに任せ放しにして勇作さんがまた家を出て行ったのも、義母の不行跡がいよいよ辛抱できなくなったからかね？」

「それが大いに関係があると思います」

「それにしても、勇作さんが、お元さんにもお父さんにも黙って家を出て行って、しかも行先から家に便り一つしないというのは解せないね」

そのことでは太田の質問は三度目である。

これまで二度とも、知りませんと答えていた安子は太田のほうにひと膝寄せると、低い声で云った。

「太田さんだから云いますが、だれにもおっしゃらないでくださいよ」

安子はいかにも秘密を打ちあけるときの深刻そうな眉をつくった。

「絶対、人には洩らさない」

「勇作さんには新しい恋人ができて、それでお元さんにも黙って家出して駈落ちをしたということです」

「えっ。それは、この村の娘さんとかね？」

「いいえ、違います。高山の喫茶店に働いていた女の子だそうです」

「高山の？　勇作君はそんなところに遊びに行っていたのかね？」

「勇作さんは、家の中が面白くないから、ときどきほうぼうに行くのです。千葉に行ったときもそうですが、お元さんとは富山のレストランで結ばれたんですよ。お元さんがそこでウエイトレスをしていたのです」

「ああ、そういうことか。それで、君はお元さんが能登の輪島から来たとこの前ぼくに云ったっけね？」

「そうです。お元さんが輪島で何をしていたか知りませんが」

「そうか」

太田は考えていた。

「勇作君の駈落ちのことは、お元さんもまだ知らないのかね？」

「もちろん、それは知ってますよ。おかみさんはお元さんに出て行ってもらいたいから、駈落ちのこともお元さんにはすすんで話しています。でも、お元さんは、勇作さんがきっと帰ってくると思って、五年でも七年でも辛抱するつもりですよ」

「勇作君もひどいなァ。中風気味の素風さんの世話はお元さんに押しつけておいて、ほかの女といっしょに逃げるなんて」

「男の人って、そんなものじゃないですか?」

安子は太田の顔を見すえた。

「さあね。そりゃ、人によりけりだろうが……」

太田はふと気がついてきいた。

「その勇作君の駈落ちの話は、どこから聞えてきたのかね?」

「あのおかみさんが人に話したのが伝わっているようです」

「ほう、すると出所(でどころ)は、谷湯旅館のおかみさんか?」

4

まだ五日間ぐらいの滞在だったが、太田は谷湯旅館についていろいろな話を安子から聞いた。安子から進んで噂を耳に入れたのではなく、いつも太田の質問に彼女が答えたのである。谷湯旅館の玄関に出たお元、その裏の離れに小藤素風といっしょに立っていた岡垣という岐阜の文学青年、川べりの橋のところで遇った谷湯旅館の主人敏治、大衆食堂で見かけたその後妻のお栄と浪曲師京丸。みんな太田の目撃と絡み合っていた。

太田には、一場面の目撃から、各人物の過去現在の経歴が彷彿と浮び上がってくるようであった。

山あいの湯の宿にも、これだけの人間模様が織られていた。平凡な感想だが、それを平凡でなくしているのは、曽ては聞えた時代小説家の小藤素風が一枚入っていることだった。

垣間見た小藤素風に直接話しかける機会が太田に案外早くきた。

紅葉屋の安子が、「仙竜湖」を一見したほうがいいとすすめたので、太田は郵便局の前を午前十一時に発着する高山行のバスに乗った。間に一つ停留所があるだけで、人造湖畔までは十分ぐらいだった。

仙竜湖は細長く、湖畔の道は曲っている。湖にはなんの観光施設もなかった。ことに対岸には鬱蒼と繁った山が逼っていて水面に濃い色で倒影していた。まさに山湖の風情である。山の頂上から斜面にかけては自然林の闊葉樹が蔽いかぶさり、もりあがっていた。落葉樹が多いらしく、うすく黄ばんでいた。このへんは高地だけに秋が早かった。

人もいないので太田はぶらぶらと歩いた。一つの角を曲ると、湖の新しい形がひらけてくる。ときどきカケスやヤマガラが啼くだけで、気持が悪いくらいに静かだった。トラックが騒音を立ててくると、かえって人間臭くなって吻とする。湖面には魚がはねて輪をひろげた。鯉か虹鱒のようだった。

一つの角を曲ると、道傍に立札が出ていた。《釣客の皆さんへ》と大きく書いてあった。《岸辺は急斜面ですから足もとによく注意してください。夜釣は禁止です。漁業組合》

「やあ」

うしろから大きな声をかけられて、太田はびっくりした。そこには、うすい袖なしに縞地のモンペをはいた禿頭の小藤素風が、岡垣という青年を連れて立っていた。

太田はあわてて頭をさげた。

「あなたは紅葉屋にご滞在の方ですね？」

小藤素風はしっかりとした声でいった。骨ぐみが太いので入道のような感じがする。が、前こごみで、顔じゅうに皺をたたんでいた。眼脂が溜まり、水洟が光っていた。近くで見るとやはり七十を越した年齢相応の顔だった。その顔が太田に微かに笑いかけていた。

「小藤素風先生でいらっしゃいますか。先日はちょっとお見かけしましたが、ご挨拶もいたしませんで失礼しました」

太田は鄭重(ていちょう)に頭をさげた。小藤素風の名は少年時代の記憶にあった。長じてからの記憶は古本屋の店頭だった。

「素風です」

年寄りは満足そうにうなずき、前こごみの首を伸ばすような姿勢になった。彼は傍の青年にちょっと顎をしゃくった。背広姿の彼はすぐにすすみ出た。

「岡垣季一と申します。小藤先生に小説のご指導を仰いでいる者です」

岡垣季一は二十七、八くらいで平凡な顔をしていた。眼が小さく、上唇が少しまくれたような感じであった。

「岡垣君には歴史小説を教えてやってます。いまの若い連中は歴史をろくすっぽ知らねえですからね。江戸の南北町奉行が、江戸で二つの地域を別々に受けもってるなんて書いてる、ひでえのがあります」

素風は時代小説を教えているとはいわないで歴史小説と云っていた。言語障害はまったくなく、かえって江戸弁の歯切れのよさが響いた。皺にかこまれた唇の間からは、義歯の白さが目立った。

「先生のお名前は、ずっと前から承っております。こういうところでお目にかかるとはまったく意外で、ぼくにとって光栄です」

太田はもう一度頭をさげた。

「ありがとう、ありがとう」

素風は、片手に握った布で鼻汁を拭いて云った。やはりうれしそうだった。その瞳は真黒ではなく、鳶色をしていた。老人性の白内障かもしれなかった。

「お散歩ですか？」

「うむ。今朝早く岡垣君が車を岐阜から持ってきてね。それに乗せられて、しばらくぶりにこの湖を見にきました」

その自家用車は近くに見えなかった。もう一つ先の角の蔭であろう。その車の中にはお元が待っているのではないかと太田は思った。

「太田君は、ここははじめてですか？」

素風は、渡された名刺でもう名前をおぼえていた。

「それでは、ちょっと説明してあげよう」

素風は湖面のほうに向かい、二、三歩あるいた。その片足が小さくよろめいた。彼は草履をはき、それには草鞋のように紐がついて足を結えていた。

「先生、お危のうございますよ」

岡垣が横を支えるように手をかけた。

「大丈夫だ」

素風は岡垣の手を振り払った。

「太田君。この人造湖は仙竜湖というんです。寺の住職が竜が潜む湖とつけたのに村の奴らが仙人の仙に改めた。仙竜では意味をなさねえ。竜が潜む、この湖を見ていると、いかにもその感じにぴたりなのに」

素風が手をあげて対岸の山をさした。

「あの山は海抜一三五〇メートルあるが、ここからだと、そう高くは見えないですね。この土地が千メートルを超えてるんでね。あの自然林は落葉樹が多い。あの通り色づいている。落葉樹にはヤマザクラ、シデ、ホオ、サンショウ……」

素風があとの名を思い出さないでいると、岡垣があとを助けた。

「イタヤカエデ、オオバカエデ、ミズナラなどです」

「そうだ。鳥にはフクロウ、ブッポウソウ、ヤマガラ、それに、ええと……」

「カケス、カワセミなどです」

「そういうのがいる。朝と夕方は鳥の群れの啼き声が湧き上がる。これが騒ぎだ。

動物はキツネ、タヌキ、ウサギ、クマなどです」

「クマもいるんですか？」

太田は対岸の山林を見透かすようにした。

「奥に入ると棲んでいると村の者は云ってる。滅多に姿を見せねえそうだがね」

湖面の中ほどで水の輪がいくつもひろがった。

「鯉や虹鱒がいそうですね？」

「いる。ワカサギもいます」

「釣りにくる人が多いらしく、こんな注意札が立っていますね」

「急斜面だからね。こっちのほうは、それでも道路わきをコンクリートで固めてあるが、向う岸は護岸がしてねえから、小石が崩れて足もとが危ねえ。谷のかたちのままで上から湖にすべりこんでいる。Ｖ字形の谿谷だからね」

「なるほど、そういう地形ですね」

「水面からいちばん深いところで三十メートルはある。もとあった渓流の河床です。もっとも、あの辺だと……」

素風は左手の岸近くを指した。そこは太田がバスを降りたあたりだった。

「十メートルくらいの水深かな。渓流沿いに段丘があってね。そこに三十戸ばかりの農家がありました。六年前に水の下に沈んだ。湖底の村です」

「ははあ、そうですか」

太田は何も見えない湖面を眺めた。湖底の村というと、なんとなく悲哀感をもつ。

「けれどね、太田君。湖底に沈んでいるのは家ばかりじゃやねえ」

素風は自分でも湖面に眼を据えて云った。

「はあ。ほかにも何か沈んでいるんですか？」

「いろんなものが下に沈んでる」

素風は風にむかって云うような表情をした。眼の隅には脂(やに)が溜まっていたが、その鳶色がかった瞳は遠くのほうを見ているように動かなかった。

「どんなものが沈んでいるんですか？」

「竜かもしれねえな」

「え？」

「潜竜だ。そう思ったほうが神秘的だな」

素風は白い義歯をむいて笑った。

折りから雲間から陽が射し、光線が数条に分れて湖面を光らせた。

「あ、カワセミがかずいた」

突然、岡垣が意味不明なことを小さく叫んだ。雀より少し大きい鳥が水面から飛び立って対岸に去った。降りそそぐ光の筋を横切るとき、鳥の体は一瞬に青色に耀いた。その長い嘴は魚をはさんでいたように思えた。

太田は、はっとして岡垣の口もとを見た。岡垣はカワセミの去った森にまだ眼を放っている。湖面には大きな輪がひろがっていた。

「そろそろ帰ろう。少し寒くなってきた」

素風が足に紐をくった草履を一歩動かした。岡垣青年はわれにかえったように素風を支えた。こんどは素風も断わらなかった。

「先生、いますぐ車を持ってきますから、ここで待っててください」

岡垣は素風の肩を両手で抑えるようにして太田にふりむいた。

「済みませんが、それまで先生をおねがいします」

「わかりました」

太田がうなずいて素風の傍に寄ると、すぐに岡垣は車を置いた方角に駆け出した。

「あの男は親切です。……」

岡垣の姿が道の角に消えると、素風は下唇を突き出した。

太田は意外な言葉に老人の顔を見た。

「小説家になりてえといってぼくのところに一年前から来ているが、まだまだです。歴史の知識といったら中学生なみです。ぼくの云うことを熱心にメモはしているが、まだよく理解ができません。そのうえ、原稿を見てくれと五十枚くらいのを何度も持ちこんできますが、合格まではいきませんな。まあ、頑張っているから、あと二、三年もしたら、どうにかモノになるでしょう。だが、当人は早く中央に出たがっている」

素風は話した。

「それで当人はぼくに頼って東京の大きな雑誌に小説を載せてもらうつもりでいる。そりゃ、ぼくだって東京の主だった出版社の幹部連中はほとんど識ってまさァな。ぼくの係だった男がいまは社長や重役や編集局長をしている。ぼくが紹介すれば、すぐにでも雑誌に載せるはずです。それから、現在は売れっ子作家になっている若い連中ですがね……」

素風は著名な時代小説作家の名を三つ四つ挙げた。みんな五十代六十代で、大家もいた。

「その連中がもっと若いときには、ぼくに教えを乞いにきたものです。いまはみんな忙しくなって足が遠のいてるが、手紙などをときどき寄越している。だから、その連中に云ってやっても、連中からすぐに雑誌社に命じてぼくの紹介する原稿を載せさせますよ。しかしね。現在の岡垣の原稿を送ったんじゃ向うさまが迷惑する。ぼくだって恥をかくからね」

「岡垣君は岐阜でどんな仕事についているんですか？」

「繊維工場の人事課だとかいってましたな。つまり、新卒の青田刈りというのかな、翌年に卒業する女子高校生や中学生を目当てに工員募集で全国の村々をたずねて歩いている奴です。いまは繊維も不景気で、青田刈りを中止しているので、やっこさんも去年あたりから暇らしい。それでいまの会社に居てもウダツがあがらねえから小説家になろうと決心した、といってました。一念発起もいいが、自分の才能と相談しなくちゃね。ずいぶんぼくもやかましく指導してるんだが、まだまだ修業をしなくちゃいけない。ぼくも彼があんまり一生懸命なので面倒をみてますがね」

角の向うから車の音が聞えたので、素風は話をやめた。

白い中型車がきてとまり、岡垣が降りた。

「先生。お待ち遠さまでした。……太田さん、お世話になりました」

岡垣は素風の弟子として太田にも礼を云い、鞠躬如（きっきゅうじょ）として小説の師匠に近づいて、その身体を恭（うやうや）しく支え、開いたドアから座席に抱え入れた。

素風は、彼の奉仕を当然とする師の態度になっていた。

誘われて太田も便乗することになり、素風の横に坐った。素風に付いていると思ったお元は乗っていなかった。岡垣に委せたのであろう。

「小坂駅のある小坂には、朝六橋というのがあります」

素風は、岡垣の運転する車の中で太田に説明しはじめた。

「橋はどんな暗夜でも朝の六ツごろの仄明りがしているのでその名があると橘南谿の東遊記というのに出ている。この橋の下の川底に名玉が沈んでいるのでその明りのせいだという故老の言葉につづけて、南谿は、まことにさもありぬべく覚ゆ、とも書いています。昔の人は、地に耀く光明を埋没物のせいにした。たとえば、佐渡金山の発見は、海上からみて島の山に光が立っていたからだという。地下の金が精となって上に立ち昇り、それが光明になったというんです。金精という言葉はこれから出ている。伊豆の大仁金山の発見も同じで、これは家康のもとで金銀山奉行にまでなった大久保長安がまだ旅回りの猿楽師だったころ、三島の宿に泊まり合せた男から、この先の山に光が出ると聞き、大仁の金鉱を掘り当てたのです。……」

太田の鼻にさっきから異臭が漂っていた。それが前の助手席から臭ってくる。そこにはズック製の大きな手提袋が置いてあった。太田は、お元が井戸端のたらいで洗っていたおしめに思い当った。異臭は、素風の汚れものの付いたおしめが突込んである手提袋からだった。

しかし、助手席のすぐ横でハンドルを動かす岡垣青年の背中は、素風の話を勉強するように熱心に聴いていた。異臭などいっこうに感じない様子だった。

5

安子が変な噂話を太田に伝えた。

仙竜湖に奇妙な鳥の啼き声が一年半ばかり前からしているというのである。

「あの湖のまわりにいる鳥はたいてい種類がわかっているのです。カラス、フクロウ、ブッポウソウ、ヤマガラ、カケス、カワセミなどです。ところが、その奇妙な鳥の啼き声は、それらとは違うらしいのです」

「別種の鳥が移ってきたのかな」

「そうかもしれませんが、聞いた人にも何の鳥だか見当がつかないそうです。つづけては啼かないで、ピーとかなしそうに啼くと、それきり長くやすむ。そしてまた同じ啼き声がするそうです。それも、めったに聞いた者はありませんが」

「すると、めったには啼かないのかね？」

「昼間は啼かないのです。ですから、見物や釣りに来ている人は聞いていません」

「では、だれが聞いたの？」

「ダムの詰所の人です。詰所は北の方、高山側の発電所の近くにあります。啼き声はずっと南のほうですから、そことはだいぶん離れています」

「あの人造湖は南北に細長いからな」

「そうです。でも、距離はあっても、夜明けごろですから、詰所にはその啼き声がよく聞えるんです」

「あの山林では夜明けになると、いろんな鳥が一斉に啼いて、その騒ぎが湖に湧き上がってくるようだと素風先生が云っていたよ」

「そのいろんな鳥のなかでも、違った啼き声は詰所の人にも聞き分けられるのです。その話を聞いて調べに行った人もありますが、そのときは聞えない。もっとも、詰所の人も滅多には聞かないそうですからね。わざわざその鳥を見ようと思って行ってもわからないわけです」

「それは夜明けごろかね？」

「鳥は、そのころがいちばん啼きます」

「夕方も啼くだろう？」

「その妙な鳥は夕方には啼かないのか、聞いた者がないそうです」

「なんという鳥だろうなァ」太田は長く伸びた煙草の灰を皿に落し、顎に手をやった。

「で、その鳥は一年半前からあの湖畔の森で啼きはじめているんだね？」

「だいたい、そのころからだそうです」

「それは一年じゅう啼いているのかね？」

「いえ、秋の末から春先までは聞えないそうです。冬の間は、どこかに行ってしまうんでしょう」

「季節鳥だね」太田は首をかしげて云った。

「それに、毎日は啼かないで、ときたまにその啼き声が聞えるというのも珍しいね。渡り鳥の新種かもしれないよ。東京に帰ったら鳥類学者にでも聞いてみよう」

のんびりした話をしていると、安子がその話題にも飽いたか、顔に別な好奇心を示した。

「太田さんは四、五日前に谷湯旅館の素風さんの部屋に遊びに行かれたそうですね？」

それは仙竜湖の帰りで、素風と岡垣と谷湯旅館の前で車を降りたとき、素風がついでに寄って行けとすすめたので、仕方なしについて行ったのである。安子は素風が好きでないようだから、彼女には黙っていたのだが、谷湯旅館の通いの女中からでも話を聞いたらしい。狭い土地だった。

「素風さんの離れは、どうでした？」

安子はにやにやしながら太田の感想を訊いた。

「六畳の離れだが、あの離れは本館より建物が旧いようだね？」

「本館はあとから改築したんです。離れの一棟は、前の持主の建てた三十年前のもので湯治客の自炊用の部屋が三室残っているんです。そのうち本館に近い一室は物置部屋、一室は、お元さんの部屋になっています。だから、お爺さんの六畳は裏側のはずれになっています。本館との間の一室を物置部屋にしているのは、お爺さんの部屋の臭いが本館のほうにこないように防ぐためです」

安子は谷湯旅館の構成を自分の旅館のように説明した。

「そうすると、お元さんの部屋は素風さんの部屋の隣りだから、そんな防壁はないわけだね？」

「そりゃ、仕方がありません。お元さんは半分はあのお爺さんの附添いのようなものですから」

「そうすると、主人夫婦の部屋は？」

「その離れとは反対の、本館の東端にあります。小さな別棟になっていますが、ご主人だけは裏庭に近い部屋に寝ています。あの人は、山林の手入れや見回りに行くのに、朝が早いので、そのほうがいいのでしょう。ほかの従業員は自分の家からの通いですから、いっしょの休憩室が本館の玄関わきにあるだけです」

「一度行ったくらいだから、よく分らなかったが、そういう配置かね」

「お爺さんの六畳は臭いませんでしたか？」

安子の興味は太田の経験を聞くことにあった。

「いや、べつにそうは思わなかったね。部屋の中はよく片づいているし、こざっぱりとしていたよ」

「それは、お元さんが始終掃除したり片づけたりしているからです。それに、あの部屋にお客さんがくると、お元さんが気をつかってオーデコロンを撒くんです」

香水の匂いは確かに漂っていた。

「そのオーデコロンもお元さんが自分の小遣から買うんですよ。高山通いのバスの運転手さんに頼んでね」

しかし、素風の部屋はオーデコロンの匂いだけでは救いきれぬものがあった。老人の失禁は度が過ぎるからである。

しかも素風は粗相をしていても、そのまま泰然として坐っていた。左手と右脚が痺(しび)れているにしても動けぬこともないし立てぬこともない。それなのにお元がくるまでは知らぬ顔をしている。ことがことだけに客は困りながらもあからさまに云うことができない。袖なし姿の素風は横着そうに居すわったままである。

太田が行ったときも、素風はそういう格好で、彼にしゃべりつづけた。

「今では学生仲間が面白半分にときどきやる百物語――夜に集まって多くの蠟燭(ろうそく)に灯をつけておき、それを一つ一つ消しながら種々の怪談を語り合い、真暗になったときに幽霊があらわれるという趣向、一種の胆だめしだが、昔の武士は心の鍛練のためにやったものです。

こういう話がありますよ。

三河の安藤彦兵衛正次が五、六人寄って百物語をしようというので野中の辻堂に行き、闇夜(やみよ)に灯心(とうしん)百筋をともし、物語が一つ終れば一筋ずつ減らした。灯があと少しになったとき、一人の武士が、にわかに気分が悪くなったので座に堪えられないからお先に失礼するといって帰った。あとに残った者が彼を臆病者とあざ笑ったのはいうまでもねえ。なおも皆で物語をつづけ蠟燭の灯もみんな消して真暗になった。まだ夜も明けてないが、べつだん怪しいことも起らねえので、では帰ろうということになって、各人が堂を下りて立ち去ろうとした。

　そのとき、正次は、自分はよんどころない事があって少しあとに残りたい、おのおのは先に行かれよと云った。みんなは何事か、それを聞かないうちは行かれぬという。正次は、たいしたことはねえので、先に行ってくれと云うだけです、こうなるとよけいに訊きたくなるのが人情でね、皆でなおも問い詰めました。

　そこで正次が答えた。堂を下りようとすると、何とも知れねえものが後ろから自分の腰をかかえたので、自分はその手を取り放すまいと、いま、しっかりと握っている次第、それで各々には先に立ち去られたいとたのんでいるのだと云った。聞いた一人が、それこそ化物（ばけもの）であろう、少し切って見ようと刀を抜いたとき、それは危ないから止してくれ、と正次の後ろを抱えていたものが声を出した。その声が、先刻、気分が悪いと称して退座した武士だったので、みなみな興がり、うち揃って帰りました。

　この話は、怪談とおかしみとが組み合わされています。怪物につかまって騒がぬ三河武士の面目も出ている。丹波篠山（ささやま）の青山下野守（しもつけのかみ）の家臣で松崎堯臣（まつざきたかおみ）の書いた

『窓のすさみ』という随筆集に見えています。これにはほかにも徳川時代のはじめから享保ごろまでの見聞記がたくさん出ている。たとえば、これからいう話もあります。それは……」

素風は、自分で興に乗ってとめどもなく話し、人の云うことには耳を傾けない性質のようだった。声に勢いが出ていた。

傍に正座した岡垣は、手帖をひろげて一心にボールペンを動かしていた。一語も聞き洩らさないように仔細にメモしていた。素風先生の話の速度が速いのか、ときどき当惑したようにペンが休んだ。

それが眼の端に入っているのか素風は鳶色の瞳をじろりと岡垣に寄せた。熱心だが、何を聞いてもさっぱり理解のできない男だ、と云いたげな老人の表情が出ていた。

お元、お元、と素風は苛立ったように突然に喚いた。

お元の返事がおそいと、莫迦め、何やってやがるんだ、と江戸弁が白い義歯の間からとび出した。

岡垣は、手帖片手にうろうろしていた。ぼくで出来る用事なら云いつけてください、と動作で告げているが、素風の見幕に声を出しかねていた。

お元が本館の裏から走ってきた。彼女も旅館の用事をしなければならないから、老人の傍にばかりいるわけにはゆかなかった。済みませんね、と素風に詫びて、客二人にも目顔で会釈した。弟子格の岡垣は素風の世話に役立たない自分を意識して申し訳なさそうに眼を伏せていた。

何ですかじゃねえ、時間を考えてみな、と傲然と坐っている素風は、お元に剣突を喰わした。背中が縮んでいるので、首ばかりを前に伸ばした。

申しわけありませんが、ちょっと失礼させていただきます、とお元は客二人に乞うような表情をむけた。唇は笑っているが、眼は哀しそうだった。

太田は岡垣といっしょに玄関先まで逃避した。岡垣はまだ手帖を固く握っていた。

あれでは勇作が早くここに帰ってこなければお元が可哀想だと太田は思った。お元は、勇作の眼が醒めて戻ってくるのを辛抱強く待っているにちがいない。

そこの椅子に腰かけていると、作業服をきた主人の敏治が小さな噴霧器と大きな薬瓶を持って左手から現れた。彼は二人の前を頭をかがめて通った。この前は雨具の頭巾の中だったが、いまはその顔がはっきりと見えた。真白い頭髪、深い皺、隆いワシ鼻、つき出た顴骨、へこんだ口もと。――いまの敏治の様子には、小雨の中で番傘をさして板橋のところに立っていたのがそこに腰かけている太田と気づいた風はなかった。たぶん、客二人がそこで雑談しているくらいにしか思ってなかったのだろう。彼の持っている大きな薬瓶の中には茶色の液体が入っていた。そうして離れのほうに通じる廊下に消えた。

「これから虱(しらみ)退治がはじまるのです」

見送った岡垣が情けなさそうな顔で太田に教えた。

「虱退治？」

「ここのおかみさんが、先生の頭や着物にあの噴霧器で、ご主人にふきつけさせるのです。お元さんが先生の身のまわりを始終きれいにしているので、虱などが湧く気づかいはないのに、おかみさんは、先生やお元さんにイヤがらせをしているのです。先生の身体だけじゃありません、部屋の隅々まであの駆虫剤を噴きつけさせるのです。ご主人も、おかみさんのいうとおりに、ちゃんと実行するのですね。人の好い方ということはわかりますがね」

「あの茶色の液体は駆虫剤ですか？　見たこともない薬液のようですが」

「あれは、馬酔木(あせび)の葉を煎じた駆虫剤なのです」

「ははあ、馬酔木ですか」

太田は、学生に教えたことのある《磯のうへに生ふる馬酔木を手折(たを)らめど》云々という万葉集の歌を思い出した。これには《大津皇子(おほつのみこ)の屍(かばね)を葛城(かづらき)の二上山(ふたかみやま)に移し葬(はぶ)る時、大来皇女(おほくのひめみこ)の哀(かな)しび傷(いた)む御作歌(みうた)二首》の題詞が付いている。

——話の間、横の岡垣が煙草をつけるためポケットから出したマッチに太田は眼をとめた。ラベルには下呂の一流ホテルの名がついていた。

6

朝から天気がよかった。太田は、仙竜湖に行ってみたいが、閑だったらいっしょにどうだね、と安子を誘った。

「午(ひる)からだったら、二時間ぐらいかまいませんよ。でも、湖を眺めただけではつまらないでしょう。釣りでもなさったらどうですか?」

安子は承諾した上で、すすめた。

「釣りか。釣りはズブの素人だが、それじゃァやってみるかな」

「鯉やヤマメのほか、ワカサギも虹鱒も放流してあります。料金徴収券がありますからそれをお渡ししましょう」

釣りをする者は村の漁業組合に使用料を払わねばならない。その券も、竿も、魚籠（びく）も、餌も、旅館ではセットで用意していた。

午後一時すぎ、旅館のライトバンが運転手つきで行ってくれた。運転手は同じ雇人で二十一歳の若者である。

仙竜湖は、この前と同じように静かだった。さまざまな野鳥が棲むという向い側の山林が濃い影を湖面に落している。落葉樹もこの前よりは一段と色づいていた。二時間居ても太田には釣りの自信がなかったので、運転手に湖畔で待ってもらうことにした。太田は道路下に足場をみつけて降りた。安子は釣針に餌をつけてくれたりした。この時間にはあまり魚がよりつかないとみえて、ほかに釣客の姿はなかった。

水面に糸を垂れたが、魚は近くに跳（は）ねても、少しも食いつかなかった。対岸の森も静まり返り、鳥の啼き声も聞えなかった。

「この前来たときは、カワセミが水をかずいて、魚をくわえたけどなァ」

太田は云ったが、安子はきょとんとしていた。それで太田は念を押した。

「ぼくはいま、カワセミが水をかずいたと云ったけど、どういう意味か分ったかね？」

「水に潜（もぐ）ったということでしょう？」

太田はがっかりした。

「このへんでも、潜るというのをかずくと云うかね？」

「いいえ、云いません。やはり、モグル、といいます」

「それじゃ、どうして、かずいたという言葉の意味がすぐに君に分ったのかね？」

「お元さんが、そう云ったことがあります。旅館の裏の川を見ていたとき、魚が水の底に潜ったのをかずいたと云いましたから」

「そうか。それで、君にはすぐ通じたんだね」

太田は失望を消した。

「めずらしい云い方なので、憶えていました」

「お元さんの生れは能登の輪島だそうだが、輪島市のどこかな？　ぼくも輪島は塗物工場など見学に行って、ちょっと市内を知っているのだが」

「お元さんは、自分のことはあまり云いたがりません。それで訊いたこともないのです。生れが輪島かどうかもわかりませんよ」

太田がお元に興味を持ちすぎていると取ったか、安子の機嫌が少し悪くなった。

「そうか。そんなことは、まあ、どうでもいいけどな」

太田は釣竿を持ちかえた。

「しかし、釣れないなァ。ちっとも釣れん。お安さん、代ってみてくれ」

太田は釣竿を安子に持たせた。

「わたしだって、駄目ですよ」

彼女は云ったが、それでも機嫌は直った。太田は煙草を喫いながら見物した。背の低い、ころころした彼女は長い竿の先に虹鱒を一尾釣り上げた。

「うまい、うまい。さすがだ」

「いいえ。まぐれですよ」

虹鱒は広い魚籠のなかで跳ね回った。安子は針に餌を付けて糸を水面に投げた。小さな輪がひろがった。

「深そうだな。下がちっとも見えない」

太田は湖面に見入りながら云った。

「水の下は落ちこんだ深い谷ですからね。その底に川が流れていたんです。六年前にダムを造るとき、その川の水を堰きとめて、こんな湖ができたんですから、たいしたもんですわね」

「三十戸ばかりの農家が水没したと素風先生は云っていたけど、どのへんかね？」

「それは、ちょうど、そのあたりになります」

安子は竿を持ちかえて、左手で湖面に輪を描いた。

「その湖底の村は水面からのぞくと、屋根ぐらい見えるんじゃないかね？」

「とても、とても。いくらのぞいても水の深いところにありますから、見えはしません。……ねえ、次郎ちゃん？」

安子は、ちょうど車をはなれて後ろに寄ってきた若い運転手をふり返った。

「うん。上からのぞいても見えないよ」

次郎ちゃんと呼ばれた彼はズボンのポケットに手を突込んで同意した。

「水面から湖底の村まで、どのくらいあるかね？」

太田がきいた。

「十メートルぐらいでしょう。雨などが降って川が増水すれば、もっと水位があがります」

次郎が答えた。

十メートルとは素風も云っていたから、彼も土地の人に聞いたのであろう。水没する前、その人家の場所は、現在三十メートル下になっている河床からせり上がった段丘だったとも素風は話した。これも人の話の受け売りであろう。

「降雨があれば湖面の水位が上がる？」

太田は、手の煙草を捨てた。

「……すると、夏の日照りがつづくときは水位は下がらないかね？」

「それは下がります」

「その際、湖底の村の屋根ぐらいは水面上に現れないかね？」

「そりゃ、よっぽどの旱魃(かんばつ)でないと現れませんよ」

「たしか、そういうことがあったわね？」

安子が手の竿を静止させたまま口を出した。

「湖底の屋根が現れたのかね？」

「屋根だけでなく、一部の家はまるごと姿を見せたと思います。それはこっち側の岸に近い二、三軒だけだったけど」

「ああ、そういえば、そういうことがあったなァ。壊れかけた家がそのままの姿で水底から現れたので、みんな珍しがっていた。家のまわりの地面も乾上(ひあ)がっていてな。あそこは段丘の高いところだったから、湖底の村でも湖面からすると、いちばん浅いところだ。そのあと雨が降ったので、四、五日くらいで、それはまた水底に没したけれど」

次郎が思い出して云った。

「それは、いつごろかね？」

　太田は彼のほうに向いた。

「あれは、一昨年（おとどし）の夏だったなァ。去年も日照りつづきだったが、そこまでは乾上がらなかったから」

　次郎は、安子に確認を求めた。

「そうね。おとどしの夏だったね。あれは七月の終りごろだったわね。日照りは六月の中ごろからはじまって、一カ月半もつづいたんだから。田植えができないといって、下（しも）のほうの村では大騒ぎでした。そう。思い出しました」

「湖底の村が二、三軒水からあらわれたのは、一昨年の七月末か」

　太田は心の中で唸った。

「ああ、かからないものね」

　安子が、竿の糸を引きあげた。

「太田さん、お返ししますよ」

「いや、もう帰ろう。釣りは諦める。今日の収穫の虹鱒一尾は、晩のおかずに焼魚にして出してもらおう」

　ライトバンの窓際に坐った太田は動く湖面を見ていた。

（この湖には、いろんなものが沈んでいる。潜竜かもしれん。そう思ったほうが神秘的だ）

湖岸に立って呟いた小藤素風の言葉が頭の中を過ぎた。湖面は、秋の陽を白い光の帯で流していた。

湖畔を通りすぎると両側が山になる。曲り角でもないのにライトバンは速度を落した。

「どうしたの、次郎ちゃん？」

安子が座席から運転手の背中に問うた。

次郎は左側に顔を振りむけた。その横顔には忍ぶような笑いが出ていた。

「あら、谷湯旅館の車じゃないの？」

次郎が顔をむけたほうに安子が視線を投げて低く叫んだ。

横は山の斜面がせまっているが、そこは雑木林で、上のほうが杉林だった。下は雑草の藪だった。芒の群れに、まだ短い白い穂が揺れていた。その斜面下の引込んだところに黒い中型車が半分かくれるようにとまっていた。それは徐行するこっちの窓から太田にも見えた。谷湯旅館の印は付いてないが、同業に勤めている女中にも運転手にも見分けがつくのであろう。

「運転する人もだれもいなかったけど、だれが乗ってきたのかしら？」

そこを通り過ぎてから安子が訝った。

「いまにわかるよ。面白いからこの辺で車をとめて、様子を偵察してみようか」

次郎は大人びた笑いを浮べた。

「バスなんかの通行の邪魔にならないように、なるべく脇のほうに寄せなさいよ」

「わかってるよ。こっちも紅葉屋のライトバンが近くにとまっていると向うに知られたら、まずいからな」

崖下に突込むようにしてライトバンを入れ、次郎はドアの音を消して運転席を降りた。安子がつづいて地を踏み、太田の降りるのを待ってドアを静かに閉めた。

次郎は斜面を少し上り、二人を手招きした。そこも芒の多い場所だった。次郎につづいて安子がしゃがみ、太田もそれに倣った。彼にもうすうす様子は呑みこめた。

「音を立てないように」

芒のかげに隠れた次郎は小さな声で云った。

太田は腕時計を何度ものぞいた。十五分は長かったが、向うの藪が動いて、肥えた男の着物姿が斜面をとび降りた。この前、大衆食堂で見た桜中軒京丸だった。藪はあともまだ風に乱れるように揺れていた。京丸がそれにむかって仰向いて両手をつき出す。藪を分けて白い片手が伸び、ついで袂が翻って、彼の両手の中にとび降りたのは、予想のとおり、谷湯旅館のおかみの栄子だった。次郎と安子が顔を見合せ、眼だけで笑った。

栄子は片手にツツジか樒に似た葉の灌木の切ったのをひと束にし、紐で括って持っていた。花はなかった。青い葉には艶があった。

両人はいっしょに黒の中型車にすすんだ。京丸が後部の座席のドアをあけて入り、栄子が前の運転席に入った。青い植物の束は京丸に渡された。

「あの車がこっちにくると困るね。うちのライトバンに気づかれるから」

安子がすぐ下に置いてある白い車体を気にした。

だが、先方の車は道路に出ると、反対側の方向にむけて走り去った。女らしい慎重な運転ぶりだった。

「こんなところまできて逢引しているのね」

安子は芒の蔭から立ち上がって下に降りながら云った。その息は少し弾んでいた。

「わざわざ、此処まで来なくとも、いつも二人は上呂や下呂で会っているのに」

「それでは当り前すぎて面白くなったのだろう」

温泉旅館の雇人だけに次郎はませた口をきいた。

「あんな林のなかに入りこんで二人で何をしていたのかしら？　馬酔木なんか採っていたようだけど」

「馬酔木採りのついでに、藪の中で縺れていたんだよ」

次郎が云って笑った。安子は、まあ、イヤらしい、と大仰に顔をしかめた。

「おかみさんが手に持っていたのが馬酔木か」

太田は二人のうしろから云った。

「ええ。そうですよ。あの葉を煎じて素風さんの虱とりの薬にするんです」

安子が彼をふり返り眼を笑わせた。

「ほう。そうすると、虱とりの材料を、おかみさんがわざわざ山に採りにくるのかな？」

「いつもそうじゃないでしょうが、今日はデートのついでですよ」

7

小藤素風の死体捜索が、十月二日の午ごろから仙竜湖で行なわれた。——

素風が谷湯旅館の離れ部屋に居ないのに気づいたのはお元で、午前九時半ごろ、これを経営者の栄子に報らせた。

栄子は商売柄、夜が遅いので朝起きるのがたいてい十一時ごろである。お元が報らせに行ったときも、蒲団の中にいて、あのお爺さんがひとりでどこに行くわけはないじゃないか、そのへんをよく探してみなさい、と睡そうに寝返りをうったくらいだった。

もちろん、栄子に報らせに行くまで従業員は手分けして旅館の内外を探している。一方の足が痺れて歩行にもさしつかえる年寄りだから、そんなに遠くに行くはずもなかった。

素風は、朝起きがおそい。離れでお元を呼ぶのが八時ごろである。もっとも彼は夜中の二時ごろに眼をさまして四時ごろにまた睡りにつく。

そんなことで二度寝の素風が朝起きするのは八時ごろだが、それまではお元も素風の部屋をのぞかない。起きれば、手を叩いて、お元、お元、と激しく呼び立てるからである。

その朝、八時半になっても素風の部屋から手を叩く音も呼びつける声もしないので、本館で働いていたお元が途中で離れに様子を見に行った。素風の姿は寝床になかった。

従業員全部で探したが老人はどこにもいなかった。ひろくもない旅館だから、その捜査は三十分もすると終った。このとき主人の敏治はいつものように五時半には起きて裏山に下草を刈りに入っていた。

おかみの栄子が蒲団から出ようとしないので、お元は、素風先生は仙竜湖に行かれているかもしれないと告げた。というのは、かねて素風はひとりで仙竜湖に歩いて行ってみたいと云っていたから、その気づかいもあるというのだ。

あんなよろよろした身体で、足の不自由な年寄りが、おまえにも黙ってここから三キロもある仙竜湖に歩いて行くはずはないと栄子ははじめ嗤っていたが、それでも仕方なさそうに起きてきた。

お元は、素風が湖に行ったかもしれないとこうも云った。先生には意地悪なところがあって、ときどきわたしにも無断で裏の川にかかった橋を渡って林の中をうろついていることがあった。片脚は不自由だが、案外に歩行はできる。人が見ているときは、わざと不自由そうにみせかける癖がある。それに、いつかは皆を大騒ぎさせてやりたいとも云っていたから、こんども、わたしにも黙って、こっそりと部屋を抜けて湖に行ったのではないかという。

旅館の女従業員は、早番の者が二人、朝七時に出勤してくる。彼女らがくれば老人の外出するところを目撃するはずだから、老人が離れから外に脱出したのはその時刻の前ではなかろうか、とお元は推測を云った。すると、まだ夜が明けたばかりの六時か六時半ごろである。そんな早朝だと、この辺の者も寝ているし、道には車もトラックも通らない。

素風が六時半ごろに出て行ったとしても、すでに二時間以上経っている。栄子は、とにかく車で様子を見にゆくことにした。運転は栄子で、お元と梅子というもう一人の女中とが同乗した。

湖畔につくまでは速度を落して三人は道路の左右の林にも眼を配った。素風がしゃがんでいることも考えられるからである。

仙竜湖に野鳥の壮大な囀り(さえず)はひろがっていたが、湖面は磨きあげたガラスのように異物の点一つ浮べていなかった。車は西側の湖畔の道路を南の端から北の端まで遅い速度で走ったが、人影はどこにもなかった。

帰りも湖畔を徐行しながら、入念に見て行った。道路の反対側は雑木林の斜面だが、これものぞいた。人の姿はなかった。

——太田が、素風の捜索が仙竜湖で行なわれていることを安子から聞いたのは、午後一時ごろだった。湖面には発電所のボート一隻と、漁業組合の小舟が二艘出て、湖底をさぐっているという。

　素風が行方不明になったことは、太田もその二時間前には聞いていた。彼はそのとき、谷湯旅館に行ったものかどうかすぐには決しかねた。とにかく素風とはこっちにきて知り合いとなり、その部屋にも訪ねているので、様子を聞きに行くくらいはおかしくはない。そういう見舞いの因縁はあった。

　だが、だれにむかって見舞いを述べたらいいかとなるとためらいを感じる。素風に会ったのは谷湯旅館の主人夫婦による紹介ではない。その夫婦にもまともには会っていないのだ。見舞いをいうならお元にだが、主人をさしおいて女中にいうのも変である。そのお元も素風の行方不明に責任を感じて半狂乱になっていると安子はいうから、なおさら見舞いをいう段ではない。あの旅館の前をうろついて、弥次馬のように見られるのも嫌だった。

「岡垣さんは、さっき岐阜から車で来ましたよ。いま、仙竜湖に行っているらしいです」

　安子が新しい情報を伝えた。

「岐阜の岡垣君にはだれが報らせたのだろう？」

「おかみさんが電話したのです。素風さんは岡垣さんの先生だから、報らせなければばいけないと思ったからでしょう」

お元が電話したか、と思ったが、おかみが岡垣に電話したという。太田はちょっと意外な気がした。

「二時間前までは、素風さんの行方不明に見当がついていなかったようだが、仙竜湖にボートや舟を出して水底をさぐっているというと、素風さんが湖に落ちたのが確実になったのかね?」

「その証拠があがったそうです」

「何だね、それは?」

「湖の岸に素風さんのはいていた草履が一つだけ見つかったのです。道路のすぐ下ですが、岩の間になって、いままではちょっと分らなかったそうです」

「あの草履には紐がついていたよ。脱げないように素風さんの足に結えていたはずだが、どうしてそれが脱げたのだろうな? 素風さんが自分で脱いだのなら別だが、片方だけ脱ぐというのもおかしいね」

「草履の紐はひとりでにゆるんで脱げることがあります。あの爺さんは片手の指が痺れていますから、自分で紐がよく結えません。結ぶにしても手間がかかるのです。で、いつもはお元さんが結んでやってるのですがね」

「草履の片方が湖岸にあったので、素風さんは湖に入水したか、落ちたかしたと判断されたのかね？」

「それだけじゃありません。湖の上に例のものが浮いているのが見つかったんですよ」

安子は複雑な笑いを眼に見せた。

「ほら、お爺さんがお尻に当てていたおしめです。あの浴衣の布が二枚見つかったんです。水の中でおしめカバーがゆるんでそれが脱げたのでしょう」

「そうか。それじゃ、間違いはない」

「ねえ、太田さん。素風さんは足をすべらして湖に落ちたんでしょうか、それとも自殺でしょうか？」

「それはまだなんともいえないよ」

「素風さんは、谷湯旅館で世話になっているひとりぼっちの身を思い、老いの行末をはかなんで身投げしたんじゃないでしょうか。わたしはそう思いますよ」

「それは充分に考えられるね」

「お元さんが昂奮（こうふん）しています。無理もありません。勇作さんにお爺さんをたのまれた責任があるんですもの。それに自分でも舅のように面倒を見ていたんですからね」

「こうなると、お元さんがいちばん気の毒だな」

「可哀想です。昨夜はお爺ちゃんが野菜の味噌和えをおいしそうに食べたと、お元さんは涙をうかべているそうです」

「好きなものの食べ納めということになったのかな？　とにかく、ぼくは次のバスで仙竜湖に行ってみよう」

「わたしも行きたいけど、仕事があるからそうもできません。都合がついたら、次郎ちゃんにまた車の運転をたのんであとから行くかもしれません」

仙竜湖岸には、さすがに人が大勢集まっていた。道路と湖の間にはせまい斜面があるが、見物人はそこに立って湖面を眺めていた。道路にはその人たちの乗ってきた自家用車が一列にならんで駐車し、バスや材木トラックも徐行して通る。白い救急車とパトカーとが異常事態発生の重々しい空気を添えていた。

これほどの眼を集めた湖上は、白いボート一つと、小さな舟二つとが浮び、それぞれがばらばらに往復していた。ボートには三人の人影があり、舟にも五人が乗っていた。水中に綱を何本も垂らしているのは、その先に錨（いかり）のような鉤（かぎ）が付いて死体をひっかけようとしているからである。舟の一つは綱を曳いていた。

この捜索作業は午前十一時からはじまっているので、現在すでに四時間を経過していた。前面の自然林が濃く倒影する湖面をボートと舟とが白い筋を曳いて動く風景は美しかった。

どうも見つからないようだ、という声が岸に立つ人々の間から洩れていた。南北に長いといっても幅のせまい山湖である。四時間もすぎて死体があがってこないのは、綱や網の及ばない深い底に死体がひっかかったままになっているのかもしれないのだ。でなければ、死体は体内のガスでとうに浮んでこなければならない。

緊張した場面だが、退屈な風景でもあった。ボートと舟とが同じ周遊をくりかえしているだけだった。いまに綱や網の先に老人の身体がひっかかって浮いてくると期待して凝視していた見物人たちも、眼が疲れ、気持に懈怠（けたい）が起ってきた。湖畔からぽつぽつと去る者がふえていた。

太田は、見物人の間に立っている岡垣を見つけた。青年は湖面の捜索作業を一心に見つめていた。

近づいてうしろから肩を軽く叩くと、岡垣は、びくっとしたようにふりむいた。

「あ、太田さんでしたか」

と、彼は眼を伏せた。

「とんだことになりましたね」

太田は、岡垣には素風の弟子として見舞いを受ける資格があると思った。

「はあ。まるで夢のようです。先生がこんなことになろうとはまだ信じられません。一週間前にお伺いしたときは、とてもお元気で、いつもと様子が変らなかったのですが」

岡垣は慄え声で云った。

「お元さんはここに来ていますか？」

「はあ。あっちの警察の車のそばにいるはずです。おかみさんといっしょに」

「おかみさんも来ているのですか」

太田は首を伸ばして、屋根に赤い灯が回転するパトカーのほうに眼を遣った。

8

夕方になれば今日の湖上捜索を打ち切る、という話がまわりに立っている人々の間から聞えてきた。

実際、湖面のボートや舟は、もう義務的に動いているように見えた。

「こういうときに、湖底に潜水夫でも入れたらいいんですがね。潜水夫でなくても、海女さんでもいるとね」

太田が云うと、岡垣はぎょっとした顔になった。

「岡垣君。それはそうと、いま思い出したから、ちょっとお聞きしたいのです。こんなときに、なんだけれどね。君は、海女さんのいる土地で育ちましたね？」

「……」

岡垣は、すぐには返事ができないでいた。

「ぼくは、この前、この場所でそれに気がつきましたよ。素風先生と君とに、はじめて会ったときです。湖面にカワセミが舞いおりてシラスか何かの小魚を長い嘴にくわえて飛び去った。その一瞬、カワセミが湖水に潜ったように見えたので、君は思わず、カワセミがかずいた、と叫びましたね？」

「はあ。そう云ったかもわかりません」

岡垣は小さな声で答えた。

「潜ることを、かずく、というのは珍しい。ぼくは紅葉屋の安子さんに聞いて、それがこの地方の言葉でないのをたしかめました。ぼくは国文の教師だから、万葉集に大伴家持の歌にその言葉があるのを知っています。それは家持が越中守として能登の珠洲(すず)に巡視に行ったとき、海人(あま)を見て詠んだ歌です。……珠洲の海人の沖つ御神にい渡りてかづき採るといふ鰒珠(あはびたま)、というんです。そうしてその歌の注釈書には、かづき採るというのは、潜って採る、という意味で、いまでも能登の舳倉(へぐら)島の潜水海女は、潜るのを『かずく』と云う、とありました」

「……」

「ぼくは、君がカワセミがかずいたといったとき、この注釈書の説明に思い当りました。ははあ、岡垣君は、海女の居る土地に育った人だな、とね」

岡垣は、まだ黙ったまま、湖面から岸にひきあげる準備にかかった舟の動作を見ていた。

「次に、ぼくは、この湖にふしぎな鳥の啼き声がしている話を安子さんから聞きました。ピーとものがなしいような啼き声が夜明けごろにするというんです。それは秋の末から春先までは聞えない。つまり湖水が冷たい冬の間はしないというのです。ぼくは季節鳥かなと考えたが、ピーという啼き声が潜水海女の口笛に似ているのに気づきました。ぼくは曽て伊勢の英虞(あご)湾に行って海女の実演を見たことがあるが、彼女らは海中から出てくると、呼吸をする、そのとき口笛のような音色(ねいろ)を立てるのです。われわれの吹く口笛とは違って、もっと、ものがなしい、重い調子のものです」

「………」

「そこで、思いあたったのが、お元さんですよ。彼女は輪島のひとだという。安子さんに聞いたら、お元さんも潜るのをかずくと云っているそうです。それに、輪島市内には、海士町といって舳倉島に行く海女の人たちが住んでいます。これも、さっき云った万葉集の注釈書に説明として出ていました。お元さんは、海女です。あの地方では、海女の娘さんは、十三、四歳のころから、お母さんについて海中に潜ることを遊びとして習うそうです。谷湯旅館の息子の勇作君は、富山のレストランでお元さんと親しくなったそうですが、お元さんはそのとき富山に働きに出てきていたのでしょう。海士町の娘さんは、年ごろになると、一度は世間を知るために地方都市に働きに出るそうですからね。それは君のほうがよく知っているでしょう？君も生れは輪島でしょうからね」

「ちがいます。ぼくは輪島ではありません。九州です。福岡県です」

「福岡県？」

「太田さんが読まれたその万葉集の注釈書には、潜水海女の発祥地が福岡県宗像郡鐘崎と書いてなかったですか？」

「ぼくは、その鐘崎の生れですよ。叔母も従姉も海女をしています。そこでも、潜るのをかずくといっています。岡垣という姓も、鐘崎の隣り村にあるのです」

こんどは太田が黙った。煙草に火をつける前に、大きく息を吸いこんだ。

「岡垣君。君は、お元さんが海女だと早くから知っていましたね？」

「はじめは分らなかったが、お元さんの言葉を聞いているうちに気がつきました。海女には、共通した漁村用語がありますから。それは鐘崎の海女の言葉から出ていると思います」

岡垣は、はじめてうなずいた。

「岡垣君。君は、同じような環境に育ったお元さんに親近感を持ったのです。それが、次第に同情に変った。同情というのは……」

太田は口から煙をゆっくりと吐いた。

「素風先生に下婢のように使われているお元さんを見ているうちにです。先生はあの身体だ。絶えず失禁をする。お元さんは、赤ン坊のようにおしめをとりかえたりして世話をしていた。近ごろは、実の娘でもできないことです。嫁でも嫌がる仕事です。それをお元さんは、ほんとうによく面倒をみていた。ぼくは、ちょっとしか見ないけれど、まだまだたいへんな世話をしていたと思う。始終、素風さんの部屋に行っていた君は、もっと詳細な目撃をしていたと思いますよ」

「………」

「そのうえに、お元さんに対する素風さんのあの威張った態度です。叱りとばし、怒鳴り散らして、見ていられません。まるでお元さんを牛馬のように酷使していた。お元さんにしてみれば、恋しい勇作君に頼まれた素風先生だから、勇作君に仕えると思って、じっと辛抱していたのです。君は、その素風さんの傲慢ぶりを見て、お元さんへの同情が義憤にもなってきたのでしょう」

岡垣のこめかみに筋が浮いてきた。太田に云われて、素風老人への憤りがいまさらのように湧いてきたのであろう。

「それに、君は素風先生の正体も知ってきたのです。先生は、東京の雑誌社に対してなんの実力も持っていないことをね。君は先生の過去の名声に惑わされて、錯覚を起していた。先生に頼めば、自分の小説原稿はやがては東京の大雑誌に載せてもらえると思ってね。素風さんも君にそう思いこませるように大きなことを云っていた。だがそれは、素風先生がすべて過去の想い出を現在に直して口にしていたにすぎない。素風さん自身も君にそんなことを云って、自分を慰めていたんです。素風先生にも過去と現実とがいっしょくたになっていたのでしょうね」

湖上の舟は、警察の車や救急車がとまっている岸辺に漕ぎ戻っていた。少なくなった見物人は、そのほうに集まって行き、ここには人影が少なくなった。

「君は、その幻滅を知ってきましたね。君がなんとかして小説家になりたいという気持は分りますよ。地方の作家志望の青年は、ほとんどが同じ気持です。有力な小説家と知り合えば、それを手蔓にすがろうとする。それで、君は素風先生の弟子になったのです。毎月、岐阜から三、四回出てきて、谷湯旅館に寝起きする素風さんに対して師の礼を尽した。……だが、その見込み違いを君は次第に自覚した」

岡垣はゆっくりとうなずいて云った。

「ぼくには小説を書く才能がなかったのです。三、四回、地方新聞の懸賞短篇小説に当選したので、うぬ惚れていたのです。いい先生について指導をうけ、努力すればモノになると思っていました。一年前に、谷湯旅館に小藤素風先生が滞在しておられると聞いて指導を受けに行くようになりました」

岡垣は、蒼い顔をしていた。

「……ぼくの小説を東京の雑誌社に紹介してやると云い出されたのは素風先生です。ぼくはその言葉にとびついたのです。いま勤めている会社は不況だし、いつ人員整理があるか分りません。不安な勤め人生活が嫌になりました。ぼくは先生のヒキで中央の雑誌に自分の原稿がはなばなしく載る日がくると思いこむようになりました」

「素風先生が蔭で君の批評をしていたのを聞いたのはいつごろですか？」

「三カ月ぐらい前でしょうか。先生はぼくのことを人にこう云っておられたそうです。あいつは小説を書く才能のない男だ、歴史の知識は中学生なみで、いくら教えても分らない、自分の話にメモだけは熱心にとるが、理解はまったくできていない、書いた原稿を持ってくるが、これが幼稚きわまるもので、問題にならない、ああいうのを東京に紹介したら、こっちが恥をかく、熱心だけがとり柄だが、見込みは全然ない、と、そういうことを云っておられたそうです。いまになってみると、ぼくもその通りだと思います。ぼくには小説を書く才能はなかったのです。しかし、それなら、どうして先生は、蔭口でなく、ぼくにはっきりとそう云ってくださらないのか、と心外に思いました」

太田は、この場所で岡垣が車を取りに去った間、素風が彼のことについて云った言葉をおぼえている。あのときは初対面だったから、まだ遠慮があって岡垣評があの程度ですんだのだ。しかし、その蔭口の片鱗はあった。

「岡垣君。いまの素風さんには、君が唯一の弟子ですよ。景気のいいときは、十数人もの弟子が素風さんにはいたでしょう。だが、過去の人となった素風さんには、この土地にきて弟子ができたのです。素風さんはそれで満足だったでしょう。東京の出版社や雑誌社に対しては何の力もないが、君という弟子を失いたくなかったのです。君にずけずけと批評が云えなかったのはそのためです。素風先生は君を欺していたわけではない、雑誌社や曽ての後輩作家に顧みられなくなっている自分を匿していただけです」

「わかります」

岡垣は小さな声で云った。

ボートや舟から上がった人々が湖上捜索の模様を警官らに報告していた。まわりに人垣ができていた。栄子やお元の姿はかくれていた。

「湖中の捜索は明日からやり直しのようですね」

太田はそのほうを見ながら云った。

「ええ」

岡垣も眼を遣ってうなずいた。

「明日からは本格的な捜索をやるでしょう。舟上からだけでなく、本職の潜水夫を呼んで水底に入れるでしょうな。ここはダム湖だから、死体を入れたままにしてはおけないからです」

「そうするかもしれませんね」

岡垣はべつに動揺している様子もなかった。

「しかしね、岡垣君。本格的な水底捜索となると、素風先生の遺体よりも、思わぬものが上がってくるかも分りませんよ」

「思わぬものって、何ですか？」

彼は、ぎょっとしたようだった。

「素風先生は、ここでぼくと初めて会ったとき、この湖底には竜が潜んでいると考えたほうが神秘的だと云ってましたね。小坂の朝六橋の由来も帰りの車の中で話してました。小坂川の底にある珠が光るという話です。それから、佐渡や伊豆大仁の金山の発見は、地の底の金の精が地上に出て光るので、それが手がかりだったとも云っていましたね。要するに、水底や地底にある異物が神秘的な現象になるという話でした」

岡垣は怪訝(けげん)な顔をしていた。

「素風先生は、この湖底に何者かの遺体が沈んだままになっているのを推量していたのですよ。それは、お元さんも同じです。彼女が、湖畔にだれも居ない夜明けごろ、ときどき、湖底に潜っていた、つまり、かずいていたのは、その遺体をさがすためでした。お元さんには旅館の女中としての仕事がある。だから、たびたびはこられない。三キロの道を急いでくるのですから。合間を見て、こっそりときた。そして、潜水を二十分間ぐらいすると、すぐに旅館に戻らなければならない。三キロを大急ぎで帰って、だれにも気づかれないようにしなければならない。それにね、湖水の冷たい冬は潜れません。潜水海女は三分間ぐらい潜っては水面に顔を出して呼吸をする。そのたびに口笛になる。いや、変った鳥の断続的な啼き声に聞えたのです」

「………」

「こういうと、もう、お分りでしょう。素風先生の推量もお元さんの見込みも、偶然だが、一致しているのです。湖底に二年前から沈んでいるのは、素風さんにはこの山峡の湯宿に三年前に自分をつれてきてくれた谷湯旅館の息子、お元さんには恋人の勇作君の死体です。もう白骨になっている遺体です」

岡垣は、眼をむき出して湖面を見ていた。

「たぶん、あのへんでしょう」

と、太田は湖底の村があるというあたりを指した。

「一昨年の夏の旱魃には、湖面の水位が下がって湖底の村の一部が現れたそうですね。そのとき、何者かが他の場所で殺した勇作君の死体を、露出した湖底の家の中か床下かに隠したと思うんです。死体が浮び上がらないように出口を柱か何かで塞いでね。雨さえ降れば再び湖底ですから、だれの眼にもふれません。底の家が現れるような日照りによる減水はそう滅多にあるものじゃありません。勇作君が家出をしたのが二年前。高山の女性と駈落ちしたというのがおかみさんの話だそうですが、その家出と湖底の村があらわれた旱魃の時期とは一致するじゃありませんか」

向うでは捜索隊の相談が終ったようだった。

「明日から潜水夫を入れて湖中の捜索をはじめると、潜水夫は、衣類を付けた白骨死体を抱きかかえて上がるかもしれませんね。衣類は水中にある間はあまり腐蝕しませんからね。空気にふれないからです。死体も腐敗が遅いから、もしかすると顔の見分けはつくかも分りませんよ」

岡垣の顔は、夕陽をうけても蒼褪めていた。

「お元さんが、一年以上もかかって水中に潜って探していたものが、こんど潜水夫によって一挙に出てくるかもしれません。……しかし、お元さんの潜水のことでは、まだよく分らないところがある」

　太田は、ここまで云ってきて、首を捻(ひね)り、独り言のように呟いた。

「彼女はその潜水着をどう始末していたか、です。このごろの海女は、昔のような白衣とは違って、アクアラングのように黒ずくめの潜水服をきています。それだからこそ目立たないのだが……しかし、湖水から上がったとき、その濡れた服を、お元さんはどうやって乾かしていたのだろう？　すぐに谷湯旅館に帰らなければならないのに。……そのへんに放っておけば、だれかがあとでそこに来て見つけます。彼女はそんな着がえをどこでどのようにしていたのだろうか。また早朝の水底は暗い。当然、探照灯(ヘッド・ランプ)をつけていたはずです。三分間ずつ潜ったとしても、その間、湖底の家をさがす道具だっている。たとえば小さな鳶口(とびぐち)のようなものを持つとか。そういう道具を、彼女は日ごろ、どこにかくしていたのだろうか。これが分りません」

　紅葉屋に帰って、太田はこの辺の地図を調べた。

9

翌朝九時ごろ、太田の部屋に安子が急いで入ってきた。それまで太田は、東京の友人と、下呂のホテルとに電話して、その内容をメモにつけたりなどした。

「太田さん。今日の仙竜湖の捜索は、一応見合せになったそうですよ」

安子は情報を伝えた。

「へえ。どうしてだね？」

「素風さんはあの仙竜湖に行ったのではないということを、谷湯旅館のおかみさんが昨夜警察に云いに行ったそうです」

「谷湯旅館のおかみさんがねえ。へえ、そうかね」

太田は安子に表情を隠すのに苦労した。

「それはまたどうしてだろうな？　湖畔には素風先生のワラジのような草履が片方落ちていたし、湖面には、先生のおしめが浮んでいたというじゃないか？」

「あれは、おかみさんが昨日の朝、素風さんが居なくなってから、ご主人の敏治さんにわざと捨てに遣らせたんだそうです。おかみさんの悪戯（いたずら）だそうです。ご亭主は、おかみさんの云いつけなら、なんでも諾きますからね。仏のように人が好いんです」

安子ははがゆそうにいった。

「それでご亭主は、警察の人にはそのことを認めたのかね？」

「夫婦とも駐在所に大目玉を喰ったそうです。敏治さんは、平身低頭だったそうですよ」

「妙な悪戯をするんだな。そりゃ、駐在所が怒るにきまっている。それで湖の捜索は中止になったのかね？」

「はっきり中止に決まったかどうか分りません。素風さんの行方がまだ分りませんからね」

「そうか、それで、岡垣君はまだこっちに居るかね？」

「さっき、あの人の車を谷湯旅館の玄関わきの広場で見かけたから、昨夜は谷湯に泊まったのでしょう。なにしろ、岡垣さんにとっては先生の一大事ですからね」

「それはそうだ。岡垣君も岐阜に帰るどころじゃないね」

太田はちょっと考えて云った。

「安子さん。君、谷湯に電話をかけて、いま、ご主人夫婦が居るかどうか向うの女中さんにでも訊いてくれないか?」

「それじゃ、梅子さんにでも訊きましょう」

「それから、お元さんと岡垣君とはどうしているかということもね」

「太田さんも、お元さんのことは気になるとみえますね」

安子は笑って出て行った。その間に太田は短い手紙を書いた。それを封筒に入れたころ、安子が戻ってきた。

「ご主人は駐在所から戻ると、山林の手入れに山に行ってしまったそうです。おかみさんは居るそうです。お元さんは仙竜湖に行くとおかみさんに断わって、一時間前に出て行ったそうです。岡垣さんは本館の部屋に残っているそうですよ」

「そうか。ありがとう。……ところで、ご苦労だけど、ひとつ頼まれてくれ」

「なんですか?」

「この手紙をね、谷湯旅館のおかみさんに手渡してきてほしいんだけど」

太田は、いま封をしたばかりのものを安子に渡した。

「いいですよ。お急ぎなら、これからすぐに行ってきます」

「済まない。あ、それから返事は要らない。手渡してくるだけでいいよ」

「はい、はい」

安子が帰って、谷湯旅館のおかみさんにはたしかに手紙を渡してきた、と報告してから三十分ほど経ったのち、太田は服に着かえて、安子には散歩に行くといって宿を出た。

土産物屋の角を曲って小さな路を歩き、谷湯旅館の裏を通った。前に、お元が素風のおしめを洗濯していた井戸端が見える。コスモスの花はあのときよりも咲いていた。

細長い板橋を渡った。小雨の中から雨具をきた敏治が、刈った草や鉈や鎌を入れたカゴを背負って現れたところである。今日は小雨がなかった。

橋を渡りきると山の斜面にかかる小さな道になる。上は深い杉林だった。その道のわきで、葉の大きな朴(ほお)の木にかくれるようにして、岡垣と、谷湯旅館のおかみが佇んでいた。

今日の栄子は、桜中軒京丸といっしょにいるのとは違って、白粉もつけてなく、地の浅黒い顔だった。着ているものも、ふだんの地味なセーターにスカートだった。栄子は、太田を見ると、ちょっと頭をさげたが、その顔つきは険しかった。

岡垣が硬くなった表情で、これが谷湯のおかみさんです、と太田に短く云った。青年の動揺がはっきりと分った。

「紅葉屋の安子さんが持ってきてくれたあなたの手紙を読みました」

谷湯のおかみは険悪な声で云った。

「……素風さんの所在をあなたはご存知だ、と手紙に書いてありましたが、それは、どういうことですか？」

「まあ、もう少し、この道を登って話しましょう。人に聞かれると困りますからね」

太田が云うと、栄子も岡垣も坂のせまい道を黙ってついてきた。雑木林よりも杉林が多くなった。道のわきには去年の落葉が腐蝕して黒く積んでいた。その上には新しく黄色い落葉が降りかかっていた。

「もう、この辺でいいでしょう」

太田は立ちどまった。すぐ横にナラの樹があり、その幹には孔が三つ四つあった。アカゲラは鋭い長い嘴で木の幹でも家の板壁でもつついてはいくつもの孔を穿る。

「では、お話ししましょう。その前にお断わりしますが、ぼくは警察の者でも私立探偵でもありません。国文学の教師です。ですから、ぼくの推測は間違っているかもしれません。そのときは、おゆるしください」

「素風さんの所在についてわたしに話したいと手紙に書いてありましたが、それはあなたの推測のことですか？」

栄子は、少し安心したように云った。

「推量です。……まず、云いますと、昨日、仙竜湖で岡垣君にぼくが話したことは、おかみさんも、もう岡垣君から聞いて知っていますね？」

栄子は、また眼をけわしくしたが、止むを得ないというように黙ってうなずいた。横の岡垣はそわそわしていた。

「そうでしょう。今朝、おかみさんは駐在所に行って、素風さんは湖に行ったのとは違うと申し出たそうですからね。ぼくの話は早速に通じたと思いましたよ。素風さんの草履とおしめとをご主人に湖畔や湖面に投げてきてもらったという悪戯行為は、云い訳にしてはいかにも拙（まず）いですが、とにかく湖の水底に潜水夫を入れるという本格的な捜索を警察に中止させようという懸命なお気持はわかります。云い訳の拙劣さも切羽詰まった気持をあらわしています。もし、潜水夫が水底の捜索をはじめたら、素風さんの死体のほかに、なにを引きあげてくるか分らないからです。そのへんのことも、昨日、岡垣君に話しておきましたから、みんな聞かれたでしょう。海女の娘のお元さんが極秘のうちに湖底に潜っていたことも、それとは別に、素風さんが水底に何が沈んでいるかをうすうす感づいていたことも」

二人とも返事はなかった。

「ぼくはね、岡垣君がおかみさんに手馴ずけられているのを察しましたよ。いつか素風さんの離れ部屋に行って話しているとき、先生が失禁をお元さんに処理させることになった。それで岡垣君とぼくとは離れから玄関に避難したのですが、そのとき、岡垣君が上衣のポケットから無意識にとり出したのが下呂温泉の一流ホテルの名がついたマッチです。妙だな、岡垣君のサラリーであんな一流ホテルに泊まれるのかな、と思ったことでした。たしか、岡垣君は岐阜から素風先生に会いに日帰りで往復するということでしたが。そのとき、ふと思い当ったのが、ここの大衆食堂でおかみさんと浪曲師さんとに遇ったときのことです。プライバシーを侵害するようで申し訳ありませんが、おかみさんたちが店を出たあと、店にいたトラックの運転手の云い草がぼくの耳に残っていました。これから下呂の一流ホテルに両人で行くのかなアって。……失礼ですが、おかみさんは、他人のぶんの一流ホテルの料金を支払ってやる趣味というか、気前のよさがあるんですね。そうすると、岡垣君もおかみさんの金で、下呂の一流ホテルに泊まっていたのではないか。ぼくは、この推測に立って、いろいろ考えました。その推測が合理的かどうかをね。結果からいうと、いろんな要素を総合すると、辻褄が合うのですね。まず、岡垣君の要素からいうと、これも半分は昨日、湖畔で彼に云ったことですが、岡垣君には素風先生への幻想が破れてきたこと、お元さんが好きになってきたこと、そのお元さんを威張って酷使し、失禁の始末まで平気でさせる素風先生に憎しみをもつようになったことです。また、おかみさんの要素からいえば、湖底に沈んでいるモノに見当をつけている素風さんが忌まわしくなったことです。それでなくとも、タダで長々と居すわっている素風さんは厄介このうえないのです。旅館業としては当然です。部屋が臭いので、ほかに迷惑をおよぼす。うすぎたない中風の年寄りにうろうろされると、他のお客の手前もみっともない。おかみさんが馬酔木の葉を煎じた汁を、素風さんの身体の虱退治や部屋の駆虫剤にして、ご主人に噴霧器でかけさせた気持もわかります。といって、素風さんを追い立てるわけにはいかない。おかみさんにはそれができなかったのです。素風さんに居直られて、湖底に沈んだ二年前の勇作君の死体を指摘されるのが怕かったのです。素風さんは自分のその推定を警察に訴えかねませんからね。勇作君がお元さんにも黙って家出したのは、高山にほかの女ができて、それと駈落ちをしたという噂です。だが、その噂の根元はおかみさんが云いふらしたのです。勇作君の相手の女がどういう名前で、高山のどういう名の喫茶店につとめていたか、話の具体性は何もないのです。勇作君が永久に失踪すれば、ご主人の梅田敏治さんの財産、山林も家屋敷もおかみさんのひとり占めになります。それだけでなく、勇作君が『駈落ち』すれば、彼が連れてきた厄介者の素風さんも出て行くと思ったでしょう。……しかし、これは、素風先生の無類の厚かましさで、当てがはずれましたがね」

太田はひと息入れた。梢の上で鳥が葉を騒がしたからでもある。

「勇作君をだれが殺して、一昨年の旱魃に湖面に出た家の中か床下かに運んだかは正確には分りません。ですが、おかみさんが桜中軒京丸さんと仲よくなったのは、三年前だそうですね。ぼくは、勇作君殺しの実行がどのようにして行なわれたかわかりませんので、この程度の背後の情況に話をとどめておきます」

栄子は石のように身動きしなかった。口も縫われたように閉じていた。

「さて、お話ししたように、素風先生を処分するためのおかみさんの要素、岡垣君の要素がこれで分りました。要素が似てくれば、それが実行の目的に一致するのは自然です。たぶん、おかみさんは、素風さんさえ居なくなれば、勇作君の命令を守って付いていたお元も解放されるから、あんたはお元と結婚できるよ、と岡垣君に云ったことでしょう。実行の目的は、だんだん実行の手段と具体化してきた」

太田は三、四歩登った。

「これから、ぼくがその実行の推測を云います。素風さんを殺したのは、二段がまえの方法でした。毒殺と、水死です。毒殺の方法からいうと、これに使った材料は、まったく日本の農村的な毒薬です。それは馬酔木です。たしかに馬酔木の葉を煎じた汁は駆虫剤になります。農作物の害虫を駆除するのにも使われる。おかみさんが素風さんの虱とりにこの葉を煎じてご主人に云いつけ噴霧器で噴きかけさせていたのも、そのためです。馬酔木の葉や茎には有毒成分があって、牛や馬が食うと麻痺（まひ）するので、馬が酔う木の名があります。ところが、これの茎や葉を人間が食うと、呼吸中枢の麻痺を起すのです。ぼくはね、犯人がこの馬酔木の葉を茹（ゆ）でて刻んで、川魚の刺身とまぜ、味噌和えにして素風さんに食べさせたと思うのです。……馬酔木の有毒成分は、グラヤノトキシンというのだそうです。症状としては、痙攣（けいれん）、身体の麻痺、血圧降下などが起るらしいです。これは、ぼくが今朝、東京の友人で薬物学をやっている男に聞いたのです」

三人はそこに立って動かなかった。

「そうすると、問題は、いつ、犯人が素風さんにその馬酔木料理を食べさせたか、ということですが、事件の前の晩、素風さんはお元さんに野菜の味噌和えを食べさせてもらい、たいそう喜んだということです。これは紅葉屋の安子さんがお元さんから聞いたそうです。ところが、お元さんは海辺の育ちで、野菜のことはあまり分らない。とくに味噌和えにしてあるから、ほかの野菜の名を云ってもわからないわけです。素風さんは、かねてから野菜の味噌和えとか酢のもの、胡麻、辛子などの和え物を食べたがっていた。しかも、素風さんは、そういってはなんだが、日ごろから食べものがよくなかった。いいものを食わせてもらえなかった。お元さんが、お客に出した残りものを盗むようにして運んでいたそうです。だから、犯人が馬酔木の味噌和えをつくって、これをお爺さんにあげなさい、といえば、お元さんは野菜の味噌和えと思い、素風さんに出したと思います。素風さんがよろこんでそれを腹いっぱいに食べたのはいうまでもありません。おかみさんからそんな好物をもらうとは珍しいことだからです」

栄子が太田を睨みすえていた。

「さて、それはいつだったろうか。ぼくは十月一日の晩だと思います。それも夜おそくね。もちろん、その馬酔木の味噌和えはおかみさんがひとりでこっそりと作った手料理です。素風さんは、それをたべても死ななかった。あの老人は案外に元気ですからね。身体が痺れた程度でした。それは、おかみさんにも予想があったから、いよいよ二段構えの水死の方法をとったのです。そこで下呂の一流ホテルに待機していた岡垣君の出動となるのです」

岡垣が口の中で短く声を出したが、それは言葉にならなかった。太田は彼に向かった。

「ぼくはね、君の持っていたマッチのホテルに今朝電話したのですよ。すると、君は岐阜には帰ってなく、十月一日の夕方に車でホテルに入っています。素風さんが居なくなったのを、君に電話したのがお元さんでなく、おかみさんだと聞いて、ぼくは変だなと思っていたんです。やっぱり、君とおかみさんと前からの打合せがあったんです。君は、二日の午前四時半ごろにそのホテルを出発したとフロントの人が教えてくれました。そんな未明にホテルをひきあげる客の例は珍しいことではありませんが、岡垣君には、おかみさんと打合せした予定の行動だったのです。下呂をその時刻に車で出ると、谷湯旅館の前には五時四十分ごろには着くでしょう。そのとき、肥えた男が、身体が痺れて、声も出ないで、ぐったりとなっている素風さんを背負って、君の車に運びこんだ。その男は、浪曲師特有の声をしていたと思います。彼は、車の運転ができません。おかみさんは運転ができるけれど、そんな未明に旅館をあけるわけにはいきません。また、車をガレージから出したりすると、いっぺんにわかります。ここは、どうしても岡垣君と岡垣君の車が必要なわけです」

太田は、足の疲れを癒すように、地面に足踏みした。

「素風さんを離れの部屋から京丸さんがつれ出したりすると、隣りの部屋にいるはずのお元さんに気づかれる懸念がありました。お元さんは昼間の疲れでぐっすりと熟睡しているから、少しぐらい音を立ててもわからないという計算がおかみさんにあったと思われます。ところが、その懸念も必要なかったのです。老人を連れ出す五時四十分ごろには、お元さんが自分の部屋に居なかったからです。この偶然は犯行者に幸いしました」

太田は下をむいて、つづけた。

「岡垣君が仙竜湖に車で着いたのが、六時前後でしょう。夜明けごろです。岡垣君は、身体が痺れている素風先生を車の中から抱え出して、湖岸から投げ捨てました。あの湖には渚というものがありません。V字形の谿谷を湖にしたのだから、岸からいきなり深い水底になります。岸から老人を捨てるときに、草履の片方が脱げて落ちた。ということはですね、京丸氏が素風さんを部屋から抱えて出るときに、草履の紐を足によく結えていなかったからです。それだけ、あわてていたのです。また、岡垣君もあそこで草履が脱げ落ちたとは気がつかなかったんですな。それですぐ車で湖畔から去った。水中に沈んだ素風先生のおしめだけが水面に浮んだのです。

おかみさんが駐在所に云ったのとは違って、悪戯からご主人にたのんであれを湖水に捨ててもらったのではないのです」

栄子が山桜の幹に片手を当てて、はじめて云った。

「よくできた推量ですが、ただのお話じゃありませんか。岡垣さんが下呂のホテルを朝早く出発したといっても、それからわたしの旅館の前を通って、仙竜湖に行ったという証拠はありません。岡垣さんは他所(よそ)を回ったかもしれないのです。ただ、朝六時すぎといえば、だれも車を見てないだけです」

太田は顎をひいた。

「……また、わたしが素風さんに馬酔木を食べさせたと云われますが、それは虱とりの煎じ汁を素風さんに塗ったり、ふりかけたりしていたからですか？」

「それだけではありません。あの事件が起る二日前に、おかみさんは京丸さんと山に馬酔木を採りに行っていました。それは紅葉屋の女中の安子さんも運転手の次郎君もいっしょに見ていますよ」

「あのとき、紅葉屋のライトバンが下の道路をスピードを落して通りすぎたと思ったが、あなたがたでしたか？　じゃ、近くにかくれて駐車し、のぞき見していたんですね？」

「済みません」

「それだってかまいませんよ。馬酔木をとりに行ったのは、素風さんの虱や部屋の虫をとる駆虫剤にするためです」

「おかみさんが自分でわざわざですか？」

「わたしだって働き者ですよ。なにもかも女中任せにしているわけではありません」

「あなたは、馬酔木の新鮮なのを採ってくる必要があったのです。野菜の和えものにみせかけるため、馬酔木の葉や茎は新しいものでなければなりませんでした。駆虫剤だけだったら、古い葉を煎じればすむが、味噌和えはそうはゆきません」

「あなたの云う証拠は何もないのです。それは云いがかりですよ」

「証拠はありますよ」

太田が云い切ったので、栄子は鋭く彼を見た。

「どういう証拠？」

「素風さんの死体が仙竜湖にないことです」

栄子と岡垣とが揃っておどろきをみせた。しかし、要心してか、すぐには質問を発しなかった。

「いくら捜索のボートや舟が湖上に綱や網を引張って回っても素風さんの死体はひっかかってきませんよ。あなたは、馬酔木の和えものを素風さんに与えたことも、岡垣君に車で運ばせて湖水に捨てたことも否定していますが、素風さん本人がその通りだと証言したら、どうしますか？」

「本人が証言？」

栄子が眼をいっぱいにひろげた。

「それは、どういう意味ですか？」

「素風さんが生きている可能性があるということです。昨日の捜索で死体が見つからなかったのですから、そうも考えられます」

「昨日一日だけじゃ分りませんよ。明日から本格的に捜索すれば……」

思わず云いかけた栄子は、あわててその声を唾のように呑みこんだ。

「本格的に潜水夫など入れて捜索すれば、年寄りの遺体が見つかるかわりに、湖底の村から若い白骨体が発見されるかもわかりませんよ。おかみさん」

太田は、栄子の前に言葉をぶっつけた。

「その勇作君の遺体こそ、実はその夜明けにも、お元さんが湖底に潜ってさがしていたのですよ。京丸氏が身体の痺れた素風さんを抱え出すとき、お元さんは部屋に居なかったとぼくはさっき云いましたね。そのとき、彼女は、いつものように仙竜湖に潜っていたのです」

「それは、断定できますか？」

　めずらしく岡垣が問うた。その語尾は震えていた。

「この推測は断定に近いといっていいでしょう。……ところで、それに関連することですが、ぼくはお元さんが湖に潜水していたとは推定できたが、わからないことが一つあった。それは君にもちょっと云ったはずですが、彼女がその潜水着をどのように始末していたかです。濡れたのを乾かすのは湖畔でなければならない。谷湯旅館に持ってかえるわけにはゆきませんからね。その場所は、道路のある東岸ではなく、自然林が繁っている西岸でしょう。しかし、それにしてもそこに潜水着を乾かしたままにしておくことはできない。釣りをする人が入りこんで見つけるかもしれないからです。潜水着だけでなく、水中を照らす探照灯（ヘッド・ランプ）、湖底の家を捜すための道具なども、人に見られないように隠しておかなければならぬ。あそこは、夜釣りは禁止しているが、昼間だと釣客が入りこみます。そこで、ぼくはお元さんには協力者がいたのだと思い当りました」

「協力者？」

栄子が、はっとなった。

「そうです。その人が、あの森の湖畔にいて、彼女の潜水着や探照灯や湖底をさぐる道具の始末をしていたのです。その人は、朝の暗いうちから起きて、その場所に行ってもふしぎでない人です」

「亭主が？　そんな莫迦（ばか）な。亭主は持ち山の見回りや手入れに山に入っていたのです」

「しかし、その持ち山を北にむかって二キロ歩くと森のある湖西に出る。道路を行くよりは短距離です。ぼくは、それを紅葉屋で二万五千分の一の地図を調べて知ったのです。山林の中だから、人にも見られない」

栄子は唇の端を歪（ゆが）めて低く唸った。

「ぼくがそれと気づいたのは、ご主人が小雨の中をこの山から下って橋のほうにこられたのに出遇ったからです。ご主人の背負ったカゴの中には刈りとった枝や下草といっしょに鉈や鎌が入っていました。鎌は、海女が海底の海草を刈るときに使うものです。その尖った先は、湖底の家をさがす鳶口をぼくに連想させました。お元さんの潜水着を乾かす場所、そういった道具をかくす場所は、ご主人だけが出入りする山中の施設にちがいありません。ご主人の山林の手入れや見回りのときに休息する物置小屋がこの上にあるそうですね。そこには、用がないからだれも近づかないと、紅葉屋の安子さんから聞いたのを思い出したんです」

栄子は、すごい形相をしていた。

「ご主人がお元さんに協力するのは当然ですよ。なにしろ可愛い息子が湖底に横たわっているのですからね。ご主人は、証拠がないから、あなたには黙っていたが、息子があなたと京丸氏とに殺されて湖底の村に匿されているのに気づいていたのです。その遺体をとり出したい気持は、お元さんと同じです」

「それと、湖水で死んだ素風さんがあなたの推測を証言できるという話と、どう関係ありますか？」

栄子が、いらいらして訊いた。三人はいつの間にか山にむかって歩いていた。

「素風さんが生きているからです。もはやそれが可能性ではなく、事実としていえます」

「どうして、そんなことが云えるのですか？」

「岡垣君が素風さんを湖水に捨てたとき、お元さんが勇作君の遺体さがしに潜っていたと云ったでしょう。水中に沈んで溺れている素風さんを救けたのは、お元さんですよ」

「………」

「素風さんの胃の中にあった馬酔木の毒も、そのときに無くなったのです」

「え?」

「というのは、お元さんが介抱して素風さんのしたたかに呑んだ湖の水を吐かせましたからね。胃袋の馬酔木もいっしょに吐き出されたのですよ。……だから、素風さんは元気でいます。なんでもしゃべれます」

「嘘だ」

栄子が顔色を変えて叫んだ。

「嘘だ、嘘だ。そんなつくり話をして、カマをかけようとしても駄目だ。岡垣さん、だまされてはいけないよ」

「だましはしません。生きている素風先生に会いましょう。救けたお元さんとご主人とが湖畔から素風さんを連れてきた場所、ご主人の山小屋はもうすぐでしたね。お元さんは素風さんをそこに運んだあと、旅館にこっそりと戻り、その行方不明をあなたに告げて、わざと大騒ぎしたのです。その目的は湖底の捜索をさせ、勇作君の死体を発見させるためです。ですから、素風さんは、昨日の早朝から、その山小屋にいますよ。……夢中で話しているうちに、そこに近づきました」

岡垣が逃げようとするのを、太田がひきとめた。栄子は脚を震わせていた。太田は暗い杉林の中に、風雨にさらされて黒ずんだ小さな小屋の前に二人を引張ってきた。彼は入口の戸をたたいた。

「素風さん、素風さん。太田です。素風さん！」

太田は呼んだ。

「だれか、そこに居ませんか？」

戸が中から開いた。顔を出したのはお元だった。

「おそかったです」

お元は、哀しそうに云った。

「いいえ、旦那さんもわたしも、ここに来るのが、一時間おそかったということです」

彼女は小屋の中を指した。

正面の梁（はり）の上から素風の身体が吊り下がっていた。

横にうずくまっていた谷湯の当主敏治が太田に紙片を持ってきた。

《助けてもらいましたが、もうこれ以上、長生きしたくありません。

素風》

鉛筆で、二行の走り書きだった。

解説

山前(やままえ) 譲(ゆずる)
（推理小説研究家）

巻を重ねてきた光文社文庫の〈松本清張プレミアム・ミステリー〉に新たにラインナップされた本書『馬を売る女』には、既刊とは趣を変えて、表題作を巻頭に、「式場の微笑」、「駆ける男」、「山峡の湯村」と中短編が四作収録されている。一九七七年九月に文藝春秋より刊行され、一九八〇年四月にはカッパ・ノベルスとして刊行された。また、文春文庫からも一九八一年八月に刊行されている。なお、二〇一一年三月刊の同文庫の新装版では「式場の微笑」が割愛されていた。

表題作の「馬を売る女」は「利」のタイトルで「日本経済新聞」に連載された（一九七七・一・九〜四・六）。「黒の線刻画」をシリーズ・タイトルとして一九七五年三月九日からスタートした連載の第三話である。第一話は『網』（一九八四年九月に光文社文庫オリジナルとして刊行）、第二話は『渦』と題されていた。そしてこの「馬を売る女」が最終話である。

連載開始にあたって、以下のような「作者のことば」が掲載されていた（「日本経済新聞」一九七五・三・三）。『砂の器』など松本作品には新聞連載の長編が数多くあるが、「日本経済新聞」では初めてのことだった。

線刻画は原始時代の絵画である。日本では横穴古墳の内外壁、北海道の洞窟内または銅鐸などにみられる。要するに原始時代人の落書で、当時、興味をもったものを対象にした写生である。現代も人間模様の上では、原始性が残っている。これを眼についたままに写そうと思う。線刻画は連続になったり、銅鐸のそれのように区画に分けて描かれている。モチーフはそれぞれ違う。わたしもそれにならって、ここにさまざまな現代の対象を連続に線刻してみようと思う。読者の支援をいただければ至福である。

古代史に造詣の深い作者ならではの発想だ。あるシリーズ・タイトルのもとに、さまざまな作品を書き継いでいくのも松本作品ならではのスタイルと言えるだろう。「黒い画集」（一九五八〜六〇）、「別冊黒い画集」（一九六三〜六四）、「黒の様式」（一九六七〜六八）、「黒の図説」（一九六九

〜七二)、「禁忌の連歌」(一九七六〜八〇)、「歌のない歌集」(一九八六〜八八)といったシリーズだが、いわゆる連作とは違った創作手法となっていた。

「黒の線刻画」のシリーズでも、新聞に連載を始めた小説家が事件に巻き込まれていく『網』、そしてテレビの視聴率調査を背景にした『渦』、そしてこの「馬を売る女」と、テーマも主人公も違う物語が連なっている。けれど、松本作品らしい〈黒〉とともに、〈線刻画〉が独特の雰囲気をもたらしているのだ。

「馬を売る女」は高速道路上でのふたつの目撃から幕が開く。画家が気になった非常駐車帯に停まっている車と、そこに停まってひと時を過ごしていたアベックが気になった車。この別々の出来事がやがてミステリーとして収束していく。

メインのストーリーは、繊維問屋で社長秘書をしている星野花江を中心に展開していく。彼女には秘密のアルバイトがあった。馬主である社長のもとに伝えられた情報を盗み聞きして、こっそり自ら集めた会員のもとに流しているのだ。会員はその情報をもとに馬券を買い、花江に会費を払う。彼女はそれを元手に金貸しという別のアルバイトをして、お金を貯め込んでいた。ところが社長が疑いをもって……。

やがて犯罪小説としての線刻画が描かれていくのである。

一九七六年五月、高井戸ＩＣ・調布ＩＣ間が開通し、首都高速道路と中央自動車道が接続したことが「馬を売る女」の冒頭に反映されている。著者の自宅のもよりのインターチェンジが高井戸だったからだ。

〝夜、首都高速道路をタクシーで走っていると、どの待避所のポケットにも車が入っている。スペースのあるところは二台が詰まっている。通るたびにその現象を見た。とくに晩春から夏にかけて多い〟ことに気付いたのだが、〝ポケットの横をとおるたびごとに人影が窓に映らない「休憩車」ばかりである。ここにいたって鈍感なわたしにも、あることが推測された。そこで首都高速道路公団に電話で問い合わせてみた。わたしの推測通りであった〟と、文藝春秋『松本清張全集』第二期に挟み込みの月報に連載された「着想ばなし」の第六回（一九八三・四）に書かれていた。作家の好奇心はあらゆるところに向けられている。

一方、競馬についても実際にあった話からヒントを得たと、やはり「着想ばなし」に書かれている。だが、「馬を売る女」を収録した中央公論社『松本清張小説セレクション8』（一九九五・十）の巻末にある〈編集エッセイ〉で阿刀田高氏は、作中の〝競馬情報サービスは、おそらくうまく機能しないだろう〟と記していた。いずれにしても、ギャンブルがそう簡単に儲かるものではないことは明らかだろう。

「馬を売る女」は文藝春秋『松本清張全集41』（一九八三・四）と新潮社『松本清張

傑作選　憑かれし者ども　桐野夏生オリジナルセレクション』（二〇〇九・八）にも収録された。

つづく三作も現代の対象を線刻しての物語と言える。とくに結婚式場での思いがけない再会にまつわる「式場の微笑」（「オール讀物」一九七五・九）は、世相を巧みに浮かび上がらせている。それは今も……。秘密がキーワードとなるこの短編は、文藝春秋『松本清張全集66』（一九九六・三）と文春文庫『宮部みゆき責任編集松本清張傑作短篇コレクション　中』（二〇〇四・十一）にも収録された。

ホテルや旅館にある「高貴の間」の備品をこっそり蒐集（しゅうしゅう）するという山井善五郎の趣味が、ちょっと変わった構造のホテルでの死の真相を明らかにしていくのは「駆ける男」（「オール讀物」一九七三・一）だ。かなり年下の妻と特別室に泊まっていた六十歳過ぎの社長が、夕食後、突然ホテルへ向かう急な階段を駆け上がりだし、心臓麻痺で死んでしまう。病死と診断されたのだが……。〝或る年の講演旅行で、愛知県の蒲郡ホテルに泊まったとき、同ホテルの建物を見てヒントを得た〟と、「着想ばなし」の第十五回（一九八四・一）に書かれている。

この短編はカッパ・ノベルスから刊行されたエラリー・クイーン編『日本傑作推理12選　第2集』（一九七七・九）に採られた。編者解説でクイーンは〝本編はきわめて映像的な作品である。年老いた男が憑かれたようにひたすら長い階段を駆け上ってゆく情景は、この短編の鮮烈な印象として読者の心に永く刻まれるだろう〟と記している。そして最後に、社長夫妻に供されたいかにも日本的な海の幸を紹介していた。これほどグルメな短編は、松本作品では珍しいかもしれない。

ホテルや旅館の備品が、それもこんなものまでと驚くような品物が、チェックアウト時に持ち去られてしまうことは、今もよく起こっているそうだ。そんな現実から新たなミステリーが育まれるかもしれないが、本作での山井善五郎の趣味的なこだわりが醸し出す雰囲気とは無縁のものになるだろう。「駆ける男」は文藝春秋『松本清張全集56』(一九八四・一)にも収録されている。

最後の「山峡の湯村」(「オール讀物」一九七五・二)は文学的な興味でまずそそられるに違いない。かつて一世を風靡した大衆小説作家が、山あいの底のようなところにある温泉旅館に逗留している。戦後の小説界の流れに乗れないまま落ちぶれていくさまは、べつに特定のモデルがあるわけではないだろうが、大衆小説の世界の悲哀に満ちている。そんな忘れさられてしまった作家の珍しい愛読者が、今世話になっている温泉旅館の息子だった。

その温泉地の別の旅館で休養している大学教師が、そうした経緯と作家の現在の境遇に興味をもつ。鄙びた温泉地で、じわじわと高まっていくサスペンスと最後の謎解きが巧みにミックスされている。「駆ける男」と共通するミステリーとしてのひとつの趣向もまた松本作品の特徴だろう。「山峡の湯村」は文藝春秋『松本清張全集66』(一九九六・三)にも収録されている。

本書の収録作が発表された一九七〇年代は、松本作品にある変化が見られた。古代史への関心がますます高まる一方、小説は減っているのだ。その傾向はさらに一九八〇年代にも引き継がれていくのだが、そうしたなかで発表された四作それぞれでも松本作品ならではのテイストを味わえるに違いない。

一九八〇年四月　カッパ・ノベルス刊（「式場の微笑」）
二〇一一年三月　文春文庫刊（「馬を売る女」「駆ける男」「山峡の湯村」）

※本作は「馬を売る女」「式場の微笑」「駆ける男」「山峡の湯村」の四作を収録しています。

本文中に、おもに職業に関して「スチュアデス」「雑役婦」「女中」「下男」「下婢」など、今日の観点からは不快・不適切とされる呼称や、「女が人前で競馬の予想記事を読むのは美徳でない」「女らしい情緒も雰囲気も失くしている」など性差・性別に関する固定観念や偏見を背景とする表現が用いられています。また、神経に異常を起して走り出す様子を「まるで気が狂ったよう」、介護を必要とする状態を指して「半ば廃人のようになっている年寄り」など、精神障害および特定の疾患への誤解・偏見に基づく比喩が使用されています。しかしながら編集部では、本作が成立した一九七三年～一九七七年（昭和四八年～昭和五二年）当時の時代背景、および作者がすでに故人であることを考慮した上で、これらの表現についても底本のままとしました。それが今日ある人権侵害や差別問題を考える手がかりになり、ひいては作品の歴史的価値および文学的価値を尊重することにつながると判断したものです。差別の助長を意図するものではないということを、ご理解ください。

【編集部】

光文社文庫

推理小説集
馬を売る女　松本清張プレミアム・ミステリー
著者　松本清張

2021年6月20日　初版1刷発行

発行者　鈴木広和
印刷　堀内印刷
製本　榎本製本

発行所　株式会社　光文社
〒112-8011　東京都文京区音羽1-16-6
電話（03）5395-8149　編集部
8116　書籍販売部
8125　業務部

ISBN978-4-334-79209-1　Printed in Japan

組版　萩原印刷

光文社文庫　好評既刊